Becky Albertalli

Imogen, Obviously

Becky Albertalli

Übersetzung aus dem amerikanischen Englisch
von Bianca Dyck

Die Bastei Lübbe AG verfolgt eine nachhaltige Buchproduktion. Wir verwenden Papiere aus nachhaltiger Forstwirtschaft und verzichten darauf, Bücher einzeln in Folie zu verpacken. Wir stellen unsere Bücher in Deutschland und Europa (EU) her und arbeiten mit den Druckereien kontinuierlich an einer positiven Ökobilanz.

Titel der amerikanischen Originalausgabe:
„Imogen, Obviously"

Für die Originalausgabe:
Copyright ©2023 by Rebecca Albertalli
Published in arrangement with the author, c/o BAROR INTERNATIONAL, INC., Armonk, New York, U.S.A.

Für die deutschsprachige Ausgabe:
Copyright ©2024 by Bastei Lübbe AG, Schanzenstraße 6 – 20, 51063 Köln
Vervielfältigungen dieses Werkes für das Text- und Data-Mining bleiben vorbehalten.
Textredaktion: Anne Schünemann, Schönberg
Umschlaggestaltung: Johannes Wiebel | punchdesign, München unter Verwendung einer Illustration von © Leni Kauffman
Satz: 3w+p GmbH, Rimpar
Gesetzt aus der Adobe Caslon Pro
Druck und Verarbeitung: GGP Media GmbH, Pößneck

Printed in Germany
ISBN 978-3-8466-0220-1

5 4 3 2 1

Sie finden uns im Internet unter one-verlag.de
Bitte beachten Sie auch luebbe.de

Für Sophie Gonzalez, die Raum geschaffen hat.

Tag eins
Freitag
18. März

Noch habe ich mich nicht abgeschnallt, aber ich bin gleich so weit. Logisch. Ich warte nur darauf, dass mein Gehirn aufhört, so zu tun, als würde ich bei einer Talkshow vor dem leicht feindseligen Studiopublikum live interviewt werden.

Imogen, ist es wahr, dass du Lili gerade das erste Mal auf dem Campus besuchst, obwohl sie eine deiner beiden (2) besten Freundinnen ist und sie dich schon fünfzehn Milliarden Mal eingeladen hat und das Blackwell College so nah an deinem Zuhause liegt, dass du letzte Woche auf dem Weg zum Einkaufen bei Wegmans buchstäblich daran vorbeigefahren bist?

Vom Fahrersitz aus sieht Gretchen mich mit hochgezogenen Augenbrauen an. »Sollen wir noch kurz mit reinkommen?«

»Oder auch länger«, fügt Edith hinzu, und ich drehe mich zu ihr um. Sie ist noch angeschnallt, hat die Beine überschlagen und ihre Jeansjacke wie eine Decke auf ihrem Schoß ausgebreitet. Leuchtend blaue Augen und windzerzauste Locken. Mein Haar ist zwei Nuancen dunkler und ein bisschen glatter, aber davon abgesehen sehen wir beinahe identisch aus. Das sagen alle.

Otávio sitzt ebenfalls dahinten und spielt etwas auf seinem Handy. Der Campus ist für ihn mittlerweile nichts Neues mehr – er fährt oft mit seinen Eltern her, manchmal auch nur, um mit Lili und ihren Freunden irgendwo essen zu gehen. Diesmal ist er allerdings einfach so mitgekommen. Nur ich bleibe hier.

Für drei Nächte. Also ungefähr fünfundsechzig Stunden. Nicht, dass ich die gezählt hätte.

»Alles gut.« Ich setze ein Lächeln auf. »Ich will nicht, dass ihr in die Rushhour kommt.«

»Die Rushhour ist mir total egal«, sagt Gretchen.

Und ich weiß genau, dass sie das auch so meint. Ich musste ihr gar nicht erzählen, dass meine Eltern dieses Wochenende beide Autos brauchen. Sie hat mich dabei erwischt, wie ich mir den Busfahrplan des Yates Transit angesehen habe, und ist mir sofort zur Rettung geeilt. Über Gretchen Patterson kann man sagen, was man will, aber für ihre Freunde lässt sie alles stehen und liegen – ausnahmslos.

»Ich kann gar nicht glauben, dass du Lilis queere College-Freunde kennenlernst.« Edith starrt aus dem Fenster, plustert ihre Wangen auf und seufzt. »Ich will auch queere Freunde haben.«

Gretchen blinzelt. »Ähm. Hallo?«

»Klar, aber du bist eher so was wie eine Mentorin«, sagt Edith.

Ich atme ein. »Okay, ich schreibe Lili jetzt.«

»Möchtest du sicher nicht, dass –?«

»Jepp!«

Edith klatscht. »Sieh einer an. Du einsame Wölfin wirst deinem Ruf als toughes Mädchen gerecht.«

Richtig, und jetzt versuche ich, mir das Paralleluniversum auszumalen, in dem mein Ruf auch nur im Entferntesten dem eines toughen Mädchens entspricht. Ich meine, schreiben wir das mal kurz in Fettschrift. **Imogen Scott: toughes Mädchen.** Allein die Vorstellung fällt ja schon schwer. Ich bin eine von diesen Personen, die ein Lieblingsadverb haben (und zwar logisch. *Obviously*).

Edith hingegen …

Ich meine, unsere Babyfotos sagen schon alles. Wie das eine, auf dem ich bei der Yates County Fair im Tierstall neben einem Schild stehe, auf dem *Den Esel bitte nicht streicheln!!!* steht.

Und im Hintergrund ist Edith zu sehen, wie sie den Esel streichelt.

Oder das Bild, das zeigt, wie ich vor einer Staffelei stehe und sorgfältig einen blauen Streifen als Himmel male. Während Edith nur in Windel bekleidet neben mir hockt und lauter grüne Abdrücke ihrer eigenen kleinen Hände ihre Brust bedecken. Und vergessen wir nicht die Fotostrecke von meinem siebten Geburtstag, an dem Edith ohne Spaß angezogen war wie Jason, der Macheten-Killer aus *Freitag der 13*.

Fairerweise muss man sagen, dass ich an Halloween Geburtstag habe. Trotzdem.

Es war mittags. Und sie war fünf.

Als ich die Beifahrertür öffne, springt sie sofort von ihrem Sitz – als würde Otávio Cardoso, zertifizierter Teddybär, mit ihr um den vorderen Platz kämpfen wollen. Doch anstatt nach vorn zu gehen, folgt sie mir zum Kofferraum des Wagens.

»Immy, hör mal zu. Als deine große Schwester –«

»Das ist faktisch inkorrekt –«

»Chronologisch gesehen? Sicher«, sagt sie. »Aber spirituell? Äußerlich?«

Tatsächlich ist Edith eine moderne Version der Amy March aus *Little Women*. Wohingegen ich absolut in die Kategorie »Wäre gerne Jo, ist aber eigentlich Meg« falle.

»Ich sage ja nur, der ganze Sinn am College –«

»Sagst du, die noch Junior an der Highschool ist.«

»Der ganze Sinn am College«, wiederholt sie, »ist, dass es dir die Gelegenheit bietet, aus deiner Komfortzone auszubrechen. Ich habe eine Menge darüber nachgedacht, und ... Immy, ich glaube wirklich, dass du das mit der Zahnseide dieses Wochenende mal lassen solltest.«

»Der Sinn am College ist ... dass ich keine Zahnseide benutze?«

»Ganz genau.«

Ich hieve mein Gepäck aus dem Kofferraum, bevor ich die Klappe zuziehe. »Ich werde darüber nachdenken.«

»Außerdem denke ich, dir würden ein paar spontane Campus-Dummheiten guttun.«

»Hmm.«

»Es sind Frühlingsferien! Am College! Mit coolen queeren Leuten!«

»Du weißt schon, dass es in Penn Yan auch queere Leute gibt, oder? Sogar einen ganzen Club?« Ich drehe meine Handflächen nach oben. »Du könntest versuchen, einfach mal zu einem der Treffen zu gehen?«

Sie schüttelt den Kopf. »Dienstags kann ich nicht.«

Am Dienstag hat Edith immer ein Zoom-Date mit ihrer Freundin. Genau wie an allen anderen Tagen. Aber schon bevor sie mit Zora zusammen war, hat sie immer einen Grund gefunden, warum sie nicht zur Pride Alliance konnte. Ich hingegen war seit dem Freshman Year bei fast jedem einzelnen Treffen, als einzige Ally der Gruppe. Zumindest war ich das, bis Otávio Anfang des aktuellen Schuljahrs beigetreten ist, nachdem Lili sich geoutet hatte. Wegen ihm sind alle Gruppenmitglieder total ausgeflippt. *Woke King, Bruder des Jahres* und so weiter. Irgendwie lustig. Währenddessen fragen sich die Leute immer noch, warum ich dabei bin.

Eine Zeitlang habe ich befürchtet, dass ich nicht teilnehmen sollte. Wochenlang habe ich jeden Blogbeitrag und alle Reddit-Threads zu Allies und Safe Spaces durchforstet und nachgelesen, ob es überhaupt okay ist, wenn ich bei den Treffen aufkreuze. Bin ich nur ein weiteres Hetero-Mädchen, das in den Bereich queerer Menschen eindringt? Bin ich eine Außenseiterin, die dem ganzen Raum den Sauerstoff entzieht? Der dahingehende Diskurs hat mir keine eindeutige Antwort geboten. Und das ist etwas, das ich hasse – fehlende Gewissheit. Wenn ich etwas Neues wage, herrscht in meinem Verstand nur dann Ruhe, wenn ich alle Verhaltensregeln kenne: Was ist empfohlen, was erlaubt – und was ist ausdrücklich verboten? Denn Einschränkung bringt ihre eigene Form von Gewissheit mit sich.

Nun, ich wusste, dass ich theoretisch dort sein durfte. Jedenfalls wenn ich nach den offiziellen Richtlinien für außerschulische Gruppen im Schulhandbuch der Pen Yan Highschool ging. Und natürlich wusste ich, wie wichtig es Gretchen war, nach dem, was im queeren Club an ihrer alten Schule passiert ist. Nicht, dass sie das jemals zugeben würde, aber ich glaube, ich bin ihr Hetero für emotionale Unterstützung.

Nur manchmal fühle ich mich etwas unwürdig – zu Normalo, zu eindeutig nicht queer. Zum Beispiel wenn Gretchen mich und Otávio »Heteropotamusse« nennt oder wenn Leute uns nicht mal nach unseren Lieblingssnacks fragen können, ohne dass behauptet wird, sie würden sich »mit den Heteros verbünden«.

Mein Handy vibriert, als eine Nachricht von Lili eintrifft.

Du bist hier!!! Ich komme sofort!!! Bin in fünf Minuten da!!!

Mittlerweile sind auch Gretchen und Otávio aus dem Auto gestiegen. Ich schüttele den Kopf. »Im Ernst, ihr habt schon mehr als genug –«

»Schhh.« Gretchen nimmt meinen Koffer und rollt ihn zum Rand des Parkplatzes, während der Rest von uns ihr hinterhertrottet. Als wir am Gehweg ankommen, bleibt sie stehen, um sich umzusehen: ein kleines Stück Rasen hinter einer Ansammlung von Backsteingebäuden. Noch kein Anzeichen von Lili, was wenig überraschend ist. Lili ist immer »fünf Minuten« zu spät, und das kann manchmal heißen, dass sie wirklich nur fünf Minuten braucht, und manchmal, dass sie gerade erst aufgestanden ist, sich noch anziehen muss und sich wünscht, es würde nur fünf Minuten dauern.

Haufenweise Studierende strömen aus einem der Gebäude – ausgelassen und mit strahlenden Gesichtern, schon ganz im Wochenendmodus. Gretchen beugt sich vor, und so ausgiebig, wie sie die anderen mustert, erwarte ich schon fast, dass sie gleich ihre Beobachtungen niederschreibt. Vielleicht sollte ich genau das tun: richtige College-Kids in ihrer natürlichen Umgebung observieren.

Immerhin bin ich in weniger als sechs Monaten eine von ihnen. Sogar genau hier.

Das fühlt sich noch nicht real an. Wobei ich gerechterweise sagen muss, dass ich das Angebot des Blackwell College auch erst vor einer Woche angenommen habe. Gretchen findet, dass ich zu sehr auf Nummer sicher gehe, indem ich so nah an meinem Zuhause bleibe. Doch sobald ich die Zusage für das Stipendium erhalten hatte, war die Sache entschieden. Der Standort ist nur ein Bonus für mich.

»Oh, ho, ho.« Gretchen stupst mir in die Seite, während sie weiter geradeaus schaut. »Hab einen.«

»Einen was?«

»College-Typen.«

»Die soll es auf einem College-Campus ja gelegentlich geben …«

Sie lacht. »Ich meine, einen süßen College-Typen. Heißer Kerl und Körper.«

»Also kein körperloser Kopf. Verstanden.«

Edith lehnt sich zu uns vor und folgt Gretchens Blick. »Was sehen wir uns an?«

»Graues Shirt, weiße Mütze. Das wird Imogens Flirt für die Ferien …«

»Ähm. Was?«

Edith sieht begeistert aus. »Kennen wir den?«

»Absolut nicht.«

»Noch nicht, werden wir aber! Nennen wir ihn Bruce. Oder Bryce?« Nachdenklich legt Gretchen den Kopf schief. »Bruce. Ich denke, er ist ein … Sophomore. Und er kommt aus einer coolen Gegend.«

Otávio sieht von seinem Handy auf. »Wer ist Bruce?«

»Maine! Er kommt aus Maine.«

Verdutzt blinzele ich. »Ist Maine cool?«

»Und er mag Hummer. Weil er aus Maine kommt.« Gretchen zuckt mit den Schultern. »Sorry, mehr weiß ich nicht über Maine.«

»Mmm. Sind wir fertig?«

»Warte. Nein, nein. Moment.« Gretchen hat beide Hände an die Wangen gepresst. »Neues Ziel. Okay, okay. Ist gerade aus der zweiten Tür getreten. Nicht der Typ mit dem Bart. Grüner Hoodie, neben dem Mäd–«

»Noch besser. Ein Typ mit einer Freundin.«

»Eine Freundin, die einen Karabiner und einen Daumenring trägt?«

Ich beiße mir auf die Lippe. »Vielleicht?«

»Hey, sorry! Hi! Bin da!« Schlitternd kommt Lili vor uns zum Stehen, ihre Füße stecken nur halb in ihren Sneakers. Sie umarmt mich, dann Edith, zerzaust Otávio das Haar und umarmt dann auch ihn. Schließlich wendet sie sich steif an Gretchen. »Hi.«

»Hi.« Gretchen nickt.

Lili klatscht in die Hände. »Okay! Sollen wir …?«

»Ja! Okay, ähm. Wir sehen uns dann, Leute«, sage ich. »Gretch, vielen Dank fürs Fahren, wirklich.«

»Kein Problem. Hey.« Gretchen sieht mich an. »Alles gut?«

»Ja. Jepp! Natürlich.«

Lili verdreht dezent die Augen und greift nach meinem Koffer.

Gretchen umarmt mich. »Richte Bruce einen Gruß von uns aus, okay?«

»Und keine Zahnseide«, fügt Edith hinzu, und als sie

daraufhin kurz lächelt, zeigt sich ihr Grübchen. Genau wie bei mir.

Chat mit Gretchen
GP: Ok, wir sind weg!! Viel SPASS!!!
GP: Und mach ganz viele Fotos mit deinem Typen!!! 👙👙👙
GP: Ok, mal im Ernst, sag Bescheid, wenn du gerettet werden musst
GP: Dann komme ich dich holen, ehrlich
GP: Bin noch bis morgen früh da
GP: Na jedenfalls, hab dich lieb, hab Spaß am COLLEGE

»Gerettet?« Lili verengt den Blick. »Vor mir?«

»Oh, nein. Ich glaube, sie meinte einfach ... Also, das College.« Ich gestikuliere vage Richtung Campus.

Abrupt bleibt sie stehen. »Hey. Bist du nervös?«

»Nein! Alles gut. Bestens! Gretchen ist nur Gretchen.«

»Ja. Sie ist total Gretchen.« Lili führt uns einen gewundenen Betonpfad entlang. »Na jedenfalls ... Hi! Das ist Blackwell!«

»Hi, Blackwell!«

Mein erster richtiger Blick aufs College. Mein zukünftiges Zuhause.

Ich meine, ich bin schon hundertmal daran vorbeigefahren. Dad hat mich sogar einmal die Nebenstraßen rauf- und runtergefahren. Aber das war eher so, als würde man durch ein Fenster ins Haus von jemandem schauen. Jetzt fühlt es sich an, als würde ich den Flur betreten.

Lili mimt schon die Reiseführerin. »Das hier ist der Haupthof, und das Backsteingebäude da ist das neue Zentrum für darstellende Kunst.«

»Wow. Es ist so ...« Ich verstumme, als mein Blick auf ein graues Steingebäude fällt, das von Ranken umgeben ist. »Das sieht aus wie ein Märchenhaus.«

Sie lacht. »Das ist das Studierendensekretariat.«

»Es ist so hübsch!«

»Jetzt weißt du auch, warum ich die ganze Zeit wollte, dass du mich besuchst!«

»Ich weiß, ich weiß ...«

»Aber, hey – wenigstens hast du mich genauso oft besucht wie Gretchen!«

Mein Gesicht wird warm. »Nein, wirklich. Lili, tut mir leid ...«

»Ist nur Spaß.« Sie wirft mir einen schiefen Blick zu. »Alles gut, okay?«

»Ja. Nein, es ist nur ...« Ich schlucke schwer. »Alles ist so verrückt geworden, mit den Bewerbungen und Hausaufgaben, und dann noch die Sache mit dem Auto. Und Nanas Handgelenk ...«

»Stimmt. Nein, Immy, ich verstehe das. Wirklich.«

»Ich will nur nicht, dass du denkst, ich wollte nicht –«

»Tue ich nicht! Ich freue mich einfach, dass du hier bist.« Sie lächelt. »Es wird einfach großartig.«

Und vielleicht wird es das. Vielleicht wird es wie ein großer verlängerter Übernachtungsbesuch, genau wie früher als Kinder. Wir haben ganze Wochenenden zusammen verbracht – Märchenhäuser gebaut, Mario Kart gespielt, Eis beim Seneca Farms gegessen. Im Sommer sind wir ständig zwischen ihrem Haus und meinem hin- und hergependelt, als wäre das eine Art Vereinbarung für geteiltes Sorgerecht.

Ich hatte sogar eigene Rituale bei Lili zu Hause. Damals war ich eine extreme Frühaufsteherin, schon vor sechs Uhr war ich hellwach, obwohl Lili und Otávio im Sommer und an Wochenenden immer mindestens bis neun oder zehn schliefen. Aber diese Morgenstunden waren mit die schönsten überhaupt. Ich bin dann in Pyjamashorts nach unten geschlichen, dicht gefolgt von Lilis Beagle-Mischling Mel. Lilis Eltern waren zu der Uhrzeit meistens schon wach, und ihr Dad sagte immer: »*Bom dia, querida!*« Dann hat er mir einen Milchkaffee mit viel Zucker zubereitet, bevor er mit einem Buch verschwand. Ich habe es mir mit Mel und Lilis Mom auf der Couch gemütlich gemacht, und meistens hatten wir schon einen ganzen Film gesehen, bevor Lili nach unten kam. So habe ich die meisten meiner Lieblingsfilme entdeckt: *Weil ich ein Mädchen bin, Clueless – Was sonst!, Reality Bites – Voll das Leben.* Also im Grunde genommen jede Rom-Com aus den Neunzigern. Lilis Mom hat sie sich immer auf VHS-Kassetten angeschaut, um ihr umgangssprachliches Englisch zu verbessern, nachdem sie nach New York gezogen war.

Jedenfalls sind Lili und ich eher wie Cousinen als Freundinnen, weshalb sich der Besuch hier eigentlich so anfühlen sollte, als würden wir da weitermachen, wo wir aufgehört haben. Als würde man einen Film nach einer Pause weiterlaufen lassen. Aber nun, da ich hier bin, frage ich mich, ob es überhaupt eine Pause gegeben hat. Vielleicht bin nur ich stehen geblieben, und alles andere ist weitergelaufen.

»Oh, das ist irgendwie cool«, sagt Lili. »Es gibt hier ein ganzes Netz an Untergrundtunneln, die die Gebäude auf dieser Seite des Campus verbinden.«

»Wie ein unterirdischer Schutzraum?«

»Dafür könnte man sie wohl benutzen.« Sie hält vor einer Bank an und stellt einen Fuß darauf ab. »Keine Ahnung, warum die gebaut wurden. Eigentlich sollen wir da auch gar nicht runtergehen. Daher muss man jemanden finden, der weiß, welche Türen unverschlossen sind.«

»Also ist es wie bei einem Geheimbund?«

Sie lacht und zieht sich den Schuh über die Ferse. »Absolut nicht. Erinnerst du dich noch an meine Freundin Tessa?«

In meinem Kopf erscheint das Bild eines Mädchens mit Pferdeschwanz und Karohemd – sie ist auf sehr vielen von Lilis Fotos zu sehen, was ziemlich deutlich macht, dass sie beste Freundinnen sind. Tessa ist wohl so was wie die neue und verbesserte Version von mir.

»Ihr Bruder ist hier Junior, und er hat uns letztes Semester mit runtergenommen. Es ist so cool. Und unheimlich. Aber eben auf eine coole Art. Die Wände sind voller Graffiti, aber aus den Achtzigern und Neunzigern. Es ist wie eine Zeitkapsel.«

Lili lächelt mich so locker an, dass sich mir das Herz zusammenzieht. So offen habe ich sie wohl noch nie gesehen. Ich meine, vielleicht zu Hause, wenn wir nur zu viert sind – sie, Edith, Otávio und ich. Aber nie in der Schule. Obwohl sie viele Freunde aus ihrer Stufe hatte, schien sie sich in deren Gegenwart nie richtig zu entspannen.

Hier allerdings lächelt sie, winkt Bekannten im Vorbeigehen und erzählt mir dann: »Das ist Clara aus meinem Philosophiekurs.« Oder: »Okay, also Mika hat tatsächlich eine TikTok-Collab mit diesem einen Typen gemacht – habe seinen Namen vergessen, aber es war die mit dem kleinen Lebkuchenhaus. Hast du das gesehen?«

Habe ich. Dreimal, und Gretchen habe ich es auch geschickt.

Mika ist quasi berühmt auf TikTok – vor allem für detaillierte Dioramen, die dey dann mit einer Green-Screen-App filmt, um es so aussehen zu lassen, als würde dey darin tanzen. Es will mir kaum in den Kopf gehen, dass Lili mit einem richtigen Star befreundet ist. Wobei ihre Freunde für mich sowieso alle Promis sind, allein schon wegen ihrer Storys und Bilder.

Lili führt mich vom Hof herunter und die Wohnstraße neben dem Campus entlang. Hier befinden sich größtenteils Häuser von Studentenverbindungen mit gigantischen griechischen Buchstaben, vor denen Typen ohne Shirts auf Gartenstühlen herumlungern. Anscheinend haben sie nicht mitbekommen, dass in New York gerade März ist.

Vor einem Haus mit Holzverkleidung und Fenstern, die fast alle mit farbenfrohen Flaggen dekoriert sind, bleibt sie schließlich stehen. »Also ... das ist Rainbow Manor. Es ist sozusagen das queere Verbindungshaus. Darin wohnen ein paar Leute, aber es wird auch viel für Events und Öffentlichkeitsarbeit genutzt. Solche Sachen eben.« Schnell schenkt sie mir ein Halblächeln. »Und sie schmeißen die besten Partys.«

Es ist, als wäre ich in einem Paralleluniversum. Sorry, aber ich kenne Lili Cardoso, seitdem sie drei Jahre alt war, und Partys sind die Hölle für sie. Wir reden hier von dem Mädchen, das jeden Sommer dicke, mit Eselsohren versehene Wälzer von Tamora Pierce über den Schulhof geschleppt hat, nur für den Fall, dass es eine unerwartete Freistunde gab und jemand mit ihr reden wollte.

Mit ihren College-Freunden – ihrem sogenannten queeren Rudel – muss es wohl anders sein. Sie haben einander auf einer Party in der Einführungswoche gefunden, und seitdem sind sie unzertrennlich. Lilis erste queere Freundschaften.

Ich freue mich sehr für sie. Logisch.

Auch wenn ich mich ihr manchmal nicht mehr so nah fühle wie früher.

Es ist schwer zu erklären, denn es ist nicht so, als würde sie mich ausschließen wollen. Ich kann gar nicht zählen, wie oft sie mich schon eingeladen hat, ein Wochenende bei ihr zu verbringen. Und seitdem ihre Mitbewohnerin nach den Winterferien ausgezogen ist, ist daraus praktisch eine ständige Einladung geworden.

Ich hatte wirklich vor, ihr Angebot anzunehmen.

Nur manchmal verunsichern mich solche Dinge zu sehr. Ich glaube, das liegt daran, wie Lili von diesem Ort spricht – ohne eine Spur Abfälligkeit oder Zynismus. Nur eitel Sonnenschein. Natürlich ist das toll, aber manchmal macht es mich fertig. Es ist, als würde ihr Leben plötzlich einen Sinn ergeben, seitdem sie weg ist.

Und damit wäre ich Geschichte. Ein Relikt aus Lilis heteronormativer Kleinstadt-Kindheit. Ich sehe sogar so aus: Mein Cardigan ist fast so lang wie mein Rock, und mein sandbraunes Haar habe ich zu einem Pferdeschwanz zusammengebunden und mit Haarklemmen an den Seiten festgesteckt. Selbst meine Handtasche lässt mich ein bisschen zu sehr wie eine Kleinstadt-Streberin wirken: eine Mini-Umhängetasche aus braunem Kunstleder.

Vielleicht wäre alles leichter, wenn ich aussehen würde wie Gretchen: mit zuckerwatterosafarbenen Haaren und einer Garderobe, die glatt vom *Euphoria*-Set stammen könnte.

»Mal ehrlich, geht's dir gut?«, fragt Lili. »Du bist schrecklich still.«

Ich blinzele. »Oh! Sor–«

»Entschuldige dich nicht. Ich meine ja nur. Und wir sind da!« Sie zeigt auf ein Trio aus Backsteingebäuden, die um eine kleine Rasenfläche angeordnet sind. »Das in der Mitte ist Rosewood – da wohnen wir. Aber in allen drei Häusern leben größtenteils Freshmen.«

Ich halte einen Moment inne, um alles zu betrachten. Die drei Gebäude sind sehr verschieden, aber ergänzen sich und werden von einem Netz aus Pfaden miteinander verbunden. Wo man nur hinsieht, sitzen Studierende auf Bänken, auf Decken, laufen in Zweier-, Dreier- oder Sechsergruppen mit Messenger-Bags und Rucksäcken herum. Und absolut niemand hier sieht nach Freshmen aus. Sie alle wirken Jahre älter als ich.

»Komm, wir laden dein Gepäck drinnen ab«, sagt Lili. »Hast du Hunger? Wann willst du was essen?«

»Dann, wenn du –«

»Immy, nein. Richte dich nicht immer nach anderen.«

»Tue ich nicht!«

»Doch!«

»Tja, aber nicht mit Absicht!«

»Ja, ich weiß.« Sie lacht kurz, bevor sie betont ausatmet. »Tut mir leid.«

»Nein, mir tut es –«

»Oder auch nicht! Lassen wir das. Es tut uns nicht leid. Wir sind reuelos. Verstanden?« Sie umarmt mich von der Seite.

Ich grinse. »Verstanden.«

Wir haben kaum zwei Schritte in das Wohnheim gesetzt, als ein Typ sich von hinten an Lili anschleicht und ihr die Hände auf die Augen legt. »Wer bin ich?!«

Sie weiß sofort Bescheid. »Declan, das ist –«

»Imogen!« Er küsst mich auf die Wange. »Endlich.«

Sein strahlendes Lächeln offenbart eine kleine Lücke zwischen seinen Schneidezähnen, und für einen Moment bin ich sprachlos. Natürlich kenne ich ihn von Lilis Fotos – dieses Laufstegmodel. Er ist weiß, hat eisblondes Haar und ein kantiges Gesicht. Ihm persönlich zu begegnen fühlt sich wirklich an, als würde man einen Promi treffen.

Wenn man mal davon absieht, dass er mich ebenfalls erkennt. Keine Ahnung, warum mir nie in den Sinn gekommen ist, dass ich für Lilis Freunde genauso existiere wie sie für mich.

Declan schnappt sich meinen Koffer und winkt mein überraschtes »Danke« ab. »Babe, wir warten schon ewig. Wir haben schon so viel von dir gehört.«

Ich werfe Lili einen Seitenblick zu. »Ach ja?«

»Ich habe eine Menge Mist erzählt«, sagt sie. »Die hassen dich total.«

»Nicht mal annähernd.« Er dreht sich zu mir und senkt die Stimme: »Keine Angst, ich stelle immer auf Durchzug, wenn sie anfängt –«

Lili verpasst ihm einen spielerischen Stoß. »Hey, was ist fürs Abendessen geplant?«

»Lustig, dass du fragst! Wir wollten gerade zum Winterfield. Bevor ›der Laden aus allen Nähten platzt‹, wie die jungen Leute sagen.«

»Ach, diese jungen Leute. Was für eine wahnsinnig moderne Ausdrucksweise.«

Declan lacht und öffnet den Mund, um etwas zu entgegnen, wird allerdings von zwei Neuankömmlingen unterbrochen: Mika und Kayla. Und wieder überkommt mich dieses nervenaufreibende Déjà-vu.

Mika erkenne ich natürlich von TikTok. Dey hat japanische Wurzeln, ist nichtbinär und stylt sich in einer ganz eigenen Mischung aus maskulin und feminin: Make-up in zartem Glam-Look, Haarspangen, Boyfriend-Jeans und ein Hemd mit Vogelprint. Ich glaube, Lili hat erwähnt, dass dey aus einer Vorstadt von Minneapolis kommt. Es erscheint mir immer noch seltsam, dass jemand, der in Minnesota lebt, Upstate New York überhaupt auf dem Schirm hat. Dass Kayla hier ist, macht schon etwas mehr Sinn, schließlich kommt sie aus Albany. Sie ist groß und schlaksig, hat schwarze Haut, markante Wangenknochen und Sisterlocks, die zu einem Dutt hochgesteckt sind. Ich weiß, dass sie auf Animes steht, und Lili hat erzählt, dass sie früher Cosplay gemacht hat. Als sie mich sieht, keucht sie gespielt übertrieben auf. »Ist das *die* Imogen?«

»Ja. Hi! Kayla, richtig?« Meine Hand zuckt, da ich nicht weiß, ob ich sie ihr hinhalten soll oder nicht. Ist hier eine Umarmung angemessen? Soll ich es wie Declan eben machen und ihr einen Wangenkuss geben?

Mika klemmt sich eine Haarsträhne hinters Ohr und lächelt. »Fühlt sich an, als würden wir uns schon kennen.«

»Du kommst im Herbst auch her, oder?«, fragt Kayla. »Also, offiziell?«

»Jepp! Ja, ich freue mich schon«, sage ich und nicke sehr schnell, größtenteils, um von dem abzulenken, was

Edith mein Resting Bunny Face nennt: große Augen, weiche Züge, immer in Alarmbereitschaft. Ich glaube, es ist nicht mehr so schlimm wie früher. Mittlerweile verfalle ich nur in diesen Modus, wenn ich jemand Neues kennenlerne. Ich spüre es immer sofort, weil es sich anfühlt, als wäre die Verbindung zwischen meinem Mund und meinem Gehirn gekappt. Es passiert auch, wenn ich gerade mitten im Redefluss bin. Das ist besonders lustig.

Aber mal im Ernst, das habe ich von meinem Dad. Er war immer schon schüchtern, wie ich auch. Meine Mom erzählt gern, wie sie jahrelang gedacht hat, Dad wäre ein Riesen-Filmfan, da er in ihrer Kennenlernphase ständig mit ihr ins Kino gefahren ist. Aber eigentlich hat er das getan, damit er nicht reden musste. Und dann hat Mom ihm zu Weihnachten einen Vintage-Popcorneimer geschenkt, also musste er die folgenden Jahre so tun, als würde er Filme lieben, weil er ihre Gefühle nicht verletzen wollte. Also praktisch reine Imogen-Energie.

Aber Dad versteckt es besser als ich. Oder er ist besser darin, im Keller zu verschwinden, wenn es sein muss. Trotzdem erkenne ich es sofort, wenn sein Gehirn offline geht. Das merkt man an den Pausen beim Sprechen.

»Das wird bestimmt der Wahnsinn«, fügt mein Mund hinzu. »Ich weiß ja, wie sehr es Lili hier gefällt.«

Kurz spiele ich das Ganze noch einmal in Gedanken ab. Okay, gut. Ich klinge größtenteils normal. *Wahnsinn. Lili gefällt es.* Nur ein paar grundlegende Imogenismen.

»Okay, das finde ich gut«, sagt Kayla. »Die Reife. Die gefällt mir.«

Lili reibt sich die Stirn. »Ha. Okay, also ... Ich will euch nicht aufhalten. Wir müssen noch kurz diesen Koffer abladen, aber wir können uns beim Abendessen treffen. Kommt Tessa auch?«

»Hab noch nichts von ihr gehört. Wahrscheinlich ist sie noch bei den Machos«, sagt Declan.

»Ich schau mal bei ihr rein, nur für den Fall.« Lili dreht sich zu mir. »Ihr Zimmer ist genau neben unserem. Genau genommen teilst du dir eine Wand mit ihr.«

So wie Lili das sagt, könnte man meinen, ich ziehe direkt ein.

Das Seltsame daran ist, dass sie damit nicht ganz unrecht hat.

Chat mit Gretchen
IS: Aww, danke
IS: Aber alles bestens, wirklich
IS: Alle sind super nett!!
IS: Gretch, es ist so schön hier

GP: Super!!! Bin gerade zurück
GP: Warte
GP: Hast du Mika getroffen 😍

IS: Ja 😊

GP: gsfdgjhsjfj;lk;k';
GP: Sag demm Hallo von mir
GP: WARTE
GP: Doch nicht
GP: Sei locker

IS: Ich versuch's, haha
IS: Ich glaube, wir essen gleich zusammen

GP: NICHT WAHR
GP: IMOGEN, DU HÄNGST MIT MIKA HIYASHI AB
GP: Okay, okay. Wir sind cool, voll entspannt
GP: Ich meine, wie ist dey so?!!! Erzähl mir ALLES

Die Gänge in Lilis Wohnheim sind schmal, mit weißen Betonwänden, engmaschigen grauen Teppichen und den gleichen rechteckigen Neonröhren wie in unserer Schule. Aber es gibt auch heimelige Akzente – das Wort *Hallo* in Blockbuchstaben aus Washi-Tape, Veranstaltungsflyer und ein riesiges weißes Blatt Papier, das in der Nähe des Badezimmers hängt und zur Hälfte mit Kritzeleien und handgeschriebenen Zitaten bedeckt ist. Mir fällt sofort eins auf, das von Lili stammt, mit lilafarbenem Filzstift und in der Handschrift von jemand anderem geschrieben:

Sein oder nicht sein; das ist hier das Brusthaar.

Ich würde es nicht als Schlag in die Magengrube bezeichnen – eher als winzigen scharfen Stich unter meinem Rippenbogen. So treffen mich die Insider anderer Leute immer, aber ich kann das Gefühl nie richtig beschreiben. Eine Variante der Einsamkeit vielleicht.

»Okay, wappne dich«, sagt Lili, als sie ihren Zimmerschlüssel herausholt. »Mein Zimmer ist quasi ein Wandschrank.«

An ihrer Tür hängt eine weiße abwischbare Tafel mit

einer Zeichnung von zwei Katzen im Chibi-Stil, deren Schwänze zu einem Herz verschlungen sind. Darüber kleben zwei wolkenförmige Schilder aus Bastelpapier, wie ich sie an den meisten Türen gesehen habe, an denen wir vorbeigekommen sind.

WILLKOMMEN, EMILIA
WILLKOMMEN, SYDNEY

Als Lili die Tür öffnet, lache ich los. »Mit Wandschrank meintest du Kylie Jenners Schrank.«

»Okay, es ist klein für ein Doppelzimmer!«

»Wie oft schläft Sidney hier noch mal?«

Sie verzieht das Gesicht und stellt meinen Koffer neben einem der Betten ab. Davon gibt es zwei, und sie stehen direkt an den Wänden, beide sind mit Steppdecken und Laken bezogen, die ich von zu Hause kenne – von Lilis Zuhause. Ihr Lieblingseinhorn Puppy mit der Regenbogenmähne liegt unter der Decke des einen Betts.

Ich würde sagen, hier drin ist es ein wenig eng – weniger, weil das Zimmer selbst klein ist, sondern eher, weil die Möbel paarweise aufgestellt sind. Zwei Schreibtische, zwei Kommoden, zwei Kleiderschränke, zwei kurze Holzregale. Aber alles ist so von Lilis vertrauter Unordnung eingenommen, dass ich mich sofort wie zu Hause fühle. Auf einer der Kommoden liegt eine Ansammlung von Pop-Tarts und Müsliriegeln zwischen Keramikpferdefiguren und monatealten Geburtstagskarten. Ihr Bücherregal ist das reinste Chaos: Homer, Virgil, Euripides und Aristophanes neben Madeline Miller, Roxane Gay und den Memoiren einer ehemaligen *Bachelor*-Teilnehmerin. Und natürlich hat Lili ihre gesamte Postkartensammlung in zufälliger Anordnung an die Wände geklebt. Die Niagarafälle neben dem Cover der ersten Ausgabe von *Check, Please!* Und »*Tracy Mitrano for Congress*« neben »*Bem-vindo a São Paulo*«.

Über den Betten hängen allerdings nur Fotos – in Reihen angeordnet, die sich zur einen Seite leicht nach unten neigen, da Lili in ihrem Leben noch nie eine gerade Linie hinbekommen hat. Die Fotos über meinem Bett sind größtenteils aus diesem Jahr – Gruppen-Selfies und sonnige Schnappschüsse von ihren Freunden. Die Bilder über Lilis Bett zeigen hingegen unser Zuhause.

Ich durchquere das Zimmer, um sie mir näher anzusehen, und lächele über die Zusammenstellung: die Scheune meiner Familie bei Sonnenuntergang, die Hauptstraße von Penn Yan, ein doppelter Regenbogen über dem Keuka Lake. Eine Kleinstadt im Staat New York in winzigen Zehn-mal-fünfzehn-Fotoabzügen festgehalten. Und dazwischen: Familienporträts, Bilder aus unserer Kindheit. Natürlich gibt es mindestens ein Dutzend Aufnahmen von Mel, inklusive der von meinem zehnten Geburtstag, auf der Lili als Mel verkleidet ist. Darauf stehe ich als meine Katze Quincy verkleidet neben ihr, und wir tragen beide leuchtende Halsketten und halten unsere Kissenbezüge hoch, die vor Halloween-Süßigkeiten überquellen. Es gibt ein Foto von Lili und Otávio, sieben und fünf Jahre alt, freudestrahlend in weißen Fußballtrikots der Corinthians – und daneben, fast ein Jahrzehnt später aufgenommen, ein Bild von der weinenden Lili, wie sie sich ein Buch von Casey McQuiston signieren lässt. Sie hat sogar das Foto aufgehängt, das ihre Mutter vor zwei Jahren unbedingt machen wollte, als wir im Sommer bei Seneca Farms Eis verkauft haben. Da war Lili auf dem Höhepunkt ihrer launischen Schwarzer-Eyeliner-Phase und funkelt wütend über den Tresen hinweg in die Kamera. Pflichtbewusst stehe ich neben ihr, mit einem Eislöffel und einem »Wie kann ich Ihnen helfen?«-Lächeln.

Aber mein Lieblingsbild ist das von uns bei der Pride-Parade im letzten Sommer, eine Woche nachdem Lili sich geoutet hat. Sie ist in eine rosa-gelb-türkis gestreifte Flagge gehüllt, und ich lehne mich an sie, den Ellenbogen auf ihre Schulter gestützt. Edith hat das Foto gemacht, und sie muss kurz vorher etwas Lustiges gesagt haben, denn wir lachen beide lauthals darauf.

»Hier gefällt es mir sehr«, sage ich, während ich mich auf Lilis Bett setze.

»Ha, danke.« Sie lässt sich neben mich plumpsen. Dann starrt sie einen Moment lang stur geradeaus, ohne etwas zu sagen. »Okay, wir müssen reden«, meint sie schließlich.

Mein Herz macht einen Hüpfer. »Oh ...«

»Es ist nichts Schlimmes! Ich meine, also, nichts Katastrophales? Keine Ahnung.« Langsam nicke ich, und sie sieht mich an. »Also. Meine Freunde –«

»Sind toll! Im Ernst. Sie sind so nett.«

»Ja, doch, definitiv, aber das ...« Sie verstummt und nimmt ihre dunklen Haare im Nacken zusammen, bevor sie sie hochdreht und wieder fallen lässt. »Ich weiß, das eben war ein bisschen seltsam – nicht wegen dir«, fügt sie hinzu. »Imogen, nein. Wenn du dich jetzt entschuldigst, bringe ich dich wirklich um.«

Schnell presse ich mir eine Hand auf den Mund, und Lili lacht.

Dann seufzt sie. »Also, Folgendes: Meine Freunde hier sind so queer.«

»Du doch auch.« Kurz halte ich inne und runzele die Stirn. »Oh Gott ... denken sie ... Ich will nicht, dass sich jemand nicht sicher fühlt, oder ...«

»Immy, nein, komm schon. Niemand hält dich für queerphob.« Lächelnd schüttelt sie den Kopf. »Und ja, ich bin queer. Ich gehöre dazu. Definitiv. Ich schätze, es ist einfach so, wie sie ... Weiß auch nicht. Sie wissen, wer sie sind, verstehst du?«

»Okay ...«

»Kayla zum Beispiel?«, fügt sie hinzu. »Sie hat sich schon in der Mittelschule geoutet. Ist in der achten Klasse mit einem Mädchen zum Schulball gegangen und hat sie auf der Tanzfläche geküsst. Mitten in der Sporthalle.«

»Wow, cool!«, erwidere ich und verziehe das Gesicht, schon bevor die Worte überhaupt meine Lippen verlassen haben. Meine Stimme klingt immer höher, wenn andere Leute darüber sprechen, dass Mädchen sich küssen. Was überhaupt keinen Sinn ergibt, da ich 24/7 von queeren Menschen umgeben bin. Manchmal findet Gretchen das nervig. Aber manchmal sagt sie, es sei süß und dass ich die Unschuld vom Lande mit einer Mommys-erster-Tag-bei-PFLAG-Ausstrahlung bin. Das macht mich allerdings nur noch befangener.

Vielleicht ist diese Verlegenheit so ein Kleinstadt-Ding, das man erst mal abschütteln und verlernen muss. Abgesehen von den Treffen der Pride Alliance ist Penn Yan nicht gerade ein Paradies für queere Menschen. Zwei Mädchen, die sich auf der Tanzfläche in der Sporthalle meiner Mittelschule küssen, kann ich mir nicht einmal vorstellen. Das

Bild will nicht in meinen Kopf. Ich weiß, dass in meiner Stufe damals ein oder zwei gleichgeschlechtliche Paare waren, aber es war eher eine verschwiegenere Sache. Kein Geheimnis, aber eben auch nicht sehr auffällig.

Und alle in der Pride Alliance reden davon, wie schwer es ist, jemanden aus unserer Schule zu daten. Gretchen sagt, das liege daran, dass sich in Penn Yan alle kennen. Man kann schlecht die Hand eines Mädchens in der Mensa halten, wenn deine Lehrer mit deinen homophoben Eltern befreundet sind. Nur theoretisch natürlich, denn Mama Patterson ist nicht homophob, auch meine und Lilis Eltern nicht. Aber irgendwie hat es die Homophobie wohl trotzdem in die Atmosphäre geschafft. Denn selbst Edith, die quasi immer schon geoutet war, hat vor Zora niemanden gedatet.

Ich wünschte wirklich, ich könnte lockerer mit solchen Dingen umgehen.

»Und das ist nur Kayla«, sagt Lili. »Tessa und Mika hatten beide Freundinnen auf der Highschool. Eigentlich schon in der Mittelschule. Und Mika war sogar fünf Jahre mit deren Ex zusammen. Und Dec kommt aus Manhattan, also wer weiß? Er ist noch mal eine ganz andere Nummer. Da ist es schwer, sich nicht unzulänglich zu fühlen, weißt du?«

»Weil du noch nie jemanden gedatet hast?«

Früher haben wir beide oft Scherze darüber gemacht. Wir gehörten dem Für-immer-Single-Club an. Keine festen Freunde. Keine Flirts. Nur zwei ewig alleinstehende Besties, die mehr Zeit mit Tieren als mit Jungs verbringen.

Dabei ist es ja nicht so, als hätte ich keinen Freund gewollt. Denn das wollte ich. Das will ich. Ich verliebe mich ständig. Nur spreche ich nicht darüber. Nicht mal mit Gretchen und Lili so richtig. Schwärmereien waren für mich immer schon etwas sehr Persönliches. Ich weiß, dass das seltsam ist. Es fühlt sich definitiv einsam an. Aber ich glaube nicht, dass ich mir als Single jemals unzulänglich vorgekommen bin.

»Das ist es nicht.« Lili runzelt die Stirn. »Nicht direkt. Manchmal fühle ich mich nur wie ein Baby in Sachen Queerness. Ich war erst drei Monate lang geoutet, als ich hergekommen bin.«

»Dafür sollte dich niemand verurteilen.«

»Tun sie auch nicht.« Sie hält kurz inne. »Ich habe ihnen erzählt, dass ich mich in der Highschool geoutet hätte.«

Damit fühle ich mich gerade total überfordert. »Interessiert es Leute echt, wann du dein Coming-out hattest?«

»Also, meine Freunde nicht.« Lili bedeckt ihr Gesicht mit beiden Händen. »Keine Ahnung, das war einfach dumm von mir, und ... okay.« Dann stößt sie eine Art kurzes gedämpftes Stöhnen aus, bevor sie die Hände sinken lässt. »Ich muss dir was erzählen.«

Plötzlich ist es wieder Sommer – dieser Sonntagabend im Juni. Lili hat sich irgendwie überreden lassen, zu der Abschlussparty von dieser Brianna zu gehen, was genauso langweilig war, wie wir erwartet hatten. Also sind wir schon früh wieder gegangen. Lili hat mich nach Hause gefahren. Ich weiß noch, dass es geregnet hat, ganz wenig nur, und dass ich irgendwie von den Tropfen hypnotisiert war, die an dem Beifahrerfenster heruntergeflossen sind. Und dann hat sie bei einer Ampel auf der Main Street gehalten und plötzlich meinen Namen gesagt.

»Also, ich denke ... wahrscheinlich bin ich pan. Also pansexuell.«

Dabei hat sie stur geradeaus gestarrt und ist sofort weitergefahren, als es grün wurde. Aber sie hat sich auf die Lippe gebissen, genau wie jetzt, und ich frage mich fast ...

»Ähm.« Sie lacht nervös, und ich werde zurück ins Hier und Jetzt geworfen. In Lilis Zimmer. Sie muss mir etwas erzählen. »Versprich mir, dass du mich nicht hassen wirst.«

4

Ich lache. »Nein, ich werde dich nicht hassen, versprochen.«

»Äh. Vielleicht doch.« Sie blinzelt, presst die Lippen aufeinander und redet dann sehr schnell weiter: »Okay, es war Einführungswoche. Alle haben in meinem Zimmer abgehangen, und irgendwie ist das Thema Dating aufgekommen. Ich saß also hier, habe einfach nichts dazu beigetragen und bin mir wie eine Hochstaplerin vorgekommen …«

»Bist du ni–«

»Ich weiß! Ich weiß, es ist lächerlich. Keine Ahnung, was da in meinem Kopf vor sich gegangen ist, aber ich wollte mich einfach mehr … dazugehörig fühlen, schätze ich. Also meinte ich: ›Ja, absolut, ich hatte definitiv eine Freundin.‹ Nur, Immy, ich war nicht überzeugend. Überhaupt nicht.«

»Du musst niemanden überzeugen! Du gehörst total dazu.«

»Ich habe mich absolut bescheuert verhalten, weißt du noch? Also kam die Panik in mir hoch, weil sie mich definitiv durchschauen würden, und ich dachte mir: ›Cool,

cool. Alle werden mich für ein Hetero-Mädchen halten, das nur so tut.‹«

»Du ... Haben sie das?«

»Überhaupt nicht! Sie haben es nicht mal hinterfragt! Sie meinten nur: ›Oh, schön, wie habt ihr euch kennengelernt?‹ Was mich natürlich ins Schwitzen gebracht hat. *Gut gemacht, Emilia, viel Spaß dabei, dir spontan eine falsche Ex-Freundin auszudenken.*« Kurz schließt sie die Augen. »Aber dann meinte Tessa – sie saß genau da, wo du jetzt sitzt, und meinte plötzlich: ›Oh, ist sie das?‹, und hat auf dieses Foto gezeigt.« Lili dreht sich zur Seite und tippt auf eine Aufnahme.

Es ist das Bild von der Pride Parade, auf dem wir lachen.

»Oh!« Ich werde rot. »Sie dachte –«

»Genau.«

»Ich meine, das ist lustig«, sage ich.

»Ich habe es bestätigt«, fügt sie leise hinzu.

Jetzt lache ich ein bisschen. »Dass ich ... deine Freundin bin?« Die Worte fühlen sich seltsam auf meiner Zunge an, fast schon fremd.

»Ex-Freundin. Wir haben uns letzten Sommer im Guten getrennt. Es tut mir so leid. Uff. Das ist total scheiße und komisch, ich weiß.«

Ich blinzele. »Nein! Nein, es ist –«

»Es ist ... In dem Moment war es die einfachste Antwort. Aber das ist keine Entschuldigung. Ich habe es nicht richtig durchdacht. Nichts davon.« Sie stößt ein panisches Lachen aus. »Wie die Tatsache, dass meine ›Ex-Freundin Imogen‹ eine reale Person ist, die sie irgendwann treffen würden.«

Ich versuche, das in meinen Kopf zu bekommen. »Also wissen sie, wer ich bin. Nur denken sie, dass wir zusammen waren?«

Lili drückt sich beide Hände an die Wangen. »Wir sind an Neujahr zusammengekommen und haben uns im Juli getrennt, aber das war's. Du bist du, wir sind beste Freundinnen, sind zusammen aufgewachsen und so. Alles andere ist wahr. Oh, aber du bist queer. Sie denken, du bist bi.« Sie verzieht leicht das Gesicht. »Sorry.«

»Nein, das macht Sinn. Natürlich bin ich das. Wäre ich es. Wenn wir zusammen waren. Logisch.« Ich nicke schnell.

»Okay, du nimmst das Ganze zu gut auf. Immy, ich habe gelogen! Ich habe deine Identität ausgelöscht.«

»Meine Hetero-Identität? Ich glaube, das geht nicht.«

»Hör auf, mir zu Munde zu reden! Du darfst eine Meinung dazu haben.«

»Aber es ist keine große Sache.«

»Die Tatsache, dass alle meine Freunde denken, du wärst queer? Und dass wir zusammen waren? Damit hast du kein Problem?«

»Warum sollte ich?«

Lili schüttelt den Kopf. »Wieso flippst du nicht aus? Du musst dich doch fragen, ob ich insgeheim in dich verliebt bin, oder?«

»Was? Nein, Lili ... Ich habe nicht –«

»Das bin ich nicht, versprochen. Ich will nur sagen, dass du das Recht hast, dich deswegen unwohl zu fühlen. Es macht mir auch nichts aus, wenn du mich auffliegen lässt. Also, es macht mir schon was aus. Aber wenn du die

Dinge klarstellen willst, können wir das tun. Das würde ich verstehen.«

Ich öffne den Mund und schließe ihn wieder, da mir immer noch ganz schwindelig ist. Irgendwie bin ich an dem Punkt hängen geblieben, dass Lili denkt, ich denke, dass sie in mich verliebt ist.

Was sie nicht ist. Und ich nicht denke.

Aber die Tatsache, dass sie denkt, ich könnte mich das fragen ... Als wäre ich diese Art Hetero, die überzeugt davon ist, alle queeren Leute in ihrer Nähe würden kaum die Hosen anbehalten können.

Zugegeben, manchmal frage ich mich schon, was queere Mädchen von mir halten. Aber das ist nur so ein gelegentlicher flüchtiger Gedanke. Definitiv keine Du-liebst-mich-Sache.

Nicht, dass ich ein Problem damit hätte, wenn ein queeres Mädchen auf mich stehen würde. Ehrlich gesagt, würde ich mich ziemlich geschmeichelt fühlen.

Ich drücke Puppy das Einhorn fest an meine Brust. »Also geht es nur darum, dass ... ich bisexuell bin? Und wir mal zusammen waren, aber jetzt Freunde sind? Und abgesehen davon –«

»Nur darum. Alles andere ist echt, versprochen. Keine falschen Dates oder Erinnerungen oder so was. Nur das, was wir wirklich gemacht haben. Wie der Eiscreme-Marathon, die Scheunenabenteuer und das eine Mal, als wir Mel und Eloise nach Watkins Glen mitgenommen haben. Davon habe ich nichts geändert. Nur denken sie wahrscheinlich, dass wir anschließend nach Hause gefahren sind und rumgemacht haben. Aber über den Teil müssen wir nicht reden«, fügt sie schnell hinzu. »Ich will wirklich nicht, dass du dich unwohl fühlst –«

Es klopft an der Tür. Lili sieht mich an.

»Ich fühle mich nicht unwohl. Echt nicht.«

»Okay, na dann. Ich schulde dir was«, murmelt sie, bevor sie »Herein!« ruft.

Die Tür wird geöffnet, und ein Mädchen im Bademantel kommt ins Zimmer. Sie ist weiß, hat feuchte kurze dunkle Haare und hält einen Plastikbehälter mit Duschzeug in der Hand. Das ist ganz eindeutig Tessa, auch wenn ihre Haare auf den meisten Fotos länger waren. Ihr Gesicht strahlt eine unvergessliche Offenheit aus, mit ihren großen braunen Winona-Ryder-Augen und den Clea-DuVall-Sommersprossen.

»Hey, treffen wir die anderen beim Winterfield? Ich kann in fünf Minuten fertig sein. Ich muss nur –« Abrupt hält sie inne. »Oh mein Gott, Imogen, hi! Sorry, normalerweise trage ich Klamotten.«

»Hi! Jepp. Imogen«, sage ich. »Ich trage auch Klamotten.«

Sie stößt ein kurzes blubberndes Lachen aus, das eher wie ein tiefes Kichern klingt, und ihr Lächeln erinnert mich an jemanden, der gerade seine Zahnspange losgeworden ist. Nicht, dass ich Tessa je mit einer Zahnspange gesehen hätte. Keine Ahnung, ob sie mal eine hatte. Damit meine ich nur, dass ihr Lächeln etwas Überraschendes hat.

Dann fährt sie sich mit der Hand durch die Haare, und diese Geste hat etwas so Maskulines an sich, dass es mich aus dem Gleichgewicht bringt.

»Neben dir fühle ich mich total underdressed«, sagt Lili, als wir das Treppenhaus betreten.

Ich blicke auf meinen Rock hinunter. »Denkst du, ich sollte –?«

»Nein, du siehst toll aus. Ich bin diejenige, die aussieht wie eine Zombie-Camp-Mitarbeiterin.« Sie hält mitten auf der Treppe an, um sich die Sneakers über die Fersen zu ziehen. »Hey. Sicher, dass das alles okay für dich ist?«

»Du meinst die Sache mit der Ex-Freundin?«

»Ich will nur nicht, dass du das Gefühl hast, du könntest nicht du selbst sein, verstehst du?« Sie wirft einen Blick über ihre Schulter. »Fast geschafft, noch ein Stockwerk.«

Als wir unten ankommen, führt sie mich in einen Korridor, der genauso aussieht wie der vor ihrem Zimmer: Betonwände und Holztüren, einige stehen offen, und Gelächter, Musik oder Videospiel-Geräusche dringen heraus. Alles riecht nach Kino.

»Popcorn zum Abendessen. Was für ein Lifestyle«, sagt sie.

Als wir am Aufzug vorbeikommen, tritt Tessa heraus. »Was für ein Zufall.«

Lili hebt die Augenbrauen. »Bist du dir zu gut für die Treppen?«

»Die Machos haben mich ausgepowert.« Tessas Blick huscht zu mir, und sie wird rot. »Nicht ... du weißt schon, sexuell. Ich bin nicht ... Ich bin lesbisch. Und kann anscheinend nicht aufhören zu reden.« Sie schiebt sich den Pony zur Seite. Ihre Haare sind nun etwas trockener und liegen in einem perfekt zerzausten burschikosen Bob, wie ich ihn in einer Million Jahren nicht tragen könnte. Nicht ganz kinnlang. Allerdings habe ich diese Frisur immer schon wunderschön gefunden, vor allem, wenn die Haare unten ein wenig nach außen abstehen, wie bei Tessa. Wäre ich tatsächlich bi, dann würde ich mich wahrscheinlich allein wegen ihrer Haare in sie verlieben.

»Okay, Declan sagt, sein Magen wäre – direktes Zitat: ›ein riesiger Hungerschlund‹.« Lili blickt von ihrem Handy auf. »Bro, du sitzt in der Mensa, umgeben von Essen. Denkt er, er darf nichts essen, bis wir da sind?«

»Dann sollten wir ihn besser retten.« Tessa stößt ihre Fäuste gegeneinander. »Imogen, bist du bereit, kulinarische Perfektion zu kosten?«

»Oh«, entgegnet Lili, »das ist es definitiv nicht.«

Wir gehen einen gewundenen Pfad hinter den Wohnheimen entlang, und Tessa erzählt uns vom Fahnenraub-Spiel mit den Machos, die sie ausgepowert haben, aber nicht sexuell. »Also die Flagge soll eigentlich sichtbar sein«, sagt sie, »aber da Callum keine fünf Sekunden aushält, ohne zu schummeln –«

»Callum ist ein Freund ihres Bruders«, erklärt Lili.

»Genau, Cal ist quasi der König der Machos. Zumindest hält er sich dafür. Aber eigentlich ist er ein Arschloch. Also seine ganze Persönlichkeit ist einfach … ein Anus.«

»Ich wusste gar nicht, dass Machos eine Monarchie haben«, sage ich.

Lili und Tessa brechen in schallendes Gelächter aus, und ich muss den Kopf einziehen, damit es nicht zu offensichtlich ist, wie zufrieden ich mit mir bin.

Mein Magen fühlt sich an wie am ersten Schultag. Schmetterlinge und Panik. Tessa ist dazu übergegangen, von einem Typen namens Dan zu erzählen, der möglicherweise eine geheime Freundin hat, aber ich verliere ständig den Faden. Denn Geheimnisse und Freundinnen sind gerade mein Problem – ein Problem, das größer und größer wird, je näher wir der Mensa kommen.

Plötzlich fühlt sich alles wie ein Minenfeld an. Eine falsche Aussage, und alles bricht zusammen. Ich glaube, Lili versteht gar nicht, wie heikel das Ganze ist. Klar, ich kann ein paar Anekdoten unserer Freundschaft zum Besten geben, aber was, wenn jemand nach unserem ersten Date fragt? Unserem ersten Kuss? Da existiert keine Wahrheit, auf die ich mich berufen kann. Was, wenn meine Version der Geschichte nicht mit ihrer übereinstimmt?

Und was ist, wenn ich nicht glaubhaft als queer rüberkomme?

Denn das Ding ist, ich bin nicht einfach nur hetero – ich bin hoffnungslos, unverkennbar, offensichtlich hetero. Gretchen hat mir mal gesagt, queere Leute hätten dafür ein Gespür, eine Art sechsten Sinn. Sie würden es einfach wissen, wie ein Bauchgefühl.

»Wie ein Gaydar?«, habe ich gefragt, was sie zum Lachen gebracht hat.

»So ungefähr ... Man merkt es einfach. Ich glaube, man trägt das in sich. Wie einen Sicherheitsmechanismus. Man denkt sich: ›Okay, also diese Person wird wahrscheinlich kein Hassverbrechen an mir verüben.‹«

Als sie das gesagt hat, habe ich ein Stechen in meiner Brust gespürt. Queer erkennt queer. Wenn man so darüber nachdenkt, ist das traurig und schön zugleich.

Manchmal wünsche ich mir wirklich, ich würde dazugehören.

Ich erinnere mich noch an den ersten Dienstag in der neunten Klasse, an dem ich zum ersten Mal an einem Treffen der Pride Alliance teilgenommen habe. Gretchen hat darauf bestanden, zehn Minuten vor Beginn des Treffens dort zu sein – was zur Folge hatte, dass wir zehn Minuten lang in der Nähe der Tür von Ms Dugans Klassenzimmer herumlungerten, als wären wir auf einer Observierungsmission. Gretchen hat sich so gefreut, dass sie völlig unbekümmert und euphorisch wirkte, aber ich wurde von Minute zu Minute nervöser.

Ich bin einfach das Gefühl nicht losgeworden, dass die Gruppe mich sofort rausschmeißen würde. Ich habe mir immer wieder vorgestellt, wie alle aufhören würden zu reden, sobald ich den Raum betrete. Es würde ein paar Momente kühlen Schweigens geben. »Kann man ... dir helfen?«, würde schließlich jemand fragen.

Natürlich war das erste Treffen letztendlich vollkommen entspannt, und ich konnte gar nicht glauben, dass ich mir im Voraus so viele Sorgen gemacht hatte. Die Gruppe war kleiner als gedacht. Keine Ahnung, warum ich die NYC Pride Parade mitten in der Penn Yan Highschool erwartet habe, aber an dem Tag waren es ungefähr ein Dutzend Leute. Gretchen und ich waren die einzigen Freshmen, aber selbst das hat eine coole Dynamik ergeben. Als wären wir die süßen kleinen Cousinen bei einer Familienfeier. Alle schienen aufrichtig erfreut darüber, uns dabeizuhaben. Und als ich bei der Willkommensrunde nervös geworden bin, hat mich niemand gehetzt. Was es einfacher für mich gemacht hat, die Schüchternheit zu überwinden.

»Ich bin Imogen. Sie/ihr«, habe ich gesagt. »Und ich habe eine queere Schwester.«

Die Mensa ist so viel größer, als ich sie mir vorgestellt habe. Definitiv größer als die Cafeteria meiner Schule und bestimmt doppelt so laut, obwohl nur die Hälfte der Tische besetzt sind. Mit dem Kuppeldach aus Glas sieht sie aus wie ein riesiges rundes Gewächshaus.

Lili und Tessa führen mich zu einem abgetrennten Bereich an der hinteren Fensterfront, in dem sich lauter Theken und Essensstationen aneinanderreihen. Es gibt eine Grillstation mit dem Namen The Burger Joint zwischen einer Sandwichtheke und einem Buffet mit vegetarischen Gemüsepfannen. In der Ecke entdecke ich Pizza mit glutenfreien und veganen Optionen, und das Salat- und Pastaangebot habe ich mir noch nicht einmal angesehen. Die schiere Vielzahl an Möglichkeiten übersteigt mein Denkvermögen.

Tessa sieht mir ins Gesicht und lacht. »Ja, es ist ganz schön viel. Aber ich helfe dir.« Mit einer Hand nimmt sie sich ein Tablett, während sie mit der anderen meinen Arm tätschelt. »Grenzen wir es ein. Wie bist du zu Pizza eingestellt?«

»Absolut positiv.«

»Hey.« Lili stupst mich mit ihrem Tablett an. »Butterige Käsesandwiches auf zwei Uhr.«

»Oh, bepinselt?«, fragt Tessa.

»Bepinselt.«

Wie sich herausstellt, handelt sich dabei um eine Zubereitungstechnik für Käsesandwiches, die einen Backpinsel und eine riesige Schüssel geschmolzene Butter voraussetzt. »Das ist pure Freude in Form von Essen«, schwärmt Lili. »Besser als Schokolade. Besser als Hundewelpen.«

»Du solltest keine Hundewelpen essen«, entgegne ich.

Als wir unsere Teller befüllt haben, gehen wir zu den Kassen, wo Lili alles mit einem Wischen ihres Studierendenausweises bezahlt. Tessa ist gleich hinter uns, und wir warten am Rand des Essbereichs auf sie.

»Bereit?« Lilis Stimme klingt vollkommen entspannt. Aber zwischen den Zeilen lese ich: *Es ist Showtime, Imogen. Licht, Kamera, Action.*

*

Als wir dann am Tisch ankommen, haben Declan, Kayla und Mika schon fast aufgegessen. Allerdings scheinen sie es nicht eilig zu haben. Lili setzt sich neben Declan. »Alles gut an der Hungerschlund-Front?«

Kayla hebt eine Augenbraue. »Will ich das überhaupt wissen?«

»Vollständig besänftigt, danke auch«, sagt Declan, der sich gähnend den Bauch tätschelt. »Außerdem habt ihr gerade haarscharf verpasst, wie die Security-Leute zwei Chi-Phi-Bros hinauseskortiert haben.«

»Ähm, willst du ihnen jetzt wirklich das Wesentliche

vorenthalten? Erzähl ihnen, warum sie hinauseskortiert wurden.« Kayla schüttelt den Kopf. »Diese Typen haben einen Striptease auf einem Tisch hingelegt –«

»Einen halben Striptease«, stellt Declan richtig.

Mika beugt sich vor. »Das ist hier nicht das Wesentliche, Leute. Damit haben sie nur die Security abgelenkt, damit ihre Komplizen sich mit einem Bottich Eiscreme aus dem Staub machen konnten. Und wisst ihr, wer es war?« Alle drehen sich zu Lili. »Der Sex-Rummel-Typ.«

Lili keucht. »War er nicht!«

»Kein Spaß.«

»Wer ist der Sex-Rummel-Typ?«, frage ich, und alle lachen, woraufhin meine Wangen warm werden, obwohl ich weiß, dass sie nicht über mich lachen. Aber ich fühle mich so außen vor gelassen. Zwei Schritte hinter allen. Als würde ich ein fremdes Land besuchen und die Sprache nur zur Hälfte verstehen.

»Ja«, sagt Lili gedehnt und presst sich die Hand an die Stirn. Dann dreht sie sich zu mir. »Habe ich dir von Sydneys Party erzählt?«

»Sydney, deine Mitbewohnerin?«

Sie nickt. »Jepp. Also, es war Oktober, glaube ich. Irgendwann im Herbst, Sydney war noch hier, logisch. Und ich bin an dem Abend ausgegangen –«

»Das war die Halloween-Party!«, ruft Kayla dazwischen.

Die Halloween-Party. Ich spüre einen scharfen Stich in der Brust bei der Erinnerung daran, wie ich aufgewacht bin und Fotos von Lili und ihren Freunden gesehen habe, die in ihren abgesprochenen Kostümen grinsend auf einem extralangen Einzelbett lagen. Ich bin mit Gretchen bei einer Hausparty gewesen, aber die war langweilig und seltsam, und niemand hat unsere Kostüme verstanden. Wir waren um zehn schon wieder zu Hause und im Schlafanzug.

»Stimmt, genau«, sagt Lili. »Es ist also, keine Ahnung, ungefähr zwei Uhr morgens. Ich komme gerade nach Hause, Tessa ist auch dabei. Und wie sich herausstellt, hat Sydney sich entschieden, in unserer Abwesenheit eine Orgie zu veranstalten.«

Meine Augen werden groß. »Oh …«

Lili tätschelt mir die Schulter. »Keine echte Orgie. Aber ja, mein Zimmer sieht aus, als wäre eine Bombe eingeschlagen. Es riecht nach Bier. Sydney ist nirgendwo zu finden. Man kann hören, wie sich jemand im Bad übergibt. Die Würgegeräusche.« Sie schaudert. »Und da stehe ich, völlig nüchtern, völlig sprachlos. Tess steht neben mir, mit heruntergeklappter Kinnlade.«

»Das stimmt.« Tessa nickt feierlich.

»Und dann fällt mir auf«, Lili klatscht in die Hände, »dass zwei vollkommen fremde Menschen es in meinem Bett treiben.«

»Oh nein …«

Lili lässt den Kopf hängen. »Genau vor Puppy.«

»Okay, erzähl weiter«, sagt Kayla mit funkelnden Augen.

Lili murmelt leise etwas vor sich hin.

»Wie war das, Babe?«

Sie seufzt. »Ich habe gesagt: ›Der Sex-Rummel ist vorbei.‹«

»Gesagt?« Tessa bemüht sich sichtlich, ein Lächeln zu unterdrücken. »Ich glaube, es war eher ein Bellen.«

»Und dann habe ich meine Bettwäsche achtmal gewaschen.«

»Und die Welt hat ein neues Kultkonzept dazugewonnen«, schließt Kayla. »Den Sex-Rummel.«

Lili zieht eine Grimasse. »Was für ein Vermächtnis.«

»Nun, das und Jean-Claude«, führe ich an.

Lili vergräbt das Gesicht in den Händen, aber ich erkenne, dass sie lächelt.

Kayla wackelt mit den Augenbrauen. »Oh-oh, wer ist Jean-Claude?«

»Ihr falsches Twitter-Ich. Jean-Claude LePoisson, vierundzwanzig Jahre alt, er/ihn. Hat nur Google-Translate-Französisch gesprochen.«

»Ein richtiger sexy *Bichon*«, fügt Lili hinzu.

»War er wirklich sexy?«, frage ich. »Oder hatte er nur fünf Baguettes im Arm?«

Declan stellt sein Handy zwischen zwei Tabletts aufrecht hin. »Wir haben eine Biografie. Ich wiederhole, wir haben eine Biografie.« Er räuspert sich. »*Je suis Jean-Claude et j'habite en France.* Sehr überzeugend. Vor allem mit dem Standort Rochester, New York, darunter.«

»Ebenfalls falsch! Nur weniger falsch. Jean-Claude hat vergessen, seinen Standort zu wechseln, als er den Account gestohlen hat.«

»Also, um ganz deutlich zu sein: Dein französisches Fake-Ich ist ein Account-Dieb«, fasst Mika zusammen.

»Jepp! Er hat den Account einer neunundzwanzigjährigen Lesbe aus Rochester namens Melissa gestohlen. Die ebenfalls ich war.« Lili tippt sich an die Brust. »Mit elf. Und ich hatte keine Ahnung, dass ich queer bin.«

»Eine unterdrückte Queen!« Kayla grinst. »Seht ihr, das

ist der Wahnsinn. Jetzt wissen wir, wen wir anrufen müssen, wenn wir Lilis schmutzige Geheimnisse erfahren wollen.«

»Oh, davon habe ich einige auf Lager«, bestätige ich.

Lili hebt ihren Mittelfinger und küsst ihn.

Tessa sieht mich grinsend an. »Ja, dich behalten wir.«

Ich erwidere das Grinsen und fühle mich schon fast berauscht angesichts meines Mangels an Zurückhaltung. So ungehemmt bin ich sonst nie vor neuen Leuten. Aber vielleicht ist das College wirklich vollkommen anders als alles, was davor kam. Vielleicht mache ich diesen Ort zu meinem.

Tatsächlich kann ich es mir vorstellen: ich, in einem Jahr, total in diese Gruppe integriert. Bis dahin haben wir unsere eigene Sprache – massenhaft Insider-Witze und Anspielungen, die niemand außer uns versteht. Wir führen ganze Gespräche nur mit kurzen Blicken.

Ich denke an Lili und daran, wie ihr Gesicht jedes Mal strahlt, wenn sie von Blackwell spricht. Als hätte sie sich in diesen Ort verliebt.

Also werde ich mich vielleicht auch in ihn verlieben.

*

Die Sonne geht gerade unter, als wir uns auf den Rückweg zum Wohnheim machen. Die Gruppe löst sich auf, aber nur für den Moment. Wir treffen uns in etwa einer Stunde für einen Quizabend im Studierendenzentrum.

»Das ist total entspannt«, versichert Lili mir.

»Absolut«, fügt Tessa hinzu. »Und man kann Geld gewinnen.«

»Nur tun wir das nie, weil wir richtig schlecht sind«, sagt Lili.

»Okay, aber hör zu.« Tessa zeigt auf sie. »Ich glaube, heute ist unser Abend.«

Lili lächelt leicht. »Ach ja?«

»Ich meine ja nur, wir haben jetzt Imogen.«

Mir entfährt ein erschrockenes Lachen. »Was?«

»Stimmt.« Lili grinst.

»Und Jean-Claude«, sagt Tessa. »Der wird bei den ganzen Französisch-Fragen definitiv hilfreich sein.«

»Es hat noch nie eine Französisch-Frage gegeben.«

»Wir müssen es einfach strategisch angehen! Unsere Stärken einsetzen.« Tessa pikst mir in den Arm, und mein Herz macht einen kleinen Hüpfer. »Was ist dein Fachgebiet?«

In dem Moment kommen wir beim Wohnheim an, und Lili öffnet die Tür mit ihrer Schlüsselkarte.

»Ähm.« Ich überlege. »Alles zu zerdenken?«

»Oh, schön. Jepp. Immer gut, so jemanden im Team zu haben«, meint Tessa.

»Sie ist nur bescheiden«, sagt Lili und sieht mich an. »Immy, du bist buchstäblich eine preisgekrönte Bäckerin. Willst du das einfach unter den Teppich kehren?«

Tessa bleibt abrupt stehen. »Du bist eine preisgekrönte Bäckerin?«

»Ja ... ich will ja nicht angeben, aber ...«, ich unterdrücke ein Lächeln, »ich habe beim Backwettbewerb der Li'l-Cookies-Bibliotheksspendenaktion in der Kategorie ›Zehn und jünger‹ den Gewinn abgeräumt.«

»Respekt, tolle Leistung.« Tessa gibt mir ein High five.

»Bestes Rice-Krispies-Gebäck meines Lebens«, sagt Lili.

»Danke! Das Rezept steht auf der Rückseite der Rice-Krispies-Verpackung.«

»Zählt trotzdem!« Lili drückt auf den Knopf für den Aufzug. »Und ... lass mich überlegen ... sie macht die allerbesten Vision Boards.«

»Meinst du diese Tafeln beim Augenarzt?« Tessa legt den Kopf schief. »Lies die Buchstaben und Zahlen vor? In welche Richtung guckt das E?«

Ich lache. »Nein. Eher wie eine visuell-ästhetische Collage.«

»Warte, lass mich meine Notizen-App öffnen und das aufschreiben«, sagt Tessa, während sie ihr Handy aus der Tasche fischt. »Okay, Imogens ... Fach...gebiet. Rice-Krispies-Gebäck, Vision Boards ...«

»Und mit einer Katze auf dem Schoß tippen«, fügt Lili hinzu, als wir den Aufzug betreten. »Darin ist sie großartig. Oh, und Emoji-Präzision.«

»Was?« Ich lächele.

»Du findest eben immer das perfekt passende Emoji.«

»Danke?«

»Die meisten sind da eher faul. Aber du nicht.« Lili drückt auf den Knopf für das zweite Stockwerk und dreht sich wieder zu Tessa. »Oh, schreib noch auf, dass sie gut darin ist, so auszusehen, als würde sie nicht zuhören, obwohl sie ganz genau zuhört. Das ist etwas unheimlich.«

Ich nicke. »Klingt doch alles nach total normalen Quiz-Kategorien.«

»Ja, den Sieg haben wir in der Tasche«, meint Tessa und stößt grinsend ihren Zeh gegen meinen.

7

Lili schließt die Tür und lässt sich neben mir auf die Bettkante sinken. »Wie schlägst du dich? Es ist viel, ich weiß.«
»Nein, es ist toll! Mir geht's gut.«
Eindringlich starrt sie mich an.
Ich lache. »Wirklich!«
»Du fühlst dich nicht überwältigt?«
»Warum sollte ich?«
»Ähm, weiß nicht.« Sie stützt sich auf ihre Hände. »Weil du hier bist? Und bei meiner großen Lüge mitspielen musst?«
»Aber es war okay! Es ist nicht mal zur Sprache gekommen.«
Schließlich ist es nur eine Hintergrundgeschichte, oder? Die Vergangenheit ist immer nur eine Hintergrundgeschichte.
Manchmal denke ich darüber nach, dass die einzige Möglichkeit, jemanden in deine Realität zu lassen, darin besteht, sie nachzuerzählen. Selbst die echten Dinge kommen gefiltert, unvollkommen und verworren heraus. Was ist also so schlimm daran, wenn Lili es einen oder zwei Schritte weitertreibt?
»Okay, aber es ist anstrengend! Und Immy, ich kenne

dich! Ich weiß, dass das kleine Hamsterrad in deinem Kopf schon total durchgedreht ist, weil du dir Sorgen darum gemacht hast, ob meine Freunde dich mögen werden. Kurz dazu: Kayla hat schon geschrieben, dass du großartig bist, und Mika hat gesagt, du bist – Zitat: ›unnormal süß‹.«

Meine Wangen glühen. »Das ist so nett.«

»Und lass mich gar nicht erst mit der kleinen Flirt-Queen Tessa anfangen.«

»Sie ist ... was?« Erschrocken blicke ich auf.

»Oh, keine Sorge! Typisch Tessa. So ist sie einfach.«

»Nein! Also, nein ... ich war nicht besorgt.« Ich halte inne. »Bin ich besorgt rübergekommen?«

»Gar nicht. Ich meinte nur –«

»Es würde mir nämlich nichts ausmachen. Also, ich finde es nicht unangenehm.«

»Wenn Tessa mit dir flirtet?« Lili wirkt leicht verwundert.

Da werde ich knallrot. »Na ja, Mädchen im Allgemeinen eben. Sorry.« Ich schlage mir beide Hände vors Gesicht. »Gerade verhalte ich mich total hetero, oder?«

Lili lacht. »Was?«

»Ich möchte nur nicht, dass sich jemand meinetwegen unwohl fühlt. Und ich möchte dich nicht auffliegen lassen.« Unsicher spähe ich zwischen meinen Fingern hindurch. »Ich weiß, ich bin nicht gerade das glaubhafteste queere Mädchen.«

»Sorry, aber was? Immy, ich weiß nicht mal, was das heißen soll. Das ›glaubhafteste queere Mädchen‹?« Sie blinzelt. »Was macht ein queeres Mädchen denn glaubhaft?«

»Weiß nicht«, sage ich leise.

Die Wahrheit ist, dass ich es nie ganz genau festmachen konnte. Die Art und Weise, wie sich Queerness äußert. Und für die Menschen anscheinend so intuitiv ist. Wie sie es einfach zu wissen scheinen.

Beispielsweise die Sache mit Gretchens unausgesprochenem Gaydar. Aber das ist nicht alles. Es gibt eine bestimmte Ästhetik für queere Mädchen. Oder vielleicht sind es auch mehrere Ästhetiken, aber ich passe in keine davon. Ich habe weder Tessas maskuline Ausstrahlung noch Gretchens rosagefärbte Haare oder eine Jeansjacke, wie Edith sie trägt. Sogar Lili sieht in ihrem Ringer-T-Shirt und ihren Sportshorts potenziell queer aus. Eben als könnte sie queer sein.

Ich wüsste gar nicht, wo ich bei mir ansetzen sollte. Mit einer Großbestellung von Anstecknadeln? Irgendeiner Art Haartransformation? Ich habe meine Haare noch nie gefärbt, und sie waren nie kürzer als schulterlang. Und ich trage wahrscheinlich mehr Kleider und Röcke als Hosen. Ich bin mir ziemlich sicher, dass es in der Grundschule ein paar Jahre gegeben hat, in denen ich ausschließlich Kleider getragen habe. Alle meine Socken mussten entweder mit Spitze oder Rüschen verziert sein.

Ich bringe das nicht gut rüber.

Wenn ich versuche, es in Worte zu fassen, klingt es nur wie eine Liste oberflächlicher Details und Stereotype. Ich wette, man würde mich lachend des Campus verweisen, wenn ich so etwas laut aussprechen würde. Oder ich würde gecancelt werden. Wahrscheinlich beides. Aber da muss doch ein Funken Wahrheit dran sein, oder? Es muss eine Art sichtbares Zeichen für Queerness geben. Wie könnten sonst so viele Leute auf den ersten Blick wissen, dass ich hetero bin?

Vielleicht liegt es an einer bestimmten Ausstrahlung. Oder an dieser Unbeholfenheit, die Hetero-Mädchen manchmal in der Nähe von queeren Mädchen empfinden. Gretchen hat mich im Sommer deswegen zurechtgewiesen.

Das Gespräch hat sich Wort für Wort in mein Gedächtnis eingebrannt.

Wir haben im Schneidersitz in ihrem Zimmer auf dem Boden gesessen und einen Haufen Nachrichten analysiert, die sie von einem Mädchen namens Ella bekommen hatte. Die beiden hatten sich einige Wochen zuvor bei einem dieser MINT-Förderungsprogramme kennengelernt. Gretchen war sich nicht sicher, ob die Nachrichten flirty waren, weshalb sie sich gedanklich im Kreis gedreht hat. Und da ich keine Ahnung habe, wie Flirten überhaupt geht, habe ich quasi nur genickt.

Bis Gretchen sich mitten im Satz unterbrochen hat und meinte: »Hey, kannst du vielleicht damit aufhören?«

Als ich von meinem Handy zu ihr aufblickte, habe ich gesehen, dass sie Tränen zurückhielt. Dann hat sie sich mit der Hand über die Augen gewischt.

»Ich ... ich weiß nicht genau, womit ich aufhören soll«, habe ich gestottert.

»Du siehst es ernsthaft nicht.«

Ich habe den Kopf geschüttelt.

»Na ja, nur damit du's weißt: Es ist ziemlich schwierig, mit dir über Mädchen zu sprechen, die ich mag. Und so fühle ich mich schon eine ganze Weile.«

Es hat sich angefühlt, als hätten meine Lungen den Dienst verweigert. »Über … Mädchen?«

»Du fühlst dich sichtlich unwohl! Wenn ich über Ella spreche, schaust du mir nicht mal in die Augen. Und so ist es immer. Aber wenn ich über Caden spreche, eigentlich jedes Mal, wenn es um einen Jungen geht, bist du voll dabei.« Sie hat schwer ausgeatmet. »Und das verstehe ich. Es ist für dich einfacher nachzuvollziehen, wenn es um einen Typen geht. Aber meine Schwärmereien für Mädchen sind auch echt! Und sie sind mir wichtig! Und ja, es ist lustig, dass du dabei so verlegen wirst, aber es führt auch dazu, dass ich mich dir nicht öffnen will.«

Bei den Worten ist ihre Stimme etwas gebrochen, und ich saß da, halb erstarrt, halb außer mir. Im Kopf bin ich jedes Gespräch durchgegangen, in dem es um Ella, Caden oder sonst irgendjemanden ging. Habe ich mich wirklich unwohl dabei gefühlt?

Ich dachte nicht. Doch hätte ich es gemerkt, wenn es so gewesen wäre? Immerhin gibt es unbewusste Queerphobie.

Da haben mich Schuldgefühle und Scham so überwältigt, dass ich die Worte kaum herausbekam: »Gretch, es tut mir leid. Ich weiß gar nicht, was ich sagen soll.«

»Schon gut. Du hast es nicht gewusst«, erwiderte sie. »Aber die Entschuldigung weiß ich zu schätzen.«

»Ich kann gar nicht glauben, dass ich dir dieses Gefühl gegeben habe.«

»Ja … das ist so eine Sache. Ich meine, wir leben in einer queerphoben Gesellschaft. Da ist es fast unmöglich, nicht zumindest einen Teil dessen zu verinnerlichen. Aber es hat auch was Gutes, denn sobald du dir deiner Vorurteile bewusst wirst, kannst du aktiv dagegen angehen«, sagte sie. »Und dabei helfe ich gern. Jederzeit.«

Chat mit Gretchen
IS: Okay, also
IS: Sind gerade vom Essen zurück, gleich geht's zum Quiz
IS: Aber M ist total cool, bodenständig, null Influencer-Vibes

GP: AAAHHH das ist so toll

IS: Aber dey ist im echten Leben ziemlich still! Also viiieeel introvertierter als online
IS: Weißt du, es gibt doch immer eine Person in der Gruppe, die nicht viel redet, aber der man ansieht, dass sie absolut bei der Sache ist
IS: Und es ist ganz deutlich, dass sie ALLES aufsaugt?

GP: Äh, Immylein, das bist du 😁
GP: Du bist die Mika der Pride Alliance!!!

IS: HAHAHA
IS: Wow
IS: Das ist extrem schmeichelhaft
IS: Aber das Ding an Mika ist, dass dey überhaupt nicht sozial unbeholfen ist
IS: Still, aber nicht unbeholfen

GP: Das ist die seltenste Kombination!!!
GP: Ahhh, das macht mich so glücklich
GP: Sieh dich an, ganz erwachsen
GP: Dein erster Ausgeh-Abend auf dem Campus!!!

Mein erster Ausgeh-Abend auf dem Campus.

Ich weiß schon, es ist nur ein Quiz und keine Orgie. Nicht einmal annähernd eine Orgie. Doch das hält den Schmetterlingsschwarm in meinem Bauch nicht auf, während ich Lili und Tessa die Haupttreppe des Studierendenzentrums hinauffolge. In einer der Ecken befindet sich ein Aufenthaltsbereich – öde und funktional wie ein Wartezimmer oder diese Sitzbereiche in der Mall. Abgesehen von einigen viereckigen Tischen in der Mitte stehen dort nur in Gruppen angeordnete Sessel und Sofas herum.

»Also, es gibt normalerweise ungefähr fünf Teams«, sagt Lili. »Mit je drei oder vier Leuten. Wir sind immer die größte Gruppe.«

Ich entdecke Declan und Kayla in zwei blaugrauen Sesseln an je einem Ende eines kurzen rechteckigen Tisches. Zwischen ihnen sitzt Mika vorgebeugt auf der Kante eines Sofas, um auf ein Whiteboard schreiben zu können. Das lässt Lili, Tessa und mir gerade genug Platz, um uns dazuzusetzen.

Einen Augenblick später tritt ein schwarzes Mädchen in die Mitte des Bereichs gefolgt von einem weißen Mädchen mit einem Miniatur-Whiteboard. »Hallo, hallo! Wo sind meine Quiz-Freunde?«

Ein Mädchen-Trio in Bodycon-Kleidern und High Heels stößt im Chor ein lautes »Wuhuuu« aus.

»Okay! Lasst uns anfangen. Für diejenigen, die mich nicht kennen: Ich bin Sasha, und das ist Erin.« Sie hält inne und sieht sich um. »Okay, cool. Viele bekannte Gesichter und auch ein paar neue. Lasst uns kurz die Regeln durchgehen. Also, es gibt zwölf Fragen. Erin wird jede davon laut vorlesen, und dann beginnt der Timer. Ihr habt drei Minuten, um euch zu besprechen und eure Antwort auf das Whiteboard zu schreiben.«

Erin hält ihr Whiteboard hoch und strahlt dabei wie eine Fernsehmoderatorin.

»Wenn die Zeit um ist, lasst ihre eure Stifte fallen, und wir sehen uns eure Antworten an. Ein Punkt für jede richtige Antwort – falsche oder unvollständige Antworten bekommen nichts. Keine Teilpunkte. Und dann gibt es noch die Wildcard-Runde am Ende, in der ihr eure Punkte verwetten könnt. Das Team mit dem höchsten Endpunktestand gewinnt den Jackpot.«

Erin reibt Daumen und Zeigefinder zusammen und formt ein »Oh« mit dem Mund.

Sasha fährt fort: »Und ich weiß natürlich, dass ihr nicht im Traum daran denkt, aber nicht vergessen: kein Google, keine Nachrichten an eure Raumfahrtingenieur-Tante oder sonst wen. Bleibt ehrenhaft, okay?« Übertrieben enthusiastisch reckt sie die Daumen in die Luft. »Okay! Gebt uns eure Teamnamen.«

Mika hält das Whiteboard hoch, auf dem in eleganter Schrift *l'équipe: Jean-Claude LePoisson* steht.

Lili ahmt Pistolenschüsse mit den Händen nach. »Lustig.«

Kurze Zeit später klatscht Sasha ein paarmal in die Hände, um die Aufmerksamkeit auf sich zu lenken. »Okay! Fangen wir an. Erin, leg los!«

Erin wirft einen Blick auf ihren Zettel. »Frage Nummer eins! Welches ist das größte Organ des Menschen?«

Die Haut. Glaube ich.

Mika zieht schon die Kappe des Folienstifts ab.

»Die Haut. Definitiv«, sagt Lili.

»Definitiv«, stimmt Kayla zu.

»Stifte runter, Boards hoch!«, verkündet Sasha. »Und die Antwort ist … die Haut!«

Ich grinse Lili an. »Sind wir nicht angeblich schlecht?«

»Oh, die Fragen werden schwerer.«

»Okay, weiter geht's …« Erin sieht auf ihre Liste an Fragen. »Der Film *10 Dinge, die ich an Dir hasse* von 1999 wurde von welchem Shakespeare-Stück inspiriert?«

Der Widerspenstigen Zähmung, denke ich.

»*Viel Lärm um nichts?*«, fragt Kayla.

Das bringt mich ins Stocken, und meine ganze Gewissheit ist dahin.

Könnte es *Viel Lärm* sein? Hat sich *Zähmung* nur irgendwie in meinem Kopf festgesetzt?

Vielleicht irre ich mich schon seit Jahren.

Allerdings …

Eigentlich muss es *Zähmung* sein, oder? Die Handlung ist ziemlich ähnlich, und sogar die Namen passen. Heißt das, Kayla liegt falsch?

Seltsam unruhig reibe ich mir die Wange.

Gretchen hat mir mal von diesem Experiment erzählt,

in dem ein Psychologe eine Gruppe von Leuten darum gebeten hat, die Längen von Linien zu vergleichen. Solomon Asch, so hieß der Psychologe. Ich liebe es, wenn die Silbenanzahl von Namen mit meinem übereinstimmen.

Asch hat Konformität untersucht, ist das allerdings hinterlistig angegangen. Er hat stets eine ahnungslose Versuchsperson in eine Gruppe von Menschen gesteckt, die über alles Bescheid wussten. Und manchmal haben die Undercover-Leute dann alle absichtlich dieselbe falsche Antwort gegeben, um zu sehen, ob die tatsächliche Versuchsperson mitzieht.

»In den meisten Fällen war es so«, hat Gretchen mir erzählt. »Selbst dann, wenn die richtige Antwort total offensichtlich war. Aber diese Menschen haben sich dann einfach selbst eingeredet, dass sie falschliegen. Sie haben ihre eigene visuelle Wahrnehmung außer Kraft gesetzt.«

Gretchen war davon total überrascht, aber für mich war das logisch.

Absolut logisch. Zu logisch.

Es ist definitiv *Der Widerspenstigen Zähmung*, oder? Zu einhundert Prozent. Also.

Ich atme tief ein und sage es.

Kayla schlägt sich gegen die Stirn. »Ja! Danke. Doch, du hast recht.«

»Zwei von zwei!« Tessa gibt mir ein High five. »Was habe ich euch gesagt? Heute ist unser Abend.«

Und nach der Hälfte der Fragen glaube ich ihr langsam. Wir haben noch keine falsch beantwortet.

Erin räuspert sich. »Nächste Frage! Welches Tier ist auf der Flagge von Kalifornien zu sehen?«

»Oh, kommt schon. Staatsflaggen?«, fragt Declan.

»Nicht Kalifornien!« Tessa schüttelt den Kopf. »Seht uns an. Philadelphia, Minnesota, New York City und dreimal Upstate New York.«

»Ganz ehrlich, ich kenne nicht mal die Flagge meines Staats«, sagt Mika.

Kurz denke ich nach. »Ist es ein Bär?«

»Oh?«, kommt von Declan.

»Ich weiß es nicht! Könnte falsch sein ...«

Ist es aber nicht. Und die nächste Frage ist wie für mich gemacht. »Welche Schauspielerin war 2020 zusammen mit Noah Centineo und Madelaine Petsch in der Netflix-Rom-Com *Shop Talk* zu sehen?«

»Kara Clapstone«, sage ich.

Lili grinst. »Deine Schwester würde uns beide enterben, wenn wir diese Antwort nicht wüssten.«

Und das ist kein Spaß. *Shop Talk* ist praktisch Ediths Religion, seitdem der Trailer erschienen ist. Obwohl Gretchen sagt, der Film ist assimilativer, unrealistischer Müll für Heteros. Nicht nur Gretchen sagt das, online scheinen viele das so zu sehen, vor allem, weil Kara Clapstone im echten Leben heterosexuell ist. Aber Edith interessiert der Diskurs dazu nicht. Ich bin mir nicht einmal sicher, ob sie darüber Bescheid weiß. Mit solchen Dingen beschäftigt sie sich nicht so sehr wie ich.

Wie zum Beispiel, nachdem ich das erste Mal *Weil ich ein Mädchen bin* gesehen habe. Noch bevor ich Lilis Haus verlassen habe, habe ich schon das Internet nach Reaktionen durchsucht. Nur haben die mich noch mehr verwirrt. Jede Denkanregung hat sich angefühlt, als wäre es die einzig richtige Meinung. Und dann hat mich der nächste Text vom absoluten Gegenteil überzeugt. Ich war ein menschliches Segelboot, das im Sturm eines jahrzehntealten Diskurses in jede erdenkliche Richtung getrieben wurde.

Darf ich das mögen? Das war stets die Frage.

Als Sasha erklärt, dass unsere Antwort richtig ist, jubelt die ganze Gruppe und gibt mir High fives.

»Wir rocken das!«, ruft Lili.

»Wartet mal.« Kayla schlägt sich die Hand vor den Mund. »Lex Appeal hat falsch geantwortet. Heißt das etwa, wir –«

»Nächste Frage«, sagt Erin. »Welcher Sänger wurde mit dem Namen Robert Allen Zimmerman geboren?«

»Äh«, bringt Kayla hervor.

Declan schüttelt den Kopf.

Mika und Lili drehen beide ratlos ihre Handflächen nach oben.

»Keine Ahnung, aber klingt jüdisch«, sagt Tessa.

Fünf hoffnungsvolle Augenpaare richten sich auf mich. Ich verziehe das Gesicht. »Sorry. Keine Ahnung.«

Lili stößt mich mit dem Ellenbogen an. »Hör auf, dich schlecht zu fühlen.«

»Schon klar, aber –«

»Nö. Nicht deine Schuld. Das hier ist ein Akt kollektiven Denkversagens.«

Letztendlich nehmen wir einfach Robbie Williams – unsere erste falsche Antwort.

Dann fragt Erin nach einer Katzenrasse ohne Schwanz, und die beantworten wir auch falsch. Wir waren uns alle sicher, es wäre die Minx. Aber es ist die Manx.

»Keine traurigen Gesichter«, befiehlt Kayla, die sich eine verirrte Locke hinters Ohr klemmt. »Fangt euch wieder. Wir schaffen das, okay?« Sie überredet uns zu einem Team-Fauststoß, und in meiner Brust macht sich Freude breit, als unsere Hände gegeneinanderstoßen.

*

»Okay, Leute!«, ruft Sasha, nachdem wir die letzte Frage richtig beantwortet haben. »Die momentanen Punktestände: Mit neun Punkten teilen sich Lex Appeal und die Meaty Ogres den vierten Platz! Auf dem dritten, mit zehn Punkten, Team Jean-Claude LePoisson!«

»Wir sind nicht die Letzten?« Kayla klappt die Kinnlade herunter. »Wir sind nicht die Letzten!«

»Auf dem zweiten Platz mit elf Punkten ist Team Panda! Und die Führung mit perfekten zwölf Punkten hat Team Down Low Too Slow!«, schließt Sasha, und die drei Mädchen in den Bodycon-Kleidern stoßen das lauteste »Wuhuuu!« überhaupt aus.

Tessa schüttelt den Kopf. »Jede Woche das Gleiche. Die sind auch noch total betrunken, aber Mann – die haben echt Ahnung.«

»Okay! Jetzt müsst ihr entscheiden, wie viele Punkte ihr auf die Wildcard-Frage setzen wollt«, verkündet Sasha, während Erin eine Umhängetasche unter dem Tisch hervorholt.

Kayla atmet hörbar aus. »Wir müssen es durchziehen, klar? Wir müssen alles setzen.«

Feierlich nickend schreibt Mika eine kunstvolle Zehn auf das Whiteboard.

»Und für die heutige Wildcard«, fährt Sasha fort, »präsentieren wir: *Wo ist Walter?* – Die Speed-Edition.«

Mit großen Augen dreht Lili sich zu mir und hält sich beide Hände vor den Mund.

»Wir stellen den Timer, geben euch eine Seite, und dann habt ihr dreißig Sekunden, um Walter zu finden. Wenn ihr ihn findet, bekommt ihr eure Punkte!«

Als Erin zu uns herüberkommt und Mika das Buch für unser Team reicht, sagt Lili sofort: »Gib es Imogen.«

Mit hochgezogenen Augenbrauen schaut Mika von Lili zu mir. »Kennst du es auswendig?«

Ich lache kurz. »Nein.«

»Also bist du einfach nur sehr gut darin?«, fragt Tessa.

»Ein bisschen.« In meiner Brust breitet sich Wärme aus.

Sasha stellt den Timer auf ihrem Handy. »Und ... los!«

Nach gerade mal zwölf Sekunden habe ich ihn gefunden. »Da.« Ich tippe auf die Ecke der Seite.

»Holy Shit«, sagt Tessa.

Die Zeit läuft ab, bevor irgendjemand sonst Walter findet, und das Team Jean-Claude LePoisson rastet aus.

»Wir haben gewonnen! Wir haben verdammt noch mal gewonnen!« Kayla springt auf und ab. Plötzlich stehen wir alle auf und geben uns Umarmungen und High fives.

»Immy! Das warst du!«, verkündet Lili.

»*Wir* waren —«

»Nein. Du bist die Heldin des Teams«, sagt Kayla. »Steh dazu.«

Es dauert ganze fünf Minuten, bis wir uns so weit beruhigt haben, dass wir ein Foto mit unserer »Trophäe« machen können – einem zerknitterten Zehn-Dollar-Schein. Es ist der wunderschönste Zehn-Dollar-Schein, den ich je gesehen habe.

»Mein neues Lieblingsbild. Ich schicke es euch allen!« Tessa dreht sich zu mir. »Imogen, ich füge dich zum Gruppenchat hinzu.«

Der Gruppenchat. Ich komme in den Gruppenchat.

Das ist so aufregend offiziell.

Und einen Augenblick später habe ich es vor mir: wir sechs live und in Farbe unter dem Neonlicht in der Lounge des Studierendenzentrums. Lili und ich und ihre vier besten Freunde vom College.

Vielleicht sind sie jetzt auch meine Freunde.

Der Rückweg zum Wohnheim fühlt sich unwirklich an. Wie eine Filmmontage – lauter Eindrücke und weiche Übergänge.

Kayla lächelt hinauf zu den Sternen. »Wir haben tatsächlich die Down Lows geschlagen.«

»Ein Wunder«, sagt Mika. »Allerdings waren sie sehr anmutige Verliererinnen.«

»Ja, die sind supernett.« Kayla schaut mich an. »Sie tauchen nur jeden Monat mit ihren Thermoskannen voller Alk auf und zerstören uns total. Das ist ihre Art, vorzuglühen. Wahrscheinlich sind sie jetzt schon bei einer Verbindungsparty.«

»Die absolut heißesten Mädels auf diesem Planeten«, meint Declan.

Selbst in der Dunkelheit ist es unübersehbar, dass Kayla die Augen verdreht. »Du hast echt den simpelsten Geschmack überhaupt, ungelogen.«

»Babe! Bist du eifersüchtig?«

Sie schüttelt den Kopf. »Sein Ego, nachdem er genau eine Antwort gewusst hat. Unglaublich.«

»Okay, Albany, dann übernimm du beim nächsten Mal die New-York-Fragen.«

»Wusste sonst jemand ebenfalls nicht, dass Tribeca eine Abkürzung ist?«, fragt Lili, die von ihrem Handy aufschaut.

Tessa zeigt auf sie. »Ich! Ich dachte, es wäre ein Name. Wie Rebecca.«

»Drei Rebeccas«, sage ich. »Tribeca.«

Plötzlich ertönt ein Konzert aus Pieptönen und Vibrationen. Auch mein Handy vibriert in meiner Tasche an meinem Bein. Als ich auf das Display tippe, teilt mir eine Benachrichtigung mit, dass ich in einem von Lilis Bildern verlinkt wurde – in unserem Siegesfoto natürlich.

Kayla lächelt auf ihr Handy hinunter. »Süüß.«

»Unsere kleine Familie«, sagt Mika.

Ich sehe mir das Foto genauer an. Wir stehen in einer unordentlichen Reihe nebeneinander, Lili und Mika halten je ein Ende des Geldscheins fest, als wäre er das kleinste Banner der Welt. Das Licht ist grauenhaft, aber der Ausdruck in unseren Gesichtern ist reine, ungefilterte Freude. Es ist die Art Foto, bei der man einfach lächeln muss, wenn man es ansieht.

Mein Handy vibriert erneut. *Tessa Minsky folgt dir jetzt.*

Schnell lächele ich ihr zu. Sie geht genau neben mir und nippt an einer Art Quetschtüte. Als ich ihr ebenfalls folge, grinst sie und tippt etwas.

Einen Augenblick später habe ich eine neue Nachricht. *Mir ist aufgefallen, dass du deine Walter-Skills gar nicht in deiner Bio erwähnst??*

Ich blicke gar nicht erst zu ihr auf. Stattdessen verlasse ich meine Nachrichten, drücke auf »Profil bearbeiten« und tippe *Skills: Walter* direkt hinter meine Pronomen ein.

Eine Sekunde später lacht Tessa leise. Dann folgt: *Touché, Scott, Touché.*

Noch nie hat mich jemand so locker bei meinem Nachnamen genannt, und ich glaube ... es gefällt mir sehr.

Wieder nimmt sie einen Schluck aus ihrem Quetschbeutel, und ihre Augen funkeln.

Ich beuge mich vor, um besser sehen zu können. »Ist das ... Babynahrung?«

»Nein. Irgendwie schon? Ist nur Apfelmus. Aber in so einem Quetschie ist es einfach am leckersten. Man kann den Unterschied förmlich schmecken.« Sie hält ihn für mich hoch. »Wieso spricht eigentlich nie jemand darüber, wie viel besser so was aus einem Quetschbeutel schmeckt?«

»Weil Babys nicht reden können?«

»Ich meine ja nur.« Liebevoll tätschelt sie den Beutel. »Das ist objektiv gesehen ein überlegenes Apfelmus-Verteilungssystem.«

»Objektiv! Wow.«

»Denk mal drüber nach. Es ist einfach zu transportieren und zu essen, und man braucht keinen Löffel.«

Mittlerweile ist uns der Rest der Gruppe einige Meter voraus, sogar Lili. Aber ich fühle mich unheimlich wohl. Wird mein Leben in einem Jahr so aussehen? Werde ich unter dem Sternenhimmel mit Freunden durch einen Innenhof spazieren? Wenn ich das Schild für die Rosewood Hall sehe, werde ich dann *Zuhause* denken?

»Okay, aber manchmal will man Apfelmus auch einfach mit einem Löffel essen.« Ich zucke mit den Schultern. »Die Welt braucht beides.«

Tessa grinst. »Die Bisexuellen haben gesprochen.«

Nervös erwidere ich das Grinsen.

Sie glaubt wirklich, ich wäre bi. Sie hat es überhaupt nicht hinterfragt. Das hat niemand.

Ich war mir so sicher, dass Lilis Freunde mich durchschauen würden. Dass sie spüren würden, wie die Heterosexualität förmlich aus mir herausstrahlt.

»Aber ich habe das Gefühl, es ist nicht so eindeutig«, fügt Tessa hinzu, und ich stolpere fast.

Das Apfelmus. Richtig.

*

Es wird immer gesagt, Sexualität sei fluide. Oder jedenfalls könne sie sich verändern.

Aber ich habe nie so ganz verstanden, was das bedeutet.

Ich meine, was genau ändert sich? Die Terminologie? Verändert sich Anziehungskraft tatsächlich mit der Zeit? Ist das bei jedem Menschen anders?

Kann man einfach … queer werden?

Und ich spreche gar nicht vom Daten. Logisch. Da ich ja noch niemanden gedatet habe. Oder geküsst.

Ich war schon verknallt. In Jungs. Das war immer ziemlich eindeutig.

Aber wenn ich mir vorzustellen versuche, mit einem Mädchen auszugehen, erscheint mir das schwer greifbar. So als würde allein die Vorstellung mich schon schwindelig machen. *Meine Ex-Freundin Lili.*

Ich stelle mir ihr Gesicht vor: die langen Wimpern, ihre vollen Lippen, die ausdrucksstarken braunen Augen. Lili ist zweifellos hübsch, aber die Vorstellung, sie zu küssen, ist genauso seltsam wie der Gedanke daran, meine

Schwester zu küssen. Mein Gehirn kann das nicht ernst nehmen.

Doch Mädchen im Allgemeinen?

Das würde wohl von der Situation abhängen. Sagen wir mal, ein hypothetisches Mädchen möchte, dass ich sie küsse, um ihren Schwarm eifersüchtig zu machen. Oder damit ein Typ aufhört, sie anzubaggern. Oder wenn wir bei einer Party wären und ihre Ex käme mit einem anderen Mädchen herein. Wenn dieses hypothetische Mädchen mich darum bitten würde, dann würde ich sie definitiv hypothetisch küssen. Das wäre gar keine große Sache.

Nur, dass es mein erster Kuss wäre. Also wäre es in der Hinsicht vielleicht eine geringfügig große Sache. Ich reiße mich nicht unbedingt darum, dass mein erster Kuss ein reiner Gefallen für eine Bekannte wird.

Es wäre nur eben auch nicht das Ende der Welt. Gefallen oder nicht.

Natürlich müsste es ein Gefallen sein, ansonsten wäre es sicher problematisch. Ich möchte nicht das Hetero-Mädchen sein, das queere Mädchen küsst und sie dann fallen lässt, als wäre das alles nicht echt. Oder als würde es nicht zählen. Oder als müssten sie dankbar sein, dass ich überhaupt mitmache.

Gretchen hat mich diesbezüglich aufklären müssen, als wir Freshmen waren. Ich werde nie vergessen, wie tonlos ihre Stimme geklungen hat, als sie sagte: »Hey. Äh, Imogen, kann ich mal mit dir über etwas reden?«

Es war der letzte richtige Schultag vor den Herbstferien, weshalb wir in der Pride Alliance alle besonders albern drauf waren. Ich weiß noch, dass ein paar Leute erzählt haben, auf welche queeren Promis sie stehen. Und irgendwie dachte ich wohl, dass ich mich an dem Gespräch beteiligen sollte. Also habe ich gesagt, ich würde Clea DuVall als Graham aus *Weil ich ein Mädchen bin* küssen.

Wenn Clea wollen würde. Logisch.

Im Nachhinein war das total dumm. Vielleicht habe ich gedacht, dass ich dadurch offen klingen würde.

»Ich weiß, dass du nicht problematisch sein wolltest«, hat Gretchen gesagt, und zuerst dachte ich, sie würde den Film an sich meinen. Oder dass ich vielleicht generell das Problem war, weil ich einen Film mochte, den ich nicht mögen durfte.

Sie ließ sich im Sitzkreis auf einen Stuhl gegenüber von mir sinken, obwohl alle anderen schon nach Hause gegangen waren. Das hat mich ganz schön verunsichert – dieses Stück zusätzliche Distanz zwischen uns. Ich habe mir alle Mühe gegeben, um ihren Ausdruck zu deuten.

»Es ist nur so, dass es eine lange Vorgeschichte dazu gibt, wie heterosexuelle Frauen mit queeren Frauen umgehen«, sagte Gretchen. »Sie machen Scherze darüber, queer zu sein oder wie sehr sie wünschten, sie wären lesbisch – so was eben. Sie denken wohl, dass wir uns dann geschmeichelt fühlen. Aber die Wahrheit ist: Nein, uns wäre es lieber, wenn ihr einfach versteht und anerkennt, wie privilegiert ihr als heterosexuelle Cis-Frauen seid. Ihr müsst euch nicht unseren Geschmack aneignen. Und ich weiß, dass du mit der Clea-DuVall-Sache nur Spaß gemacht hast, aber weißt du ... queere Frauen sind real. Das alles ist kein Scherz für uns. Es tut einfach echt weh, so was zu hören.«

»Das tut mir so leid.« Die Luft entwich aus meinen Lungen, als wären sie offene Ballons. »Das verstehe ich total. Es ist ... Es tut mir so leid.«

»Nein, schon in Ordnung! Jetzt weißt du es ja«, sagte sie und wurde weicher, wie immer. Entschuldigungen entwaffnen sie so schnell. Als würde sie jedes Mal erwarten, dass die Leute sich mit ihr anlegen. Aber ich würde niemals mit einer queeren Person über queere Themen streiten. Wie könnte ich auch?

Manchmal frage ich mich, wie Gretchen sich dabei wohl gefühlt haben muss. Wie es sich für sie anfühlen muss, wenn ein Hetero-Mädchen es einfach mal mit einer queeren Meinung versucht. So zum Spaß. Oder weil alle anderen im Raum darüber sprechen.

Ich weiß, dass es nicht immer leicht für Gretchen war, bisexuell zu sein. Ihre Mom ist großartig, aber die Stadt, aus der sie hergezogen sind, ist noch kleiner als Penn Yan. Und Gretchen geht die meiste Zeit nicht als Hetero durch, im Gegensatz zu Lili. Oder sogar Edith, die für gewöhnlich nur von anderen queeren Leuten direkt als queer gelesen wird. Aber bei Gretchen konnte man es schon vor ihren rosagefärbten Haaren erkennen, entweder an dem Schnitt ihrer Jeans, an ihrem Pony oder an ihrem Augen-Make-up.

Ich erinnere mich noch an das eine Mal, als wir auf der Toilette des kleinen Kinos in der Stadt waren. Ein Mädchen – weiße Haut, dunkle Haare, tonnenschwere Wimpern – kam aus einer Kabine, und ihr Rock steckte in ihrer durchsichtigen Strumpfhose. Definitiv eine Situation, in der man etwas sagen sollte. Obwohl ich es hasse, mit Fremden zu reden, habe ich mir im Kopf schon einen Satz zurechtgelegt.

Aber zum Glück hat Gretchen sie darauf angesprochen,

bevor ich es musste. Also stand ich einfach an einem der Waschbecken und habe alles beobachtet.

»Hey«, hat Gretchen gesagt, aber das Wimpern-Mädchen war total in ihr Handy vertieft. Also hat Gretchen sie am Arm angetippt, und das Mädchen hat mit einem Blick aufgesehen, der die Luft zum Gefrieren gebracht hat. Das schien Gretchen zu verunsichern. »Ähm, ich wollte nur –«

»Hab kein Interesse.«

»Warte, was?«

»Ich sagte …« Das Mädchen legte ihr Handy auf dem Rand des Waschbeckens ab, um ihr Spiegelbild genauer zu betrachten, während sie sich die Hände wusch. »Hab. Kein. Interesse.«

Gretchen lachte kurz. »Woran?«

Das Mädchen stellte den Wasserhahn ab. »Ich weiß nicht, wie ich es noch deutlicher machen soll.« Sie wandte sich Gretchen zu und betonte jede Silbe: »Ich date Männer.«

Mir klappte die Kinnlade herunter. »Sie wollte nicht –«

Gretchen unterbrach mich. »Cool! Weißt du, woran ich kein Interesse habe? An deinem Arsch. Und weißt du auch, wie ich mir da sicher sein kann? Weil ich ihn ganz deutlich sehen kann.«

Dann hat sie auf dem Absatz kehrtgemacht und ist aus dem Raum gegangen. Ohne einen Blick zurückzuwerfen. Orpheus, schreib mit. Es war – und das meine ich absolut ernst – total legendär.

Natürlich bin ich ihr gefolgt. Vorher bin ich aber noch kurz in der Tür stehen geblieben, da mein verflixter Hasen-Verstand sichergehen musste, dass das gemeine homophobe Mädchen ihren Rock richtet. Hat sie.

Gretchen schien völlig entspannt mit der Sache umzugehen. Wir haben das Kino verlassen, uns in ihr Auto gesetzt und uns angeschnallt.

Sie sagte nicht ein Wort.

Doch anstatt das Shoppingzentrum zu verlassen, ist sie nur einmal drum herumgefahren und hat dann wieder vor einer Apotheke geparkt. Einen Moment lang hat sie das Lenkrad umklammert, wie erstarrt.

Und dann schien sie förmlich in sich zusammenzusacken.

Vollkommen verblüfft hat sie mich angesehen. »Hat sie das gerade wirklich gesagt? Im Ernst? Hören Hetero-Mädchen sich überhaupt reden? Nehmen die sich überhaupt selbst wahr?«

»Selbstwahrnehmung von dem Mädchen mit dem Rock in der Strumpfhose?«

Gretchen lachte erstickt. »Immy, ich habe das so satt.«

»Ich weiß.«

»Es ist einfach überall. Dieses Mädchen weiß gar nichts über mich. Oh, ich habe gefärbte Haare? Ich trage einen Overall? Hey, dann will ich wohl auf der Kinotoilette Sex mit dir haben.« Gretchen atmete aus. »Diese absolute Arroganz.«

»Man könnte sagen ... sie hat uns ihre Kehrseite gezeigt.« Schüchtern habe ich zu Gretchen geblickt, die gelacht und mir mit der Hand das Gesicht verdeckt hat.

»Du verdammter Nerd. Ich hab dich so verdammt lieb.«

Und da habe ich mich gefühlt, wie ich mich immer fühle, wenn ich jemanden aufgemuntert habe. Als hätte ich gerade mit einer einfachen Handbewegung den Regen vertrieben.

Tag zwei
Samstag
19. März

Chat mit Gretchen

GP: Guten Morgen, Sonnenschein!!! Wie war deine erste Nacht am College?
GP: Gut geschlafen?
GP: Zahnseide benutzt??

IS: Gut, ja, ja
IS: (natürlich)
IS: Und du? Bist du schon unterwegs??

GP: Noch nicht
GP: Aber bald
GP: Warte nur, bis JEMAND mit Telefonieren fertig ist
GP: Sie spricht mit Grandma
GP: Ich sehe sie schon die ganze Zeit mit meinem Hundeblick an
GP: Aber sie lässt sich nicht erweichen

IS: Aww, okay
IS: Grüß Mama UND Grandma P von mir

GP: Mach ich!
GP: Also, was sieht der Plan fürs College-Leben heute vor?

IS: Haha, weiß nicht
IS: Lili schläft noch

GP: Oh nein, warte
GP: Das ist uncool
GP: Was, wenn du Hunger bekommst?

IS: Nein, alles gut!
IS: Sie hat Pop-Tarts und so hier
IS: Und sie hat mir ihre Essenskarte gegeben, falls ich zur Mensa gehen möchte
IS: Vielleicht schreibe ich gleich in den Gruppenchat, um zu sehen, ob jemand wach ist

GP: Gruppenchat, was?
GP: Sieh einer an!!!

IS: ☺

Eine kurze Nachricht im Gruppenchat. Ganz einfach und ohne Druck – richtig?

Doch irgendwie bringe ich es nicht über mich, die Worte zu tippen. Oder den Chat überhaupt zu öffnen. Was ist das Chat-Äquivalent zu einem Knoten in der Zunge?

Es fühlt sich einfach zu ... weiß auch nicht ... anmaßend an? Ein bisschen zu sehr nach: *Äh, hi, warum schreibt uns dieses Kleinstadt-Highschool-Mädchen um acht Uhr morgens an einem Samstag?*

Wäre ich zu Hause, dann wäre ich schon seit einer Stunde auf, trotz der Frühlingsferien. Unsere drei Hunde hätten schon ihre Gassirunde hinter sich, die Katzen wären gefüttert, und ich würde auf der Couch sitzen und versuchen, *Evelyn Hugo* zu lesen, während Mom mir ununterbrochen Fragen stellt. *Ach, ist das das Buch, das Edie so mag, über die Schauspielerin? Wie ist es? Oh, Süße, wie hieß noch mal die Sängerin, die du magst? Nicht Lorde. Die, deren Verwandte auf der* Titanic *waren. Immy, was heißt »sus«?*

Ich kneife die Augen zusammen und versuche zu atmen, während der Kloß in meiner Kehle mir die Luft abschnürt.

Jetzt gerade fühle ich mich meilenweit von zu Hause entfernt.

Und auch von gestern Abend, von dem magischen Rückweg zum Wohnheim. Wie finde ich wieder zurück zu diesem Gefühl?

Schnell sehe ich noch mal auf mein Handy.

Wahrscheinlich schlafen sowieso noch alle. Selbst Tessa, die behauptet, sie wäre eine Frühaufsteherin. Sie hat mir gesagt, ich solle ihr schreiben, falls ich Hunger habe, bevor Lili aufwacht. Im Dunst des gestrigen Abends erschien mir das naheliegend. Doch jetzt kann ich mir nicht vorstellen, die Sache durchzuziehen. Es schüchtert mich sogar noch mehr ein, als der ganzen Gruppe zu schreiben.

Ich muss immer wieder daran denken, was Lili gesagt hat. Dass sie der Meinung ist, Tessa würde mit mir flirten. Wenn ich Tessa zum Frühstück einlade, flirte ich dann zurück? Würde ich ihr etwas vormachen? Wäre das Queerbaiting?

Was, wenn das schon auf die Tatsache zutrifft, dass ich bei Lilis Geschichte mitmache? Und so tue, als wäre ich bisexuell? Selbst wenn das theoretisch kein Queerbaiting ist, ist es definitiv Aneignung.

Also lege ich mein Handy mit dem Display nach unten auf meiner Brust ab, direkt auf mein flatterndes Herz.

Das mit dem Frühstück sollte ich wohl lieber vergessen. Stattdessen sollte ich einfach schon mal duschen gehen, solange es noch still im Bad ist.

Davor habe ich schon die ganze Zeit Angst: meine erste Dusche im Wohnheim. Aber ich glaube, mir ist endlich ein gutes System zur Vermeidung von Nacktheit eingefallen. Es ist eine mühsame Angelegenheit, und ich benötige dafür einen Behälter für mein Waschzeug, ein komplettes Set an Wechselklamotten und einen wasserdichten Beutel zum Aufhängen. Aber ich kann mir einfach nicht vorstellen, nur in ein Handtuch gewickelt durch den Flur zu spazieren. Auch wenn das alle anderen nicht zu stören scheint. Gestern Abend ist ein Typ nur mit einem strategisch platzierten Waschlappen aus der Dusche stolziert. Ich habe mir gerade die Zähne geputzt und wäre fast an der Zahnpasta erstickt.

Bin ich zu prüde fürs College?

Auf Zehenspitzen schleiche ich mich an Lili vorbei in den weiten leeren Flur. Es ist so still, dass es mich schon fast nervös macht. Selbst als ich um drei Uhr nachts auf die Toilette gegangen bin, habe ich noch Geplapper und Musik aus einigen Zimmern gehört.

Die Deckenlampen im Bad sind noch ausgeschaltet, aber das gedämpfte Leuchten des Nachtlichts reicht aus, um die Duscharmaturen zu sehen. Also ziehe ich den Duschvorhang zu und stehe einen Moment lang einfach nur da. Mit zugekniffenen Augen und immer noch im Pyjama.

Zum ersten Mal, seitdem ich hier angekommen bin, bin ich allein.

Vielleicht ist es das, was mir am College am meisten Angst macht. Alles ist so öffentlich. Wie können andere Menschen so einfach mit Fremden zusammenwohnen? In einem Zimmer? Wann hat man denn da die Möglichkeit, seinen Herzschlag zu normalisieren?

*

Gerade als ich den Flur wieder betrete, kommt Tessa mir entgegen. Sie trägt eine Jogginghose, ein T-Shirt und eine Kette mit einem kleinen Davidstern. Abrupt hält sie an. »Scott! Ich wollte dir gerade schreiben. Lust auf Frühstück? Oder hast du schon gegessen?«

»Oh, ja! Ich meine, noch nicht.«

»Okay, cool. Ich lade dich ein.«

Schnell schüttele ich den Kopf. »Musst du nicht! Ich kann Lilis Karte ho–«

»Nö. Ich habe noch Essenspunkte übrig.« Sie tastet ihre Gesäßtasche ab.

Da Lili noch schläft, lade ich mein Duschzeug und meinen Pyjama am Fuß meines Betts ab. Dann schnappe ich mir mein Handy vom Nachttisch und schreibe ihr eine kurze Nachricht, damit sie weiß, wo ich bin.

Tessa sieht von ihrem Handy auf. »Fertig?«

»Fertig.« Ich streiche den Cardigan über meinen Shorts glatt. Die Tatsache, dass ich mich eben in einer Duschkabine angezogen habe, macht mich ein wenig paranoid, weil ich befürchte, dass ich einen wichtigen Knopf oder Reißverschluss vergessen haben könnte. Nur eine kleine Stress-Kirsche auf der Sahnetorte der Besorgnis dieses Morgens.

Ich gehe mit Tessa frühstücken.

Das bedeutet, ich werde ein Gespräch mit ihr führen müssen, das die Dauer des Frühstücks ausfüllt.

Mit Tessa, die zwar keine Fremde ist, von der ich jedoch nicht weiß, ob ich sie schon als Freundin bezeichnen darf. Und genau das macht es so schwer. Niemand erwartet von einem, dass die Unterhaltung über Oberflächlichkeiten hinausgeht, wenn man mit einer vollkommen fremden Person spricht, also kann man aus seinem normalen

Verstand hinaustreten. Den Häschen-Modus anschalten. Mit den Leuten dazwischen wird das allerdings schwierig.

Ich wünschte, Gretchen wäre hier. Sie wüsste genau, was zu tun ist. Sie hat so eine Art, mit der sie Small Talk umkrempelt und die echten, verborgenen Dinge ans Tageslicht bringt.

Ich folge Tessa durch eine Seitentür nach draußen, und die morgendliche Frische beschert mir Gänsehaut auf den Beinen. »Okay«, sagt sie. »Wo wollen wir hin? Mensa? Studierendenzentrum?«

»Oh! Ähm. Dahin, wo es das beste Apfelmus zum Löffeln gibt«, erwidere ich.

»Wow, wer hat dich erzogen?«

»Cory und Kelly Scott.«

Tessa bleibt abrupt stehen. »Deine Mom heißt Kelly? *Meine* Mom heißt Kelly!«

»Willst du damit sagen ... es gibt mehr als eine Kelly?«

»Okay, Scott. Weißt du was?« Lächelnd schüttelt sie den Kopf, und mein Herz stolpert.

»Was?«

Sie beißt sich auf die Lippe, aber ihre Mundwinkel heben sich trotzdem. »Nichts.«

»Was?« Ich erwidere das Lächeln.

»Nichts!« Sie lacht und sieht mich an, während sie rückwärtsgeht wie eine Reiseführerin. »Ich habe dich einfach durchschaut, mehr nicht.«

»Ach ja?«

»Jepp. Du bist eine verkappte Komikerin.«

Überrascht lache ich auf. »Was?«

»Und ein Troll. Aber auf eine subtile süße Art. Hier

lang, wir gehen über den Hof«, sagt sie und führt uns eine kurze Allee entlang.

Plötzlich sehe ich genau den Anblick vor mir, der in jeder Campus-Broschüre, auf jeder Postkarte und sogar auf der Startseite der College-Website zu sehen ist: der steinerne Uhrenturm, flankiert von alten Hörsälen und säulenbestückten Verwaltungsgebäuden. Mein Blick fällt auf das von Weinreben umrankte Studierendensekretariat, und ich stelle fest, dass es derselbe Platz ist, den Lili mir gestern gezeigt hat – nur von einem anderen Blickwinkel aus. Ich kann das alles kaum fassen, so schön ist es.

Der Teil, der mich allerdings wirklich beeindruckt, ist der Rasen drum herum. Er ist von sonnenüberfluteten Pfaden durchzogen, die von urigen Holzbänken gesäumt sind, und einige der Bäume haben bereits winzige rote Blüten. Es ist noch nicht einmal zehn Uhr morgens, aber die Studierenden sind schon überall – sie joggen, unterhalten sich oder liegen auf Decken und lesen. Bewegung und Stille. Der ganze Bereich fühlt sich lebendig an.

»Hübsch, was?«, fragt Tessa.

Noch bevor ich etwas erwidern kann, kommt ein Hundewelpe eilig auf uns zugetapst und stolpert fast über seine Ohren. »Oh, Gott. Hi.« Ich knie mich hin, um ihn zu streicheln, und mein Pferdeschwanz rutscht mir dabei über die Schulter. »Hallo, Schätzchen. Wo kommst du denn her? Bist du ein Dackel?«

»Neue Bekanntschaft?« Tessa geht neben mir in die Hocke.

Ich sehe mir die Hundemarke in Knochenform an. »Aww. Hi, Daisy. So hieß meine Ziege.«

»Ziege, du meinst eine echte Ziege?«

»Hmhm. Ja, sie war eine ziegige Ziege.« Ich kraule Daisy an den Ohren und seufze glücklich. »Ist das so am College? Tauchen aus dem Nichts einfach Hundewelpen auf?«

Ich drücke meine Nase an Daisys Schnauze, und es fühlt sich an, als würde die ganze Welt pausieren.

Ich habe mal irgendwo gelesen, dass Tiere eine Art hormonelle Beruhigungskraft haben, und ich glaube wirklich, dass das wahr sein muss. Zumindest ist es bei mir so. Zum Beispiel damals, als ich in der ersten Kindergartenwoche zu schüchtern war, um zu sprechen, bis meine Mutter meine Lehrerin überredet hat, mich das Gruppenmeerschweinchen während des Stuhlkreises halten zu lassen. Ich erinnere mich noch an das Zucken seines Herzschlags unter dem Fell und daran, wie es mich in seinen Bann zu ziehen schien.

Daisys Besitzerin kommt herbeigeeilt, um sie abzuholen, und ich sehe zu, wie ihr wedelnder Schwanz in die Ferne entschwindet. Einen Moment später umarmt mich Tessa. »Alles okay?«

Erschrocken schaue ich auf. »Ja, warum?«

»Das sah gerade nach einem schweren Abschied aus.« Sie drückt eine Hand auf ihr Herz. »Ich urteile nicht, Scott. Trennungen sind hart.«

Ich stoße sie mit dem Ellbogen an, und sie lacht – und ich versuche, bei diesem Laut nicht zu grinsen.

Chat mit Gretchen

GP: Imogen, kannst du mir erklären

GP: Warum sich einfach zwanzig Milliarden Menschen dazu entschieden haben, die I-86 zu nehmen?

GP: Und zwar genau jetzt

GP: Um 11 Uhr morgens an einem Samstag

IS: Zwanzig Milliarden Menschen 😒

GP: MINDESTENS

GP: Wir sind noch nicht mal an Binghamton vorbei!!!

GP: Und schon fast 3 Stunden unterwegs dfghjklkjhg

GP: Vassar College, wehe, du bist es nicht wert

IS: Na ja, wenn zwanzig Milliarden Menschen dahinfahren, muss das doch ein gutes Zeichen sein?

GP: Hahaha Ich liebe dich

GP: Okay, ich habe Mama Patterson um einen Kommentar gebeten

GP: Sie sagt: »Süße, bitte, lass mich einfach ...« Und dann Hupen und dann: »Oh, komm schon, verdammt noch mal!«

GP: Das vierte Verdammt in 20 Minuten 😊

GP: Collegefahrten sind LUSTIG

IS: Tut mir leid!!

GP: Aaach

GP: Schon gut

GP: Wird schon klappen

GP: Jedenfalls, wie geht's dir???
GP: Gefällt dir deine Zukunft immer noch?

11

Meine Zukunft.

Damit hat Gretchen nicht unrecht, aber es ist noch nicht richtig zu mir durchgedrungen. Da mein Verstand so auf diesen Besuch fixiert ist, vergesse ich die ganze Zeit, dass es nur eine Vorschau ist.

Vielleicht sollte es auch genau so sein. Kein Druck, der dieses Wochenende zu etwas macht, das es nicht ist. Kein Grund, jeden einzelnen Moment unter die Lupe zu nehmen, nur um zu bestimmen, wie ich mich fühle.

»Wir nehmen den langen Weg zurück«, sagt Tessa, als wir die Mensa verlassen. »Hast du die Schere schon gesehen?«

»Die Skulptur?« Ich schüttele den Kopf. »Nur auf Bildern.«

Ich erinnere mich noch an Lilis unbändige Freude, als sie sie auf der Website gesehen hat. Eine riesige Metallschere, die so aussieht, als hätte man sie in den Boden gerammt. Zu dem Zeitpunkt war sie noch zwischen Blackwell und dem Ithaca College hin- und hergerissen, aber die Schere hat das Schicksal besiegelt.

»Es ist ein Zeichen.« Mit großen Augen hat sie mich

angesehen. »Aus der Stadt mit der weltgrößten Pancake-Pfanne zu dem College mit der weltgrößten Schere.«

Allerdings war ich mir gar nicht sicher, ob es wirklich die weltgrößte Schere ist. Und ich habe definitiv nicht nachvollziehen können, warum man eine wichtige Entscheidung von der Anwesenheit oder der Abwesenheit riesiger Metallobjekte abhängig macht.

Was ich allerdings gewusst habe, war, dass das Blackwell College viel näher an Penn Yan lag als Ithaca.

»Definitiv ein Zeichen«, sagte ich also nickend.

Tessa biegt scharf links ab, führt mich an einem Gebäude vorbei und hinter ein anderes. Und da ist sie. Wir stehen praktisch in ihrem Schatten.

»Hi, Schere.« Ich spähe zu dem weit geöffneten V ihres Griffs hinauf.

»Was denkst du?«, fragt Tessa. »Ist sie, wie du es dir erträumt hast?«

»Elf von zehn.« Ich hole mein Handy hervor, und obwohl ich eine Menge ungelesener Nachrichten habe, tippe ich direkt auf die Foto-App.

»Willst du mit drauf? Ich kann … warte mal …« Tessa legt die Hände um den Mund und läuft auf einen Typen mit Baseballkappe zu. »Andrew!«

Er hält an und geht ein paar Schritte zurück, um sie mit einem Faustcheck zu begrüßen. Tessa gestikuliert in Richtung Schere, bevor sie ihm ihr Handy reicht.

Und schon hocken wir strahlend nebeneinander in dem dreieckigen Bereich zwischen den Schneideblättern. »Es dreht sich alles um die Atmosphäre«, erklärt sie.

»Ist die Atmosphäre Enthauptung?«

Sie lacht. »Vor der Enthauptung.«

Andrew schießt ein paar Fotos und gibt Tessa ihr Handy zurück, bevor er ihr kurz das Haar zerzaust und geht.

»Und woher kennst du Andrew?«

»Oh, er ist einer von den Machos. Ein Kumpel von meinem Bruder.« Einen Augenblick lang lächelt Tessa auf ihr Handy hinunter und wischt und tippt. »Okay, ich schicke sie jetzt ab!«

»Stimmt! Hab ganz vergessen, dass dein Bruder auch hier ist.«

»Jepp!« Wir gehen einen der Pfade entlang. »Dan, er ist ein Junior. Und einfach der Beste.«

»Er ist also ein Macho?«

»Wäre er wohl gern.« Sie lacht. »Nein. Seine Freunde sind die Machos, aber durch ihn kenne ich sie. Mein Bruder ist eher, du weißt schon … so ein extrem dünner jüdischer Typ. Liebt Sport. Kennt alle Spielerstatistiken. Ganz eindeutig selbst kein Sportler.«

»Muss man Sportler sein, um als Macho durchzugehen?«

»Es ist tatsächlich schon eine Weile her, dass ich über die Bedingungen für das Machotum nachgedacht habe.«

Ich grinse, und sie ebenfalls, und es ist schon fast unheimlich, wie einfach das alles ist. Wir haben den ganzen Vormittag miteinander verbracht, aber ich glaube, es gab nicht einen einzigen unangenehmen Moment. Das gab es noch nie.

Also zumindest nicht bei mir.

Wir sind fast am Ende des Hofs angekommen. »Also, Dan ist zwanzig«, sagt sie, »ich bin achtzehn, und unsere Schwester Rachael ist sechzehn. Alle im Juni geboren, fast genau je zwei Jahre auseinander. Aber sie sind beide Zwilling, und ich bin Krebs.« Sie nickt eindringlich. »Was ist mit dir?«

»Geschwister oder Sternzeichen?«

»Hmm ... Beides.«

»Okay, also ...« Ich lächele leicht. »Ich bin an Halloween achtzehn geworden.«

»Skorpion. In-te-res-sant.« Sie legt den Kopf schief.

Ich bleibe stehen und hebe kurz die Augenbrauen. »Und ich habe eine sechzehnjährige Schwester. Edith.«

»Die auch queer ist, richtig? Lili hat mir erzählt, dass du eine kleine lesbische Schwester hast.«

»Absolut. Total queer, super lustig. Irgendwie chaotisch?« Ich nicke. »Ihr würdet euch gut verstehen.«

Tessa bricht in Lachen aus. »Weil sie queer und chaotisch ist?«

»Und lustig!«

»Ja nun, ich bin schließlich ein lesbisches jüdisches Sandwichkind mit ADHS.« Sie macht eine ausladende Geste mit der Hand, und ich muss lachen. »Okay, aber ich bin wirklich neidisch, weil du eine queere Schwester hast. Ich meine, was für ein Gewinn.«

»Aww. Also sind Dan und Rachael nicht queer?«

»Nö. Ich bin die Quoten-Lesbe. Soweit ich weiß, jedenfalls.« Sie hält die Handflächen nach oben. »Allerdings waren sie ziemlich süß, als ich mich geoutet habe. Sie haben mich gekidnappt und zum Big Gay Ice Cream Shop in der Gayborhood gebracht.«

»Dem was in der was?«

»In Philly! Da komme ich her. Na ja, also von der Main Line. Der Big Gay Ice Cream Shop hat allerdings dichtgemacht. Da habe ich tatsächlich geweint. Ich glaube aber, in New York gibt's noch einen? Also New York City.«

Mein Verstand strengt sich an mitzukommen. »Ich wusste gar nicht, dass Eis gay sein kann.«

»Kann es«, erwidert Tessa. »Es hat sogar gay geschmeckt. Ich glaube außerdem, dass Dan und Rachael davon ein bisschen gay geworden sind.«

»Funktioniert das so?«

»Jepp«, sagt sie, als wir eine Reihe an Bänken am Rand des Hofs passieren. »Besonders bei Dan – direkt fünfzig Prozent schwuler. Er fährt jetzt ungelogen einen Subaru Outback.«

Ich lache wieder. »So einen fahren meine Eltern auch.«

»Natürlich. Sie haben zwei queere Kinder gezeugt.«

Meine Brust schnürt sich zusammen. Es ist so leicht zu vergessen, dass ich hier die ganze Zeit das Blaue vom Himmel herunterlüge. Was Tessa wohl glaubt, wie ich als Kind war?

Vermutlich so wie Edith.

Edith, die schon am ersten Tag im Kindergarten verkündet hat, dass sie mal ein Mädchen heiraten würde. Sie hat immer Mutter-Mutter-Kind gespielt. Manchmal hat sie im Laden gedankenverloren hübsche Frauen angestarrt. Einmal hat sie sogar eine Sonnenblume aus einer Blumenauslage stibitzt und sie einer Frau in der Warteschlange geschenkt. Da kann sie nicht älter als fünf gewesen sein. Ich glaube, zu dem Zeitpunkt hatte sie noch nie eine offen lesbische Frau getroffen.

Queerness war einfach etwas, das Edith stillschweigend verstanden hat. Genauso mühelos, wie Babys Sprachen lernen.

»Uups«, sagt Tessa und blickt von ihrem Handy auf. »Lili braucht eine Bestätigung, dass du noch lebst. Sie sagt, du antwortest nicht auf ihre Nachrichten.«

»Oh Gott, sorry! Ich hab schon seit einer Weile nicht mehr nachgesehen.«

»Ob du noch lebst oder ob du Nachrichten hast?«

Ich lächele. »Beides.«

Sie drückt zwei Finger auf mein Handgelenk. Und ich spüre einen kleinen sanften Hüpfer in meiner Brust.

»Okay«, verkündet sie kurz darauf. »Dein Puls ist in Ordnung. Du bist definitiv noch am Leben.«

Ich blinzele. »Dann sollte ich ihr wohl schreiben, was?«

Sie tippt schon etwas auf ihrem Handy. »Nee, ich mache das schon. Außerdem sind wir zu Hause.«

Trotzdem schicke ich Lili schnell eine kurze Entschuldigung mit extra vielen Emojis, um ganz deutlich zu sein. Dann öffnet Tessa uns mit ihrer Schlüsselkarte die Tür zum Wohnheim.

Während wir auf den Aufzug warten, schaue ich unsere Scheren-Fotos durch, und Tessa grinst auf mein Display hinunter. »Sieh nur, wie absolut unbeeindruckt wir von unserer bevorstehenden Enthauptung sind.«

»Scheint ziemlich okay für uns zu sein.«

»Wie gut für uns!«

Bei meinem Lieblingsbild zoome ich etwas näher heran. Es ist wirklich verboten süß – wir lächeln strahlend im Sonnenlicht.

Also poste ich es mit einem Scheren-Emoji als Bildunterschrift bei Instagram, gerade als die Aufzugtüren aufgehen.

Chat mit Gretchen
GP: IMOGEN
GP: MIT WEM MACHST DU DIE SCHERENSTELLUNG?
GP: WAS PASSIERT DA?

IS: Warte
IS: Was???

GP: 📎
GP: Versteh mich nicht falsch, ich freue mich für dich

IS: OMG
IS: Das würde ich NIEMALS tun
IS: Es online posten, meine ich!!!

GP: 👀

IS: GRETCHEN NEIN
IS: Hahaha omg
IS: Ich meinte nur
IS: Ich will nicht, dass du denkst, ich sage OMG, DAS WÜRDE ICH NIEMALS TUN, weil ich es eklig finde oder empört bin
IS: Von einem sehr natürlichen und wunderschönen Ausdruck von Intimität

GP: Das
GP: Wow
GP: Das ist meine Lieblingsunterhaltung

IS: Sollte ich die Bildunterschrift ändern?

IS: Ich meine, würden andere Menschen das auch so verstehen?

GP: Haha kommt drauf an
GP: Sind sie gay?
GP: Weißt du, das könnte man als Test benutzen
GP: Was denkst du, wenn du das sieht: ✂
GP: Ein queerer Rorschachtest!!!

IS: Bitte sag, dass du Witze machst
IS: Ich habe Tessa verlinkt

GP: Aww, ist Tessa queer?
GP: Dann ist es wohl eine große Geste!!!
GP: Andere haben zum Abschlussball eingeladen, damit du jetzt öffentlich zum Scissoring einladen kannst

IS: GRETCHEN BITTE

GP: 💀💀💀
GP: Immylein, wir reden hier von dir
GP: Du bist DU
GP: Niemand denkt, dass du mal eben Sexmojis verschickst

IS: 😑

GP: Okay, aber können wir mal kurz über TESSA reden
GP: Sie ist ganz schön heiß

GP: Sie hatte mal längere Haare, oder?
GP: Ich erkenne sie
GP: Von Lilis Profil
GP: Hat jetzt eher einen Soft-Butch-Vibe, was? Gefällt mir

IS: Keine Ahnung, was das heißt, aber sie hatte früher längere Haare

GP: Süßes Heteropotamus
GP: ✂

Als wir bei Lilis Zimmer ankommen, steht Kayla dort an die Tür gelehnt wie ein Katalogmodel: überkreuzte Beine, Hand am Türrahmen, Haare zu einem Pferdeschwanz hochgebunden. Aber sobald sie uns sieht, betritt sie das Zimmer und lässt uns Platz, um ihr zu folgen.

»Oh, hey!« Lili blickt von ihrem Schreibtisch auf. »Wie war die Schere?«

Meine Wangen werden ganz heiß. »Gut. Ja! Sie war toll.«

Ich werfe einen verstohlenen Blick zu Tessa, die vollkommen unbeeindruckt davon scheint. Allerdings ist sie auch nicht diejenige, die verschlüsselte Sexeinladungen auf Instagram postet.

Gott, ich weiß noch nicht mal hundertprozentig, was Scissoring eigentlich ist. Das einzige Bild, das ich dazu im Kopf habe, sind nackte Barbies mit ineinander verschränkten Beinen. Und das ist eindeutig –

Mir wird plötzlich bewusst, dass Kayla mir eine Frage gestellt hat. »Oh! Sorry, war gerade ganz woanders.«

»Alles gut!«, sagt sie. »Wollte nur deine Meinung zu kleinen deutschen Würstchen wissen.«

Ich starre sie an. War das immer schon so? Haben alle

ständig von Sex geredet, und ich habe es einfach nie verstanden?

Ich räuspere mich. »Du meinst ... als Euphemismus?«

»Oh, sie meint tatsächlich Würstchen«, versichert Lili mir.

»Na ja, also genau genommen ist es Leberwurstpastete in Wurstpelle. Aber kleiner, als du denkst.« Tessa hebt beide Zeigefinger und schiebt sie näher zusammen, um es zu demonstrieren. Was sich als unnötig herausstellt, da Kayla einen Augenblick später eine echte Wurst herausholt. Direkt hier in Lilis Zimmer, in einem einfachen durchsichtigen Frischhaltebeutel.

Sie hält den Beutel am Zippverschluss hoch und beäugt das Würstchen missmutig. »Die Bestie höchstpersönlich.«

Sie ist ungefähr so groß wie mein Daumen und befindet sich in einer orangefarbenen Plastikverpackung mit der Aufschrift *Braunschweiger Leberwurst* im Oktoberfeststil.

Fast lasse ich mein Handy fallen. »Oh, ich hasse es.«

»Es ist eine Abscheulichkeit. Buchstäblich Gewalt in Plastik.« Kayla schiebt meine Klamotten und mein Duschzeug von heute früh beiseite und setzt sich auf das Bett. »Anscheinend hat Declans Mom es als Teil eines Präsentkorbs von ihrer Firma zu Weihnachten bekommen. Und aus irgendeinem teuflischen Grund hat Dec entschieden, es nach den Ferien mit herzubringen.«

»Scott, du solltest es definitiv mal anfassen«, sagt Tessa. »Ich glaube nicht, dass du das Würstchen richtig verstehst, bevor du gefühlt hast, wie warm und matschig es ist ...«

»Schon gut!«

Lili lacht. »Wahrscheinlich würden wir sterben, wenn wir es jetzt aufmachen würden. Ich meine, allein ein kleiner Riss würde vermutlich schon tödliche Giftgase entweichen lassen. Mika geht nicht mal in die Nähe davon.«

»Und Dec hat es einfach mit hergebracht?«, frage ich. »So als … Souvenir von zu Hause?«

»Nur Gott weiß, was diesem Jungen durch den Kopf geht.«

Ich halte inne. »Und warum hast du es?«

»Weil«, sagt Tessa, »sie das Ganze in ein diabolisches Rachespiel verwandelt haben.«

»Wie das Spiel mit der heißen Kartoffel«, meldet sich Lili zu Wort.

Tessa strahlt. »Ganz genau. Wie eine verquere Art der heißen Kartoffel.«

Kayla nickt. »Ich sitze gestern also im Unterricht und wühle in meiner Tasche nach meinen Pfefferminzbonbons —«

»Ohne die schläft sie im Unterricht ein«, erklärt Lili.

»Genau, außerdem sind sie lecker«, fügt Kayla hinzu. »Jedenfalls finde ich sie und esse eins, aber ich bin immer noch müde, also nehme ich noch eins. Direkt vorm Unterrichtsende will ich mir noch ein drittes nehmen – und was finde ich da?« Kayla hält den Plastikbeutel hoch. »Das Ding hier, versteckt in der Pfefferminz-Rolle, in die von beiden Seiten ein paar Bonbons gesteckt wurden. Bei dem Anblick ist mir alles hochgekommen.«

»Was den Zweck der Bonbons vollkommen zerstört hat!«, fügt Tessa hinzu.

Kayla hält den Beutel an einer Ecke fest und wackelt damit herum. »Und jetzt? Vergeltung. Ich weiß, dass Tess dabei ist.« Sie blickt von Lili zu mir, ihr Gesicht ist todernst. »Die einzige Frage ist: Bist du es auch?«

Lili übersetzt für mich: »Imogen, möchtest du ein winziges Würstchen in Declans Zimmer verstecken?«

Plötzlich springt Kayla vom Bett auf, fällt vor mir auf ein Knie und hält das Würstchen wie einen Diamantring hoch.

Wie könnte ich da etwas anderes als Ja sagen?

Chat mit Gretchen

GP: Abstecher!!! Wir holen uns Mittagessen in Woodstock
GP: Warst du schon mal da? Ist süß!

IS: Noch nicht, aber da haben sich meine Großeltern kennengelernt!

GP: WAS?
GP: So richtig bei dem Festival??

IS: Jepp!

GP: UNMÖGLICH
GP: WARUM HAST DU DAS NOCH NIE ERWÄHNT?
GP: WARUM HABE ICH DIE PANCAKE-STORY SCHON NEUNZIG MILLIONEN MAL GEHÖRT
GP: ABER DIESE NICHT?

IS: Haha, keine Ahnung!

GP: Diese Info kann ich gar nicht verarbeiten
GP: Wow
GP: Ich meine, welche Geheimnisse hast du noch??
GP: Abgesehen vom ✂

IS: Und jetzt will ich dir nicht mal mehr erzählen, was ich gleich mit einem winzigen deutschen Würstchen mache

GP: IMOGEN

GP: Was hast du vor?
GP: Mit einem winzigen deutschen Würstchen
GP: ???

In eindringlichem Flüsterton erklärt Kayla das Vorhaben. »Er hat sich gerade zu den Malateliers aufgemacht«, sagt sie, »und Lilis Freundin Clara wohnt im selben Korridor wie er. Sie lässt uns rein, also müssen wir uns nicht durch die Tunnel arbeiten. Und das ist großartig, denn ich gehe nicht ohne Grund in den Untergrund.«

»Das ist übrigens mein Lieblingsbuch von Dr. Seuss«, meint Tessa. »*Nicht ohne Grund in den Untergrund.*«

»Ich gehe nicht ohne Grund in den Untergrund, sagte der Hund«, füge ich hinzu.

Blinzelnd sieht Lili von ihrem Handy auf und schüttelt den Kopf.

»Seite eins«, fährt Tessa fort. »›Aus meinem Mund klingt dies wohl nicht ganz rund, doch da ich nicht länger bin jung und gesund, begebe ich mich nicht ohne Grund in die Tiefen des Untergrund‹, sagte der Hund.«

»›Denn im Untergrund‹, gab der Hund kund, ›ist es mir zu bunt‹«, ergänze ich ohne Zögern.

»Also … keine Ahnung, was das war, aber wenn ihr dann so weit seid …«, sagt Kayla.

Lili tippt auf ihr Handydisplay. »Okay! Clara hat gerade bestätigt, dass Decs Zimmer unverschlossen ist und zum Eintritt bereitsteht.«

»Sie hat das Schloss geknackt?«, frage ich und bin mir nicht sicher, ob ich entsetzt oder beeindruckt sein soll.

Lili zuckt mit den Schultern. »Wahrscheinlich hat er nicht abgeschlossen.«

»Darf ich anmerken, dass unser Timing einfach perfekt ist? Morgen soll es regnen und dann richtig kalt werden, und ...«, Kayla lächelt das Würstchen liebevoll an, »richtig, kleiner Mann. Rate mal, wer direkt in Declans Handschuh wandert?«

»Genau in einen der Finger«, fügt Tessa hinzu, »um für eine matschige Überraschung zu sorgen.«

Ich presse mir die Hand an die Wange. »Das ist Ekel auf einem ganz anderen Level.«

Wir verlassen das Gebäude und haben kaum drei Schritte auf den Hof gesetzt, da bleibt Kayla abrupt stehen und zieht Lili am Ärmel zurück. Beide sind einen Moment lang wie erstarrt und blicken auf eins der Wohnheime – vermutlich Declans. Einen Augenblick später hebt Lili ihr Handy wie ein Walkie-Talkie an den Mund.

»Zwei professionelle Spioninnen in spe«, murmelt Tessa. »So raffiniert.«

Ich lache. »Also, wieso hast du dich dazu entschieden, ein Bündnis mit Kayla und nicht mit Declan einzugehen?«

Tessa hält inne und sieht kurz zu Kayla und Lili, bevor sie sich näher zu mir lehnt. »Ich habe kein Bündnis mit Kayla«, sagt sie leise, »sondern ein Bündnis mit dem Chaos.«

Ich hebe die Augenbrauen.

»Ich spiele ein doppeltes Spiel. Die beiden haben keine

Ahnung davon. Tatsächlich waren die Pfefferminzbonbons meine Idee.«

Ehrfürchtig schüttele ich den Kopf. »Du bist –«

»Absolut!«, unterbricht Tessa mich plötzlich. Ihr Blick huscht kurz zur Seite, als Kayla und Lili sich wieder zu uns gesellen. »Natürlich kann ich ein Foto von dir und dem Würstchen machen!«

»Du willst ein Foto mit dem Würstchen?« Kayla schaut mich irritiert an. »Mit diesem Würstchen?«

»Tut sie!« Tessa tätschelt mir die Schulter, grinst dann und tritt mit ihrem Smartphone in der Hand ein paar Schritte zurück.

»Definitiv«, fügt Lili hinzu.

»Wenn du meinst.« Kayla schüttelt den Kopf, holt den Würstchenbeutel aus ihrer Handtasche und zieht die Plastikhülle auf, sodass das Würstchen wie eine Banane herausragt.

Kurz verziehe ich das Gesicht in Tessas Richtung – sie lächelt nur unschuldig zurück. Dann pflücke ich das Würstchen vorsichtig aus dem Beutel und halte es wie mit einer Kneifzange zwischen zwei Fingern.

Noch nie habe ich Lili so schnell ihre Kamera zücken sehen.

»Das ist unglaublich«, sagt Tessa, deren Stimme vor Lachen bebt. Sie grinst auf Lilis Handy hinunter, während ich Kayla das Würstchen zurückgebe. »Scott, oh Mann. Dein Gesichtsausdruck.«

Lili hält ihr Handy hoch. »Das rahme ich ein.«

Das Foto ist auf mein Gesicht herangezoomt, was mir normalerweise äußerst unangenehm gewesen wäre. Aber der Ausdruck ist einfach so urkomisch und unbestreitbar typisch für mich: mein strahlendes Lächeln und mein panischer Blick stehen in einem krassen Kontrast zueinander. Ich lache. »Oh Gott.«

»Ein Meisterwerk«, erklärt Tessa und sieht mir grinsend ins Gesicht.

Im Sonnenlicht haben ihre Augen ganz genau die Farbe von Kastanien.

Mit der Diskretion eines Disney-Bösewichts führt Clara uns durch den Vordereingang des Wohnheims, bevor sie auf Zehenspitzen den Korridor entlangschleicht. Kayla schaut uns an. »Sind wir so weit?«

Lili und ich nicken.

Tessa reckt einen Daumen in die Luft.

Für einen Samstag ist es gespenstisch ruhig. Vermutlich sind gerade alle beim Mittagessen oder schlafen noch. Declans Zimmer befindet sich im Erdgeschoss, vom Vordereingang aus um die Ecke.

Kayla zeigt auf die *114* über seiner Tür. »Da wären wir.«

Stumm nicke ich erneut, und mein Herz schlägt wie wild. Die Tür knarzt ein wenig, als Kayla sie öffnet, und vor Schreck fahre ich beinahe aus der Haut. Sie erstarrt im Türrahmen und sieht sich im dunklen Zimmer um. »Die Luft ist rein.«

Als wir alle drinnen sind, zieht Kayla die Tür hinter uns zu und schaltet das Licht an. »Hiernach suchen wir.« Sie fischt ihr Handy heraus, tippt ein paarmal auf das Display und dreht es zu uns, um uns ein Foto zu zeigen.

Lili lächelt. »Die kenne ich.«

Auf dem Bild stehen Lili und Declan je auf einer Seite eines Schneemanns, und Declan winkt in die Kamera. Kayla zoomt an seine Handschuhe heran. »Dunkelgrau, relativ dickes Material und am Handgelenk zusammengezogen.«

»Also suchen wir etwas, das aussieht … wie ein Handschuh«, fügt Tessa hinzu.

»Ganz genau.« Kayla entfährt ein kurzes Lachen. »Okay! Ich fange mit den Manteltaschen an.«

Ich schaue mir den Raum an, und plötzlich überkommt mich ein Déjà-vu. Doch das ergibt keinen Sinn. Vielleicht liegt es auch nur daran, dass das ganze Zimmer aussieht wie ein Filmset. Es ist ein Einzelzimmer, also etwas kleiner als Lilis, aber es hat etwas so Helles und Offenes an sich. Eine Wand wird durch eine Backsteintapete optisch hervorgehoben, und es gibt einen richtigen Wandschrank. Über dem Schreibtisch hängen perfekt ausgerichtete, eingerahmte Kunstwerke. Die Bücher in seinem Regal stehen alle ohne Umschlag da, sodass nur weiße Hardcover zu sehen sind. Selbst das Wirrwarr auf der Kommode scheint gewollt: eine rosafarbene Pfingstrose aus Papier, ein kleiner Stapel an Moleskine-Notizbüchern und … eine maßstabs- und detailgetreue Nachbildung dieses Zimmers in Größe eines Schuhkartons.

»Warte mal – oh! Das habe ich auf TikTok gesehen.« Ich drücke mir eine Hand an die Wange. »Das ist ja … wow … einfach unglaublich in echt.«

»Oder? Die haben Dec und Mika zusammen gemacht. Sie sind beide so irre talentiert.« Lili setzt sich neben der Kommode auf den Boden, während Kayla Declans Mantel wieder auf dem Schreibtischstuhl drapiert.

»Sollen wir im Schrank nachschauen? Irgendwie würde ich Declans Schrank gern von innen sehen.« Vorsichtig öffnet Tessa ihn und wirft mir einen Blick über die Schulter zu. »Okay, Walter-Königin. Walte deines Amtes.«

Langsam nicke ich und sehe mir alles an: klein, aber ordentlich sortiert, mit einer Menge aufgestapelter Schubladensysteme aus Plastik.

»Oh mein Gott, es ist so ordentlich«, sagt Tessa kopfschüttelnd. »Okay, sorry, hier hält er so eine Ordnung, aber dann behält er diese abartige Gammelwurst? Ich weiß ja nicht, Mann. Das strahlt meiner Meinung nach Serienkiller-Vibes aus.«

Auf der anderen Seite des Zimmers brechen Kayla und Lili in Gelächter aus.

»Na ja, wenn er sie Kayla unterschiebt«, hebe ich hervor, »behält er sie genau genommen nicht. Oh!«

Tessas Augen werden groß. »Hast du was gefunden?«

Ich hocke mich neben die Schubladen. »Sieh mal, Fransen. Könnte das Ende eines Schals sein, oder?« Ich hole mein Handy heraus und mache schnell ein Foto.

»Ooh, gute Idee. So vergessen wir diesen Moment nie«, sagt Tessa.

Ich lache. »Nein, ich will es nachher nur wieder genauso anordnen, wie wir es vorgefunden haben, verstehst du? Die Schublade ist ein Stück weit geöffnet, die Fransen hängen heraus ...«

»Oh. Mist. Du bist gut ...«

»*Fuck*«, zischt Lili und steht hastig auf. »Clara hat gerade geschrieben. Er kommt zurück. Keine Ahnung, warum ... *Fuck*.«

»Mach das Licht aus!«, flüstert Kayla.

Tessa zieht die Schranktür zu und sinkt neben mir auf den Boden. Einen Moment lang höre ich nur hektisches Rascheln und einige gemurmelte Flüche. Doch dann ...

Wird knarzend die Tür geöffnet.

Schnell stelle ich mein Handy auf stumm. Tessa formt ein »Oh« mit den Lippen und macht es mir nach. Sie ist mir so nah, dass sich unsere Arme berühren, als sie ihr Handy zurück in die Gesäßtasche schiebt.

Mein Herz spielt total verrückt.

Draußen: ein paar kurze Schritte. Dann nichts. Dann das Ächzen von Declans Bett.

Ungläubig sieht Tessa mich an. *Macht er jetzt ein Nickerchen?*, fragt sie lautlos und mimt eine schlafende Person mit gefalteten Händen an der Wange.

Ich zucke mit den Schultern.

Noch ein Ächzen.

Panisch schaut sie mich an, lächelt dann aber breit. Einen Moment lang bekomme ich kaum Luft.

Dieser Schrank ...

Ist einfach ...

So klein. Sie pikst mir ins Knie, und ich stoße ein gespieltes lautloses Keuchen aus.

Dann pikse ich sie zurück.

Sie rümpft die Nase.

Völlig grundlos steigt ein Lachen in meiner Brust auf. Doch dann legt Tessa mir die Hand auf den Mund, und das löst etwas in mir aus.

Die Haut ihrer Handfläche an meinen Lippen.

Ich höre Gretchens Stimme in meinem Kopf: *Sie ist ganz schön heiß.*

Ist Tessa heiß? Ich weiß nie so genau, wie so was entschieden wird. Oder wo es in Bezug zu süß steht. Oder sexy. Oder schön im Allgemeinen.

Die Zimmertür wird geöffnet und wieder geschlossen, und Tessa zieht ihre Hand zurück. Einen Moment lang sitzen wir starr und schweigend da, mit gespitzten Ohren.

Dann hören wir draußen endlich mehr Rascheln und einen einzelnen dumpfen Stoß. »Hey«, flüstert Kayla. »Die Luft ist rein.«

Tessa schiebt die Tür einen Spalt auf, bevor sie sie ganz öffnet und Kayla uns kopfschüttelnd und mit leicht erschüttertem Blick entgegenstarrt. Lili kriecht wie ein Soldat unter dem Bett hervor und lässt sich neben ihr nieder.

»Wart ihr beide da drunter?«, fragt Tessa.

»Oh ja. Und die Hand unseres Kumpels?« Kayla atmet schwer aus. »Fünf Zentimeter von meinem Gesicht entfernt.«

»Brauchte anscheinend sein Handyladegerät«, fügt Lili hinzu. Dann schenkt sie mir ein schiefes Lächeln. »Aufregende erste Mission?«

Und tatsächlich befinden sich Declans Handschuhe in der Schal-Schublade, was Kayla erleichtert aufatmen lässt. Lili schiebt das Würstchen in den Mittelfinger des Handschuhs, und wir versuchen, alles wieder nach meinem Foto anzuordnen. Sobald die Wurst allerdings eingeschleust ist, verweilen wir nicht lange. Wir sind wohl alle noch etwas aufgewühlt.

Kayla verabschiedet sich und geht in ihr Wohnheim zurück, während ich Tessa und Lili hinterhertrotte. Sie reden über irgendeine Party im Rainbow Manor, auf der sie waren. Oder einer zukünftigen Party, zu der sie gehen wollen. Ich kann mich nicht lange genug darauf fokussieren, um das herauszufinden.

Ich schätze, meine Gedanken sind in Declans Schrank stecken geblieben.

Wie kann ich erklären, dass Tessas Lächeln mir ein Ziehen in der Brust beschert hat?

Oder dass sie meinen Mund mit ihrer Hand bedeckt hat und ich sie küssen wollte.

Es ist, als würde man durch die Fotos von jemand anderem scrollen und sich selbst im Hintergrund sehen. Dieses plötzliche Bedürfnis, zu rufen: *Halt, warte mal, geh zurück!*

War ich das?

Chat mit Gretchen

GP: Hallo, hi, ich hätte gern ein Update zu der 🌭 -Sache

GP: Hattest du Spaß?

GP: War sie eingepackt?

IS: Definitiv eingepackt

IS: 📎

GP: Oh mein Gott, dein Gesicht

GP: 💀

GP: Das ist mein neues Lieblingsbild von dir

GP: Du und dein winziges deutsches Würstchen

IS: Danke schön, es war sehr winzig

IS: Seid ihr schon am Vassar angekommen?!

GP: Fahren gerade rein!!!

GP: Ich drehe gerade ein bisschen durch, weil ich eben eine Mail bekommen habe, dass das Mädchen, das sich eigentlich um mich kümmern sollte, wegen eines familiären Notfalls den Campus verlassen musste

GP: (TikTok nach zu urteilen, ist der »Notfall« anscheinend ein Live-Auftritt von Wallows in Albany)

IS: Oh nein! Warte – was machst du jetzt?

GP: Na ja, heute verbringe ich die Nacht mit Mama P im Hotel 👻

GP: Für morgen versuchen sie, jemand Neues aufzutreiben
GP: Das ist so ätzend, weil ich nicht ausgehen kann, solange Mom hier ist, und morgen gibt es bestimmt keine Partys mehr, weil Sonntag ist

IS: Tut mir leid 😊

GP: Ehrlich gesagt mache ich mir Sorgen um meine Pro-und-Kontra-Liste, wenn ich gar nicht die ganze Wohnheimerfahrung mitnehmen kann

IS: Ja, aber was, wenn du zu einer Party gegangen wärst und sie wäre einfach die schlechteste überhaupt, dann wärst du davon ausgegangen, dass alle Partys am Vassar mies sind

GP: Schon wahr, guter Punkt
GP: Haha, stell dir mal »Die Schlechteste Party Überhaupt« vor
GP: Die müssen wir planen

IS: Oh definitiv
IS: Okay
IS: Das Menü: Fisch, und zwar nur Fisch
IS: Die Gästeliste: nur Typen von Foren für Männerrechte, die darüber sprechen, dass sie betrogen werden

GP: OH JA!!!
GP: Nur ein Haufen Incels aus der Mannosphäre, die

am Fisch-Tisch abhängen und hotte Girlz auf einer Skala von 1 bis 10 einordnen

IS: Die Musik: Kid Rock – die weniger bekannten Songs
IS: Zahnarzt-Beleuchtung

GP: Und gruselige Babypuppen als Deko
GP: Mit Menschenzähnen

IS: Ich hasse diese Party total

GP: Ich könnte eine Milliarde Mal absagen
GP: Und das wäre nicht genug

15

Bis zum Sonnenuntergang haben wir alle Premium-Plätze auf Lilis Boden eingenommen – Declan, Mika und Kayla lehnen mit dem Rücken an einem Bett, Lili, Tessa und ich am anderen. Lili hat die Deckenleuchte ausgeschaltet, sodass nur noch das gedämpfte Licht von drei Tischlampen den Raum erhellt. Im Hintergrund schallt das neue Album von Mitski leise aus dem schicken Bluetooth-Lautsprecher, den Declan mitgebracht hat. Es ist so gemütlich wie eine Übernachtungsparty, sogar inklusive der nicht ganz leeren Pizzaschachtel in der Mitte des Raums. Wie sich herausgestellt hat, kann man unten ganze Pizzen kaufen – Lilis Wohnheim hat eine Late-Night-Snackbar.

Ich arbeite mich gerade durch die Ränder, die ich bis zum Schluss aufgehoben habe, während Tessa sich zu mir lehnt und mir ihr Handy vor die Nase hält. »Ausführliche Kommentare. Bei jedem einzelnen TikTok.« Kurz grinst sie Mika an. »Ich liebe deine Eltern einfach so.«

Mika lächelt leicht. »Ich bin in den Ferien zu Hause gewesen, und sie haben einen Haufen Screenshots ausgedruckt und an den Kühlschrank gehängt. Genau neben die Weihnachtskarten. Und sie haben die Top-Nine-Collage von Jades Instagram-Posts ausgedruckt. Wie finden sie dieses Zeug nur?«

»Ist Jade deine Schwester?«, frage ich.

»Ex-Freundin. Meine Eltern sind ein bisschen von ihr besessen.«

Ich presse mir die Faust vor den Mund. »Oh nein ...«

»Nee, schon gut! Wir sind Besties. Wir sind zusammen aufgewachsen und sprechen noch jeden Tag miteinander. Sie ist am Cornell, also können wir uns oft besuchen. Ich bin ziemlich sicher, meine Eltern denken, dass wir uns noch heimlich daten.«

Kayla lacht. »Mika, das denken alle.«

»Und ihr habt alle eine wunderschöne Fantasie.« Mika rutscht vor, um sich noch ein Stück Pizza zu nehmen.

»Okay, mal im Ernst«, sagt Tessa, »es ist der Wahnsinn, dass Jade und du euch noch so gut versteht. Genau wie ihr beiden.« Sie sieht von Lili zu mir. »Allein schon, dass eine Übernachtung bei deiner Ex überhaupt infrage kam.«

»Meine Ex übernachten manchmal bei mir«, sagt Declan.

Kayla verdreht die Augen. »Nicht diese Art von Übernachtung, Don Juan.«

Ich lege die Arme um meine Beine und spüre, wie meine Wangen warm werden. »Ja, es ist, ihr wisst schon ... alles total cool.«

Lili schenkt mir ein kurzes, peinlich berührtes Lächeln. »Genau. Absolut.«

»Oh Mann«, sagt Tessa. »Ich habe das mit Jillian auch versucht, und eine Weile war's okay. Aber dann wurde es komisch, als sie jemand Neues hatte.«

»Das verstehe ich«, sage ich.

»Nicht, weil ich eifersüchtig war«, fügt Tessa schnell hinzu. »Es war einfach seltsam. Zum Beispiel hat sie ständig von ihrer Neuen geredet, aber auf so eine Schieb-ab-Tess-Art. Als wollte ich mich an sie ranmachen. Also bitte.«

Lili lacht. »Hat sie dir nicht auch sofort eine DM geschrieben, als sie das erste Mal ein anderes Mädchen auf deinem Instagram-Profil gesehen hat?«

»Oh ja, *sofort*. Und ich hab nur geantwortet: ›Ähm, das ist meine Cousine Annie.‹«

Ich umarme meine Beine fester und versuche, die Nervosität in meiner Brust zu unterdrücken. »Sie muss total ausgeflippt sein, als du danach jemanden gedatet hast.«

»Jedes Mal. Bei jedem Mädchen. Also bei allen null.«

Tessa schenkt mir ein kurzes Lächeln von der Seite.

Zaghaft erwidere ich das Lächeln, bin aber nicht ganz sicher, ob das ein Scherz ist. Ist es doch bestimmt, oder? Es muss Tausende Mädchen geben, die in Tessa verknallt sind. Ich meine, wäre ich queer, hätte sie mir total den Kopf verdreht.

Ich muss immer wieder an die Situation im Schrank denken und daran, wie nah wir beieinandersaßen, sodass sich sogar unsere Knie berührt haben.

»Oh!« Mika gähnt und streckt sich. »Haben wir uns wegen morgen schon entschieden?«

»Was ist morgen?«, fragt Lili.

»Kostüme! Für Freitag. Die Dark-Academia-Party.«

Kayla klatscht in die Hände. »Ja! Ich will in die Secondhandläden. Erinnert ihr euch noch an den in Waterloo, in dem ich mit Audra und diesem Typen Dilf war? Audra teilt sich das Zimmer mit mir«, fügt sie in meine Richtung gewandt hinzu.

»Sein Name war Dilf?« Tessa lacht kurz und ungläubig. »Wie ... ein DILF?«

»Ist er ein DILF?«, fragt Lili.

»Keine Ahnung. Ich glaube, das ist nur ein Spitzname.« Kayla zuckt mit den Schultern. »Jedenfalls hoffe ich, es ist nur ein Spitzname. Er ist so ein weißer Typ mit einem Augenbrauen-Piercing und sehr hellen blauen Augen und sieht ein bisschen aus wie der Anführer eines Kults. Und er hat eine Bong namens Creature.«

»Natürlich.« Tessa wirkt begeistert.

»Jedenfalls, der Punkt ist, es war ein günstiger Laden, und ich will noch mal hin«, erklärt Kayla. »Jemand Interesse?«

Lili wirft mir einen fragenden Blick zu, und ich nicke schulterzuckend.

»Bin dabei, wenn die beiden mitkommen«, sagt Tessa und stupst zuerst mich und dann Lili mit dem Kopf an. Und ich bin mir ziemlich sicher, dass ich in das Leben von jemand anderem hineingerutscht bin.

Tag drei
Sonntag
20. März

Chat mit Gretchen

GP: Heute soll meine Tour stattfinden, und es regnet 😠😠😠

GP: Zieht dieses Teufelswetter auch bei euch auf?

GP: Es ist noch nicht mal ein romantischer Regenschauer, in dem will ich niemanden küssen

GP: Außer vieeelleicht die heiße Tessa 🗡😊

Entweder ist mein Handybildschirm heller geworden oder das Zimmer dunkler. Mit zusammengekniffenen Augen lese ich Gretchens Nachrichten, dann reibe ich mir die Augen und lege das Handy mit dem Display nach unten hin.

Es ist kurz nach sieben, und Lili schläft noch. Ich bin so müde, dass selbst Gähnen sich zu anstrengend anfühlt. Doch jedes Mal, wenn ich die Lider schließe, klappen sie automatisch wieder auf, also spähe ich einfach in die tintenschwarze Dunkelheit, bis ich das Ende der Wand ausmachen kann. Es dauert eine ganze Minute, bis ich verstehe, dass die trommelnden Regentropfen nicht nur von Lilis White-Noise-App kommen.

Ich ziehe mein Handy vom Ladekabel und starre wieder auf Gretchens Nachrichten.

Zu dem schlechten Wetter könnte ich etwas zurückschreiben, oder? Ein paar Emojis hinzufügen und auf Senden drücken. Es muss nicht total tiefgründig sein.

Nur kann ich nicht erklären, warum dieses Scheren-Emoji mich so nervös macht. Mir ist klar, dass Gretchen mich nur aufzieht. Logisch. Aber ich fühle mich so seltsam deswegen.

Warum fühle ich mich deswegen so seltsam?

Es kann nicht daran liegen, dass ich lesbophob bin, oder? Meine beiden besten Freundinnen sind queere Frauen. Ich habe eine lesbische kleine Schwester. Abgesehen von Otávio habe ich buchstäblich keine Freunde, die nicht queer sind.

Allerdings sagen das alle Menschen mit Vorurteilen, oder? *Queerphob? Ich? Aber ich habe queere Freunde!*

Noch einmal lese ich Gretchens Nachrichten, und immer noch fühle ich mich völlig aus der Bahn geworfen. Die Vorstellung, dass Tessa und sie sich küssen, verursacht einen Kurzschluss in meinem Kopf.

Und im Regen? Sorry, aber in welcher Art Regen wäre ein Kuss denn überhaupt romantisch? Schon klar, in Filmen sieht das cool aus. Aber im echten Leben wäre man nass und würde frieren, und die Socken wären durchgeweicht, und wahrscheinlich würde man sich die ganze Zeit Sorgen darum machen, dass das eigene Handy nass wird. Außer natürlich man will diese Person so unbedingt küssen, dass einem das Unbehagen gar nicht auffällt. Oder es fällt einem auf, ist einem aber egal.

Und das ist wohl der springende Punkt.

»Hey! Du bist schon angezogen.« Gähnend setzt Lili sich auf. »Morgen.«

»Morgen! Rate mal, was ich gemacht habe.«

Blinzelnd reibt sie sich die Augen. »Du ... was denn?«

»Ein Vision Board zum Thema Dark Academia!« Triumphierend halte ich mein Handy hoch.

»Ooh. Cool.« Verschlafen nickt sie.

»Für den Secondhandladen. Nur so als Referenz. Falls es jemand benutzen will, meine ich.«

»Das ist der Wahnsinn«, sagt sie und gähnt erneut. »Die anderen werden es lieben.«

»Du hast es noch nicht mal gesehen …«

»Ich weiß, aber Immy, deine Boards sind immer perfekt.« Sie klatscht in die Hände, bevor sie sie in die Höhe streckt, dann wieder nach unten und zur Seite. »Weil du in der Hinsicht sehr, sehr gründlich bist.«

»Unhöflich, aber wahr.« Ich lächele.

Mir ist klar, dass ich mich ganz schön in solche Dinge hineinsteigern kann, aber ein ordentliches Vision Board ist eine ernste Sache. Denn es muss als zusammenhängendes Ganzes funktionieren, und das heißt, man muss sehr genau über die Farbgebung und die Anordnung nachdenken. Aber natürlich steckt die wahre Magie in den Details. Und es geht nicht nur darum, Karomuster mit Tweed zu kombinieren.

Ein gutes Vision Board kennt sein Publikum. In diesem Fall wird also eine maskuline, feminine und androgyne Ästhetik benötigt, die sowohl zu Kaylas Größe, zu Lilis Kurven als auch zu meiner birnenförmigen, gut genährten Figur passt. Am Ende des Tages funktioniert ein Outfit nur, wenn man es sich an einer echten Person vorstellen kann.

Zum Beispiel Tessa – gekleidet wie Timothée Chalamet in *Little Women*.

Um genau zu sein, die Weste und die kleine Fliege, die er in der Szene mit Florence Pugh trägt, in der Amy Laurie erklärt, dass die Ehe ein wirtschaftliches Angebot ist.

Genau das, aber an Tessa. Ich kann es mir bildlich vorstellen.

Stunden später stehe ich an Lili gedrängt unter einem Vordach und halte ihren Regenschirm, während sie etwas in ihr Handy tippt.

»Okay! Sie sind gleich da.«

Ich werfe einen Blick über meine Schulter. »Sollen wir auf Tessa warten?«

»Nein, sie kommt nicht mit. Die Machos schleppen sie zum Wegmans.«

Aus irgendeinem Grund trifft mich das wie ein Schlag ins Gesicht.

»Oh«, sage ich.

Lili spannt den Regenschirm auf und hält ihn über unsere Köpfe. »Bereit für einen Sprint?«

Gemeinsam rasen wir auf Kaylas parkenden Minivan zu – ein großer, klobiger Honda Odyssey, der mit seinen Tierschutz-Aufklebern und den Dellen am Heck aussieht, als käme er direkt von der Fahrgemeinschaftsspur. Zitternd und halb durchnässt kommen wir an, und ich klettere nach Lili hinein, als die hintere Tür aufgeschoben wird. Es ist einer dieser Minivans mit drei Sitzreihen. Mika sitzt vorn und Declan ganz hinten, also nehmen wir die mittlere. »Ist wie ein Schulbus, ich weiß«, sagt Kayla. »Sag mir, dass du aus einer großen Familie kommst, ohne es zu sagen.«

Ich schnalle mich an und versuche normal zu lächeln. »Wie groß ist deine Familie denn?«, frage ich.

Kayla parkt langsam aus. »Also, ich bin die Jüngste von vier. Daher haben meine Eltern sich einen Mustang gegönnt, nachdem ich mit der Highschool fertig war, und ich habe diese Schönheit hier bekommen.« Liebevoll tätschelt sie das Lenkrad. »Wie findest du die Po-Grübchen?

Die sind meinem Bruder zu verdanken, der dem Wagen jedes Mal neue Beulen zufügt, wenn er aus der Einfahrt fährt.«

»Als New Yorker Einzelkind kann ich absolut nicht nachvollziehen, worüber du da sprichst«, meldet sich Declan von hinten.

»Entschuldigung, hast du gerade fünf Sekunden lang nicht im Mittelpunkt gestanden?«

Ich zwinge mich dazu, mit den anderen mitzulachen, aber innerlich fühle ich mich ein wenig bedrückt. Fast schon schwermütig.

Tessa kommt nicht mit. Und ich weiß nicht, warum mir das so viel ausmacht.

Chat mit Gretchen
IS: Das Höllenwetter ist auch in Geneva angekommen 🫠
IS: Aber wir fahren Shoppen
IS: Brauchen Kostüme für die Dark-Academic-Party
IS: *Academia

GP: DARK ACADEMIA, JA!
GP: Bin so verdammt neidisch

IS: Musst du nicht!!!
IS: Die ist nächstes Wochenende, da bin ich gar nicht hier 🙊
IS: Ich bin nur die Modeberaterin

GP: Oh-oh, ich sehe drei Punkte!!
GP: Vision Board kommt in 3 ... 2 ... 1 ...

IS: 📎

GP: Gutes Mädchen

Der Laden namens Hand-Me-Down Closet liegt zirka fünfzehn Minuten vom Campus entfernt in einem trostlosen Shoppingcenter, versteckt hinter einer Outlet-Mall. »Wir sind tatsächlich hier«, sagt Lili mit einer Hand auf dem Herzen. »Dilfs liebster Secondhandladen.«

»Ganz genau der«, erwidert Kayla.

Der Parkplatz ist praktisch leer, was für einen verregneten Sonntag vermutlich normal ist. Lili stupst mich an, als Kayla in eine Parklücke fährt. »Immy, schick ihnen dein Vision Board!«

»Du hast ein Vision Board erstellt?«, fragt Kayla.

»Ist nur so zusammengeworfen —«

»Sie ist in aller Herrgottsfrühe aufgewacht, hat stundenlang das Internet durchsucht –«

»Eine Stunde! Nicht mal.« Ich drücke auf Senden, und meine Wangen werden rot.

»Hey«, sagt Declan. »Cool.«

»Ja, du hast es genau getroffen«, murmelt Kayla, die auf ihrem Display näher heranzoomt, während sie sich abschnallt. »Sieh dir die ganzen grübelnden Weißen an.«

Sie lacht, und ich lächele. »Ja, stimmt. Das trifft es genau.«

Wir laufen zum Laden und streifen nass vom Regen und dicht aneinandergedrängt unsere Schuhe auf der Fußmatte ab. Neugierig sehe ich mich um. Es ist definitiv keine der ausgewählten Vintage-Boutiquen in der Linden Street. Vor uns erstreckt sich ein neonbeleuchtetes Chaos: Bar-Mitzwa-T-Shirts und Anzugjacken mit Schulterpolstern, zwischen denen gelegentlich kurze Stretch-Kleider und jede erdenkliche Art von Jeans-Kleidungsstücken hängen. Allerdings kann ich bereits einige interessante Karomuster und Blazer erkennen, die halb versteckt an den Kleiderstangen warten. Ich liebe Schatzsuchen in Läden wie diesem. Sie sind das ultimative Wimmelbildspiel.

Da wünsche ich mir fast, dass ich mit zur Party gehen könnte.

Vermutlich würde ich ein Kleid oder einen Rock tragen wollen. Etwas in die viktorianische Richtung, nur eben nicht zu offensichtlich. Jo-March-Vibes, aber nicht so, als hätte ich ihren Kleiderschrank überfallen. Eher oldschool akademisch.

»Was zur Hölle soll das überhaupt sein?«, fragt Lili, die etwas hochhält, das wohl ein Schnürkorsett darstellt. »Soll man die Schnüre hier einfach über seine Nippel drapieren und auf das Beste hoffen?«

»Vielleicht soll man es ja über einem richtigen Shirt tragen?«

Mika kommt herüber. »Habt ihr irgendwo Hosenträger gesehen?«

Lili zeigt auf eine Auslage mit Accessoires in der hinteren Ecke, bevor sie zu der Stange mit den Kleidern zurückkehrt. »Okay, einige von den Kleidern sind echt süß. Immy, du solltest auch was anprobieren!« Mit den Fingerspitzen fährt sie über einen Reißverschluss. »Was ist die optimale Rocklänge? Eher in Richtung christliche Blogger-Mommy? Oder gewagte christliche Blogger-Mommy?«

»Emilia Cardoso. Ma'am. Was für Pornos guckst du dir denn an?«, fragt Kayla.

»Wüsstest du wohl gern – ooh!« Lili drückt mir ein grünes Shirt-Kleid in die Hand. »Hier, das ist perfekt für dich!«

»Echt süß«, gebe ich zu, obwohl ich sofort erkenne, dass es an meinen Hüften eng wird.

Da ich nun ein Kleid zum Anprobieren habe, möchte ich natürlich noch ein paar mehr auftreiben – und als ich schließlich bei den Umkleidekabinen ankomme, ist mein Arm vollbeladen. Die Kabinen entpuppen sich als überraschend luxuriös. Nicht ganz das Niveau von Anthropologie, aber sie sind gut beleuchtet und bieten viel Platz für das halbe Dutzend Kleidungsstücke, das ich gesammelt habe. Ich verteile alles, so gut es geht – Kleider an die Haken, Pinafore-Kleid über die Stuhllehne, und der Rock hängt am Türknauf. Das Anprobieren selbst mag ich nicht besonders, aber den Moment direkt davor, wenn jedes Kleid das Potenzial hat, alles zu verändern. Da kommt wohl das Halloween-Baby in mir durch. Eine gute harmlose Transformation habe ich schon immer geliebt.

Nur vielleicht ist es gar keine Transformation. Sondern eher eine Selbsterkenntnis. Es macht klick, und du denkst: *Hi, Ich – nett, dich kennenzulernen!*

Wie erwartet, ist der untere Teil des Kleids so eng, dass es selbst die gewagteste christliche Blogger-Mommy zum Erröten bringen würde. Das kann ich definitiv nicht tragen, wenn ich vorhabe, mich zu bücken oder zu sitzen. Oder auch nur zu atmen, um ehrlich zu sein. Aber gerade als ich es ausziehen will, vibriert mein Handy: Tessa hat im Gruppenchat auf das Vision Board reagiert.

Das ist so extravagant, ich liebe es

Und dann: *Aber Leute, wtf soll dieser Regen?*

Angehängt ist ein mürrisches Selfie von ihr, mit nassem Pony und Tropfen auf den Wangen, während im Hintergrund der Eingang zum Wegmans zu sehen ist.

Ich lächele auf mein Handy hinunter.

Da fällt mir auf, dass der obere Teil des Kleids perfekt sitzt. Und für ein Selfie braucht man nur eine Hälfte, die perfekt sitzt. Jetzt muss ich nur noch den Häschen-Blick unter Kontrolle bekommen, die seltsamen Haarsträhnen hinter die Ohren klemmen und –

»Hi, hallo! Ich melde mich zum Outfit-Feedback-Dienst.«

Lilis Stimme ertönt direkt vor der Kabine. Ich schiebe das Handy so energisch in meine Tasche, dass ich fast erwarte, ein Loch in den Boden zu reißen. »Fast fertig, sorry!«

»Immy, wenn du mich gleich dazu bringst, einen Buchtitel von Rachel Hollis zu zitieren, dann schwöre ich bei Gott ...«

Schnell nicke ich, obwohl sie mich gar nicht sehen kann. Ziemlich sicher ist nur eine Hälfte der Lämpchen in meinem Gehirn an.

Dennoch bekomme ich es hin, ein grau kariertes Pinafore-Kleid über mein *Upstate-of-Mind*-T-Shirt zu ziehen, das so ziemlich perfekt ist. Und vor allem günstig, vermutlich weil es ein ganz schön großes Loch am Bund hat. Allerdings hinten und genau an der Naht, man sollte es also gut zunähen können. Ich könnte es sogar mit Klebeband zukleben. Jedenfalls gefällt es mir wirklich gut, sogar zu meinem einfachen Fake-Retro-T-Shirt. Ganz ehrlich, je länger ich vor dem Spiegel stehe, desto besser gefällt mir die seltsame Kombi. Sie lässt mich irgendwie ... queer aussehen. Wie ein Mädchen, dem man in einem queeren Café begegnen würde.

Oder eben so ziemlich jedes weiße Hetero-Mädchen, nachdem es zwei Tage auf dem Campus eines amerikanischen Colleges verbracht hat.

Als ich aus der Kabine trete, schlägt mir das Herz bis zum Hals. Ich weiß nicht, warum sich das Ganze wie ein Test anfühlt.

»Ähm, okay, ich liebe die Rockfalten.« Lili tippt sich ans Kinn. »Dreh dich mal.«

»Also, da ist ein Loch am Po ...«

»Die gewagteste christliche Blogger-Mommy überhaupt! Ich liebe es!«

»Lass mal sehen!« Kayla kommt in einer Art elfenbeinfarbenem Spitzen-Hochzeitskleid aus der Kabine neben meiner.

Declan sieht sie an. »Miss Havisham. Schick.«

Ohne zu zögern, zeigt Kayla ihm den Mittelfinger. Dann grinst sie mich an. »Schau mal an, wer da total die Bi-Energie ausstrahlt.«

»Ich?« Ich blinzele.

»Bi-Vibes? Zu tausend Prozent«, sagt Declan.

Für eine Millisekunde begegnet Lili meinem Blick, und sie verkneift sich offensichtlich ein Lächeln.

»Sosehr ich es auch hasse, mit diesem Arschloch einer Meinung zu sein …«, sagt Kayla.

Declan umarmt sie von der Seite. »Seht euch an, wie sie versucht, so zu tun, als hätte sie nicht die Uhren angehalten, als ich sie am Altar habe stehen lassen.«

Kayla rümpft die Nase, und Lili lacht. Und ich bin ziemlich sicher, dass auch ich lache. Aber mein Verstand befindet sich auf einem völlig anderen Planeten. Nein, in einem völlig anderen Sonnensystem.

Total die Bi-Energie. Bi-Vibes zu tausend Prozent.

Das ist eindeutig ein Kompliment. Oder eher ein Solidaritätsding, denn Kayla und Declan sind beide bi. Daher macht es mir nichts aus. Natürlich nicht. Nur kann ich es auch nicht so richtig verarbeiten.

Ich bin hetero. Wie kann ich also so starke Bi-Vibes ausstrahlen?

Geht es wirklich nur um die Klamotten? Bin ich zwei Zitronenschnitten und einen Haarschnitt davon entfernt, bei einem Clairo-Konzert mit Mädchen rumzumachen?

Oder handelt es sich um einen Bestätigungsfehler?

Kayla und Declan glauben, dass ich Bi-Vibes ausstrahle. Weil Kayla und Declan glauben, dass ich bi bin.

*

Kayla parkt hinter dem Rosewood-Wohnheim und dreht sich mit funkelnden braunen Augen zu mir um. »Imogen, wir müssen reden.«

Erschrocken blicke ich auf. »Oh! Okay …«

»Hast du oder hast du nicht gerade ein kariertes Pinafore-Kleid gekauft?«

»Das … habe ich?«

»Mm-hmm. Und würdest du sagen, dass ein solches Kleid optisch in die Kategorie ›Dark Academia‹ fällt?«

Ich lächele. »Vermutlich.«

»Vermutlich?« Kayla tippt auf ihr Handy und reicht es nach hinten an Lili. »Ms Cardoso, würden Sie bitte die Aufmerksamkeit der Angeklagten auf Beweisstück A richten?«

»Mein Vision Board?«

»Und würde die Angeklagte bitte die Aufmachung der grübelnden weißen Person in der unteren linken Ecke beschreiben?«

»Es ist … ein grau kariertes Pinafore-Kleid.«

»Exakt.« Wie einen Richterhammer schlägt Kayla die Faust auf ihre Handfläche. »Sie haben ein Kostüm. Daher beordert der Gerichtshof von Kayla Richardson Sie kommenden Freitag zurück an diesen Campus, damit Sie der Party im Rainbow Manor beiwohnen.«

»Das befürworte ich hiermit«, verkündet Declan.

»Ich ebenfalls«, sagt Mika.

»Das ist keine Abstimmung«, stellt Kayla klar. »Es ist eine Anordnung.«

»Leute.« Ich grinse so stark, dass meine Wangen wehtun. Dann sehe ich Lili an. »Ich sollte vermutlich nicht …«

»Richtig. Hab ganz vergessen, dass dein Besuchsplan vorsieht, den Campus erneut für sechs Monate zu meiden«, sagt sie, und ich weiß – ich *weiß*, dass sie mich nur aufzieht.

Aber ihr scharfer Unterton wischt mir das Grinsen direkt aus dem Gesicht. Und dem peinlich berührten, gezwungenen Lachen um uns herum nach zu urteilen, bin ich nicht die Einzige, die ihn wahrnimmt.

Chat mit Gretchen
IS: Okay, das sieht aus wie ein Schloss!!
IS: WUNDERSCHÖN

GP: JA, ODER?
GP: Du hättest es mal gestern Abend sehen sollen
GP: Vassar bei Sonnenuntergang 💯
GP: Als die Sonne noch existiert hat

IS: Irgendwie gefällt es mir mit dem grauen Himmel im Hintergrund
IS: Hat was Gruseliges
IS: Aber auf gemütliche Art

GP: Wenn du das sagst lol
GP: ABER HEY, WEISST DU WAS?
GP: Ich glaube, ich habe eine Übernachtungsmöglichkeit für heute gefunden 🤞

IS: Oh! Warte
IS: Das ist großartig
IS: Also kannst du im Wohnheim bleiben?

GP: Ich hab ein bisschen Schiss, mir Hoffnungen zu machen
GP: Und dann doch wieder mit meiner Mom im Hotel zu landen lol

IS: Okay, aber Mama P ist einfach der Wahnsinn

GP: Das stimmt

GP: Oh, sie sagt hiii
GP: Und sie hofft, du hast ganz viel Spaß!!!
GP: Ganz viel!!!

IS: Danke ♥
IS: Sind gerade auf dem Rückweg vom Secondhandladen
IS: Aber ich glaube, wir treffen uns alle zum Abendessen in Lilis Lieblings-Diner
IS: Das anscheinend Diner heißt
IS: Liegt nicht auf dem Campus, und die Pancakes sollen die GRÖSSTEN überhaupt sein
IS: Na ja
IS: Die zweitgrößten 😊

Doch als es Zeit zum Abendessen ist, interessiert sich niemand mehr für Pancakes.

Oder die Tatsache, dass ich morgen abreise.

Declan ist der Erste, der schreibt. *Also ... vielleicht solltet ihr mal aus dem Fenster gucken lol*

»Ist es draußen richtig schlimm geworden?«

Lili schiebt die Jalousien hoch und schaut kurz durch die Scheibe. »Warmduscher. Heute früh war es schlimmer.«

»Denkst du, er will sich drücken?«

Unsere Handys vibrieren erneut – Mika. *Ooh, ja. Weiß ja nicht, ob Diner heute Abend drin ist. Vielleicht wärme ich mir einfach Suppe auf und bastel winzige Möbel.*

Darauf reagiert Declan mit einem Arsenal an Stuhl- und Sofa-Emojis.

Einen Moment lang starre ich atemlos auf mein Handy.

»Echt jetzt?« Lili verzieht das Gesicht. »An deinem letzten Abend?«

»Schon okay. Ich verstehe das.«

»Es regnet nicht mal besonders stark.«

Schnell werfe ich noch einen Blick aus dem Fenster. »Aber schön ist es auch nicht.«

Ein weiteres Vibrieren – diesmal ist es Kayla. *Haha, das fällt wohl buchstäblich ins Wasser*

»Okay, diese Loser haben mit Sicherheit vergessen, dass heute dein letzter Abend ist«, sagt Lili und tippt auf das Textfeld. »Wart's ab, sie werden –«

»Nicht!« Mein Herz macht einen Sprung. »Bitte.«

Perplex lächelt sie mich an. »Ich wollte sie ja nicht schikanieren, sondern nur daran erinnern, dass du abreist …«

»Ich weiß. Klar. Es ist nur … es fühlt sich einfach seltsam an. Ich möchte nicht, dass du sie dazu nötigst, mit mir abzuhängen.«

»Immy, sie haben es einfach vergessen. Es ist nichts Persönliches.«

»Ich weiß.« Ich starre auf meine Knie und fühle mich unwohl in meiner eigenen Haut. So als würden mich von innen kleine Nadelstiche treffen.

Es ist wohl einfach ein bisschen peinlich, oder? Dass ich dachte, es wäre real. Meine College-Freunde. Der Gruppenchat. Als wäre ich eine von ihnen. Als wäre ich nicht einfach irgendeine Highschool-Schülerin, die sie gerade mal vor zwei Tagen kennengelernt haben.

Als hätte ich mir eine Art Zuhause unter diesen Menschen eingerichtet.

Es ist fast sieben, und Tessa hat noch immer nichts in den Gruppenchat geschrieben. Lili steht auf und streckt sich. »Okay, die können wir vergessen. Sollen wir uns einfach was von der Snackbar holen? Wir können es mit hochnehmen und einen Film schauen, wenn du willst.«

»Klar.«

»Okay...« Lili umfasst den Türrahmen fest. »Was willst du denn machen?«

»Mir ist alles recht! Wirklich.«

Sie seufzt. »Immy, komm schon. Mach das nicht.«

»Was denn?«

»Dich immer nach anderen richten! Mir reicht's langsam. Spar dir das für Fremde auf, und sei mal ehrlich zu mir!« Und damit verschwindet sie im leeren Korridor.

Verletzt laufe ich ihr hinterher. »Ich bin ehrlich zu dir!«

Energisch drückt sie auf die Aufzugtaste. Einen Moment lang schweigen wir beide.

»Ich versuche nicht, es allen rechtzumachen«, sage ich schließlich. »Es ist nur –«

»Ich weiß, Immy. Ich weiß –«

»Es ist mir nur wirklich nicht wichtig, ob wir einen Film schauen, okay? Mehr nicht.«

»Ich weiß.« Sie beißt sich auf die Lippe. »Sorry. Es ist nur so schade, dass es regnet und alle abgesprungen sind. Ich wollte einfach, dass dein letztes Abendessen hier besonders wird.«

»Es ist besonders!«

»Die Snackbar ist so ziemlich das Gegenteil von besonders. Sie ist die Essensversion einer weißen Socke.«

Das Klingeln des Aufzugs ertönt, die Türen öffnen sich und offenbaren eine klitschnasse Tessa, die eine durchweichte Einkaufstüte aus Papier hält. »Hi! Moment, seid ihr auf dem Weg zum Diner? Lasst mich das nur kurz wegbringen und etwas anziehen, das weniger, äh...«, sie blickt an sich hinunter, »nach Wet-T-Shirt-Contest aussieht.«

»Das Diner ist abgesagt, alle sind abgesprungen. Hast du unsere Nachrichten nicht bekommen?«

Tessa schüttelt den Kopf. »Mein Handy ist tot. Also nicht wegen des Regens. Hab nur vergessen, es zu laden. Es sind echt alle abgesprungen?«

Lili nickt, und ich zucke mit den Schultern.

»Okay, ja dann. Deren Pech.« Sie richtet die Einkaufstüte in ihren Armen. »Ich habe diese Vanille-Scones gekauft – Scott, die würdest du lieben. Okay, wartet, diese Tüte löst sich gleich auf. Gebt mir nur eine Sekunde.«

»Und steck dein Handy ein«, fügt Lili auf halbem Weg zu ihrem Zimmer hinzu.

»Richtig! Außerdem, Moment ... Ich habe die beste Idee fürs Abendessen.«

»Ach ja?« Lili ist schon wieder in ihrem Zimmer und hat die Tür weit offen stehen lassen. Aber ich bleibe bei Tessa, während diese nach ihrem Schlüssel wühlt. »Ich kann die Tüte nehmen ...«

»Neeein, Ma'am. Das ist meine Ekel-Tüte, vielen Dank auch. Du bist zu trocken und zu rein.«

»Wie Toilettenpapier.«

»Ganz genau.« Tessa grinst. »Okay, hier. Kannst du vielleicht meinen Schlüssel nehmen?« Sie hält die Tüte höher, wodurch ein Karabiner an einer ihrer Gürtelschlaufen zum Vorschein kommt.

»Oh. Klar! Soll ich ... also, einfach den Schlüssel nehmen?« Meine Wangen werden warm.

»Oder nimm einfach das ganze Ding von der Schlaufe, ist wahrscheinlich einfacher, oder?« Strahlend sieht Tessa mich an. »Großartig, wie stark du dich gerade konzentrierst. Du solltest Chirurgin oder so werden.«

»Oder Schlosserin.«

»Warum nicht beides?«, fragt sie.

Schnell entriegele ich die Tür und stoße sie auf, und Tessa drückt ihre Hüfte dagegen, um sie für mich offen zu halten. Aber ich bleibe in der Tür stehen. »Dein Zimmer gefällt mir«, sage ich, plötzlich von Schüchternheit überkommen.

Es ist kleiner als Lilis und hat nur ein Bett, auf dem eine unordentlich gemachte weiße Bettdecke mit Zwergenmuster liegt. Auf dem Boden liegt ein zotteliger grauer Teppich, der mit Bücherstapeln und verstreuten Karteikarten bedeckt ist. Genau wie in Lilis Zimmer bestehen die Wände aus einer großen Galerie aus Fotos und Postern – ein Bowie-Blitz, eine altmodische Karte vom Hershey Park und die Worte *this must be the place* in stilisierter gelber und grüner Schrift.

»Talking Heads«, sage ich. »Ich liebe diesen Song.«

»Ist mein Lieblingssong.« Sie schenkt mir ein kurzes Lächeln und stellt die Tüte auf ihrem Schreibtisch ab.

»Na, wenn das mal nicht die Bereitschaftschirurgin ist.« Lilis hebt lächelnd den Blick von ihrem Laptop, als ich ihr Zimmer betrete. »Wer erzählt Tess, dass du ohnmächtig geworden bist, als wir bei den Pfadfinderinnen das Geburtsvideo gesehen haben?«

»Das Video war ein Albtraum. Darauf bestehe ich weiterhin.«

»Oh, du hast definitiv nicht gestanden.«

Ich lache, und meine Wangen glühen schon wieder. »Irrelevant. Diese Geburt war extrem vaginal –«

»Redet ihr etwa ohne mich über extreme Vaginen?«,

fragt Tessa, die frisch umgezogen an Lilis Türrahmen lehnt – in einem grauen Hoodie, trockenen Sportshorts und mit einem sehr süßen kurzen Pferdeschwanz. Über einer Schulter trägt sie eine klobige Reisetasche mit dem Blackwell-Logo darauf. »Wer ist bereit für ein Picknick?«

Es ist wie bei *Charlie und die Schokoladenfabrik* – als würde ich gleich den Süßigkeitengarten betreten. Nur anstelle von Schokolade und Sonnenschein begrüßt uns ein schlecht beleuchteter Gang mit vollgesprayten Wänden. Und natürlich sind wir auch gar nicht draußen.

Wir sind unter der Erde.

»Das sind also die Tunnel«, sagt Tessa und gestikuliert vage. »Sie bestehen größtenteils aus solchen Gängen, nur ab und an stößt man auf größere Räume.«

Neugierig sehe ich mich um. »Es ist so leer.«

»Ich glaube, an Sonntagabenden ist es immer ziemlich ruhig hier. Die meisten kommen aber am Wochenende her.«

»Daher das Dekor«, fügt Lili hinzu, während sie um ein paar platt getretene Bierdosen und eine weggeworfene Einweg-E-Zigarette herumgeht.

Der Tunnel öffnet sich in einen Bereich, der eindeutig ein verlassener Wäscheraum ist, den heruntergekommenen Waschmaschinen und Trocknern nach zu urteilen. Das einzige andere vorhandene Möbelstück ist ein ramponiertes grünes Sofa. Tessa zieht an einer Schnur, die von der

Decke hängt, und der Raum wird von grellem Neonlicht geflutet. »Das hier«, verkündet sie, »ist unser Platz.«

»Hier wollen wir essen?« Skeptisch beäugt Lili das Sofa.

»Oh, setz dich da nicht drauf. Das ist eine Sex-Couch.« Tessa öffnet die Reisetasche und holt doch tatsächlich eine Picknickdecke in Bauernkaro hervor.

»Du weißt schon, dass das hier ein wirklich seltsamer Ort für ein Picknick ist, oder?« Lili nickt langsam.

Ich setze mich im Schneidersitz auf die Decke. »Mir gefällt's. Erinnert mich irgendwie an die Scheune.«

»Immy, hier ist absolut nichts so wie in deiner Scheune.«

»Du hast eine *Scheune?*«

Lili lacht. »Sie hat sogar zwei!«

»Habe ich nicht!« Ich drehe mich zu Tessa. »Das zweite ist nur ein Schuppen.«

Sie rutscht näher an mich heran. »Also lebst du auf einer Farm?«

»Irgendwie schon. Es ist keine richtige Farm. Aber – keine Ahnung – es ist etwas farmähnlicher als ein großer Garten, schätze ich. Also meine Eltern bauen ihr eigenes Gemüse an, und wir haben elf Haustiere.«

»Elf?«

Ich zähle sie an den Fingern ab. »Drei Hunde, sechs Katzen – sieben, wenn man den Streuner mitzählt, für den wir Futter rausstellen. Und meine Schwester hat ein Kaninchen –«

»Flossie Bunny!«, sagt Lili.

»Und ich habe einen Hamster namens Elizabeth.«

Tessa hebt die Augenbrauen. »Das ist ein sehr schöner Name für einen Hamster.«

»Danke! Ich habe ihn während meiner *Stolz-und-Vorurteil*-Phase bekommen.«

Tessa lacht, und meine Brust spannt sich an. Dann dreht sie sich so, dass sie mich ansieht, und fragt: »Wo hat Daisy gelebt?«

Ich kann sie nur verdutzt ansehen.

»Daisy, die Ziege?«, fragt Lili.

»Ich kann nicht glauben, dass du dich an den Namen meiner Kindheitsziege erinnerst.«

»Deine Kindheitsziege.« Tessa lächelt. »An wie viele Ziegennamen kannst du dich noch erinnern?«

»Gott, keine Ahnung. Millionen vermutlich.« Ich unterdrücke ein Grinsen. »Und sie hat in der Scheune gelebt.«

»Natürlich hat sie das.«

»Aber mittlerweile benutzen wir sie nur als Lager.«

»Na ja, und als Veranstaltungsort für Auftritte«, fügt Lili hinzu.

»Stimmt!« Ich nicke. »Im hinteren Bereich gibt es eine richtige Bühne für Konzerte.«

»Es gab *Konzerte?*«

Lili nickt. »Ausverkaufte Shows jedes Wochenende. Wir hatten eine extrem ergebene Fangemeinde aus Stofftieren.«

»Geradezu majestätisch«, sagt Tessa.

»Es waren goldene Zeiten«, bestätigt Lili. »Im Sommer haben wir da draußen Übernachtungspartys gefeiert.«

»Und in einem Jahr haben wir sie zu meinem Geburtstag in ein Spukhaus verwandelt«, ergänze ich.

»Es ist offiziell – ich will dein Leben. Ein Hamster namens Elizabeth, Übernachtungen in der Scheune, Geburtstag an Halloween.« Tessa schüttelt den Kopf. »Wie funktioniert das eigentlich?«

»Die Übernachtungen?«, fragt Lili.

»Der Halloween-Geburtstag! Bekommst du zweimal Süßigkeiten?«

»Oh, schön wär's!«

»Aber du hast tolle Outfit-Optionen«, sagt Lili.

Tessa sieht mich an. »Ich wette, ich kann all deine Kostüme erraten.«

»Alle achtzehn?«

»Also, das erste ist einfach«, sagt sie. »Die kleine rosablau gestreifte Mütze aus dem Krankenhaus.«

»Falsch! Hausgeburt.«

»Wow. Das war sicher sehr interessant für die Kinder, die bei euch geklingelt haben.«

»Wir lieben eine gute Geburt«, sagt Lili.

Tessa lacht. »Okay, Moment, ich bin noch nicht fertig mit Raten! Hmm. Ich spüre deutliche Katzen-Vibes. Katzenohr-Haarreifen, Gesichtsbemalung ...« Sie fährt sich mit den Fingern über die Wangen, als würde sie sich Schnurrhaare aufmalen.

»Das hast du nur anhand der Vibes rausgefunden, ja?«, fragt Lili. »Und absolut nicht mithilfe meiner Wandcollage?«

»Tatsächlich stammen die Vibes daher.«

»Tatsächlich.« Kurz lächele ich Tessa an. »Lass mich raten, du warst eins von den Kindern mit Karton-Kostümen.«

»Das denkst du also von mir, Scott?«

»Ob ich denke, dass du einen Karton in der Öffentlichkeit getragen hast? Ja.«

»Absolut«, sagt Lili.

Tessa hebt einen Finger. »Okay, ihr liegt nicht falsch …«

»Wusste ich's doch!«

»… aber wenn ich ihn getragen habe, war es kein intakter Karton mehr. Meistens jedenfalls«, fügt sie hinzu.

»Also waren es sogar mehrere Halloweens.«

»Manchmal auch an Purim.« Kleine Lachfältchen umspielen ihre Augen. »Einmal haben meine Geschwister und ich sogar den Kostümwettbewerb in der Synagoge gewonnen, weil alle anderen Ester oder Mordechai waren. Während wir uns als Nintendo Switch verkleidet haben.«

»Hör doch auf«, sagt Lili.

»Im Ernst! Dan war der Bildschirm, und er hat eine verpixelte Purim-Szene auf seine Brust gemalt. Rachel und ich waren je ein blauer und ein roter Controller. Es war ziemlich süß, da wir früher quasi gleich aussahen. Damals waren meine Haare noch länger«, fügt sie an mich gewandt hinzu.

Mein Herz macht einen Salto. »Du hast sie erst vor Kurzem abgeschnitten, oder?«

»In den Ferien. Zuerst war meine Mom deswegen ein bisschen seltsam. Ich glaube, sie hat das als große Kundgebung des Lesbianismus gesehen.«

»Aber sie ist nicht …« Ich halte inne. »Würde sie das als etwas Schlechtes ansehen?«

»Oh, nein. Ich meine, ich hatte mich schon geoutet. Und sie kommen damit klar. Also meine Eltern. Sie sind liberale Juden, spenden an die Human Rights Campaign, lieben *Schitt's Creek* und so weiter. Manchmal sind sie nur ein bisschen seltsam wegen der Tatsache, dass es mich betrifft.«

»Das gefällt mir nicht«, sagt Lili.

»Ja ... Ich glaube, sie brauchen nur etwas Zeit, um sich daran zu gewöhnen, dass ich wohl keinen netten jüdischen Mann heiraten werde. Man sollte meinen, dass meine Krawattensammlung in der Grundschule eindeutig genug war, aber nein.« Sie zuckt mit den Schultern. »Ich meine, es gibt ein Video von mir, auf dem ich mit drei Jahren ›Fast Car‹ mitgesungen habe. Tracy Chapman. Also bitte, Mom.«

»Die kleine lesbische Tessa«, sagt Lili. »Was für eine Legende.«

Tessa sieht mich an. »Was ist mit dir? Sind deine Eltern cool?«

»Objektiv gesehen?«, frage ich, aber dann verstehe ich, und mir schießt die Röte in die Wangen. »Du meinst, ob sie damit klarkommen, dass ich ... queer bin? Ja, absolut.«

»Elizabeth hat es auch gut aufgenommen?«

»Tatsächlich hat sie nicht viel dazu gesagt. Fairerweise muss ich aber gestehen, dass sie zu dem Zeitpunkt einen ganzen Maiskolben in den Backen hatte.«

»Schiebt ihre Biphobie einfach auf den Mais«, sagt Lili. »Erzähl mir was Neues.«

Ich lache, und mir ist ein wenig schwindelig. »Aber meine Eltern sind cool. Ja. Ich ähm, habe mich genau genommen geoutet, als ich mich zu Halloween als lesbische Elsa verkleidet habe. Da war ich sieben.«

Ich spüre, wie Lili mich ansieht.

Also wende ich bewusst den Blick ab. »Aber sie haben es natürlich schon gewusst«, sage ich schnell. »Sie haben nur darauf gewartet, dass ich es ihnen erzähle. Ich erinnere mich noch daran, dass plötzlich lauter Bücher übers Großziehen von queeren Kindern in unseren Bücherregalen aufgetaucht sind. Und sie haben immer ganz gezielt das Geschlecht unserer Zukünftigen nicht erwähnt.«

Mir ist schlecht. So richtig schlecht.

Ich habe gerade die Coming-out-Story meiner Schwester gestohlen.

Und wofür? Um mehr falsche Tatsachen zu den falschen Dingen hinzuzufügen, die Tessa ohnehin schon über mich glaubt? Gab es *Die Eiskönigin* überhaupt schon, als ich sieben war?

Doch Tessa lächelt nur. »Hey, damit sind es drei!«

»Drei was?«

»Das blutige Hausgeburtbaby, die Katze und die lesbische Elsa!«, zählt sie an ihren Fingern ab. Zwei Wahrheiten und eine Lüge.

Chat mit Gretchen

GP: Verlasse jetzt das Kunstzentrum und treffe gleich meine Gastgeberin!! WÜNSCH MIR GLÜCK

GP: Aber zuerst noch ein Selfie, auf dem ich quasi durchsichtig aussehe 📎

GP: Die Beleuchtung im Kunstzentrum bestätigt nur, dass Mom und ich tatsächlich sehr weiß sind

GP: Hoffe, du hast Spaß im Diner!

20

Ich kann nicht schlafen. Vielleicht habe ich vergessen, wie das geht. Immer wenn ich die Augen schließe, juckt mein Fuß, oder mein Kissen fühlt sich klumpig an, oder draußen auf dem Gang lacht jemand. Selbst Lilis White-Noise-App fühlt sich beunruhigend laut an.

Beinahe so laut wie meine Gedanken.

Ich scheine sie einfach nicht davon abhalten zu können, umherzuwandern.

Wie jetzt gerade. Ich liege im Bett.

Aber ich stehe auch in meinem Abschlussballkleid auf einem Balkon. Allerdings nicht in dem Kleid, das ich tatsächlich getragen habe. Sondern in dem, das ich fast gekauft hätte, bevor ich beschloss, dass es zu viele Rüschen hat, zu girly ist und wie für den Hand Jive gemacht scheint. Aber als ich mich jetzt an das Steingeländer lehne, trage ich genau dieses Kleid. Dann tritt Tessa hinaus, in einem schwarzen, halb aufgeknöpften Hemd wie Graham in *Weil ich ein Mädchen bin*, als sie sich zur Bar davonstehlen.

Hey, kann ich dich mal was fragen? Ihre Augen leuchten so hell wie der Mond.

Also gerate ich etwas in Panik und suche nach den passenden Worten, um die unangenehme Stille zu vertreiben. Aber dann beugt sie sich vor …

Nein, Moment.

Sie beugt sich nicht vor. Sie beißt sich nervös auf die Lippe und räuspert sich. *Möchtest du mal mit mir ausgehen? So … als Date?*

Oh!, sage ich. *Tessa. Ich … Es tut mir so leid.* Meine Stimme bricht. *Ich bin eigentlich hetero.*

Und sie lacht traurig. *Ja, ich weiß. Aber ich musste es versuchen. Du lässt es mich wissen, falls du irgendwann … doch nicht hetero bist, oder?*

Und dann lächeln wir einander wehmütig an, und ich sage: *Auf jeden Fall.* Und dann vergrabe ich das Gesicht an ihrer Schulter …

Oder nein. Es gibt keinen Balkon, keine formelle Kleidung. Wir sind in den Tunneln, wie vorhin, nur sind wir diesmal allein.

Also, du musst so tun, als wärst du meine Freundin, sagt sie, und ich lache und frage, warum. *Weil meine Ex in der Stadt ist. Sie denkt, dass ich noch in sie verliebt bin, und ich muss ihr zeigen, dass ich über sie hinweg bin.*

Oh! Okay …

Ich verspreche, dass ich nicht heimlich in dich verliebt bin, fügt sie hinzu.

Nein, das dachte ich auch nicht. Ha-

Außer du möchtest das.

Was denn?

Dass ich heimlich in dich verliebt bin. Ihr Blick begegnet meinem, ihre Augen sind geweitet, und sie wirkt nervös.

Ich starre zurück, und dann …

Vielleicht laufen mir Tränen die Wangen hinunter.

Hey. Oh. Ich wollte dich nicht aufwühlen.

Ich lache erstickt. *Hast du nicht. Nein. Es ist nur ... Ich ... ich dachte, ich bin hetero.*

Imogen. Sie wischt mir eine Träne weg und legt die Hand an meine Wange.

Und ich denke: *Oh. Vielleicht ...*

Tag vier
Montag
21. März

Chat mit Gretchen

GP: Ja, also, ich muss dir von diesem Mädchen erzählen, bei dem ich übernachte

GP: Immylou, Immylein

GP: Schläfst du noch??

GP: Wer bist du, und was hast du mit Imogen gemacht?!

21

Meine Lider fliegen auf, mein Herz hämmert in der Brust.

Ich befinde mich in einem Meer aus weißem Rauschen. Vollkommen aufgelöst. Auf der anderen Seite des Zimmers hebt und senkt sich Lilis Brust so langsam wie Wasser.

Außer du möchtest das. Dass ich heimlich verliebt bin. In dich.

Außer ...

Ich befürchte, ich könnte ein schrecklicher Mensch sein.

Denn die ganze Sache mit Tessa – ist schlimmer als Lügen. Es ist Queerbaiting.

Oder zumindest eigne ich mir Queerness an. Und zwar nicht nur das äußerliche Erscheinungsbild. Anscheinend denkt mein Verstand, *Queerness* an sich wäre eine Art Denkübung.

Ich: ein nachgewiesenes Hetero-Arschloch, das eine Lesbe sieht und glaubt, ihre Existenz wäre eine Liebeserklärung. Wenn ich jetzt noch meinen Rock in meine Strumpfhose stecke, könnte ich glatt das Wimpern-Mädchen von der Kino-Toilette sein.

Aber das Schlimmste daran ist, dass es nicht zum ersten Mal passiert.

Als ich jünger war, habe ich mich manchmal ein bisschen in Begegnungen mit bestimmten Mädchen hineingesteigert. Nicht immer. Nur manchmal. Vor allem, wenn ich wusste, dass sie queer sind.

Es ist schwer zu erklären, und ich habe überhaupt nie darüber gesprochen. Ich schätze, ich konnte das Gefühl nie richtig beschreiben, ohne dass es nach einer Schwärmerei geklungen hätte. Nur war es nie wie bei meinen richtigen Schwärmereien. Für Jungs. Es war kein Sturm an Gefühlen – elektrisch, überwältigend, wahnsinnig laut in meinem Kopf.

Bei Mädchen war es immer eher wie das Gefühl, das man hat, nachdem man ein Buch zu Ende gelesen hat, aber gedanklich nicht ganz loslassen kann.

Zum Beispiel war es so bei Nisha Khatoon aus dem Leichtathletikteam, als sie anfing, zu den Treffen der Pride Alliance zu kommen. Im Begrüßungskreis hat sie neben mir gesessen, und ich erinnere mich noch daran, wie seltsam gespannt ich darauf war, ob sie bei ihrer Vorstellung ihre Labels bekanntgeben würde.

Aber das war's. Es war nicht so, als hätte ich sie daten wollen. Sie hatte nur eben dieses Selbstbewusstsein und ein so lockeres Lachen, dass ich einfach gern mit ihr befreundet gewesen wäre. Und ...

Irgendwie habe ich mir gedacht, wenn ich queer wäre, würde ich vermutlich auf sie stehen.

So wie es auch bei Tessa ist.

Und dann war da dieses Mädchen, das immer zum Seneca Farms gekommen ist, während Lili und ich dort gearbeitet haben. Sie hatte einen lockigen blondierten Pixie-Cut, und ich habe nie ihren Namen erfahren, aber sie hat immer eine Eiswaffel mit Buttertoffee bestellt. Außerdem wusste ich, dass sie auf Mädchen steht, weil sie einmal ein Shirt mit der Aufschrift *Le-Dollar-Bean* anhatte. Ich habe immer die Menschen gezählt, die noch vor ihr dran waren, um auszurechnen, ob ich ihre Bestellung aufnehmen würde. Manchmal habe ich mich auch gefragt, ob das Buttertoffee-Mädchen insgeheim genauso kalkuliert hat. Nicht dass sie einen Grund gehabt hätte, mich zu mögen. Oder mich überhaupt zu bemerken.

Diesen Gedanken habe ich nur manchmal gern mit mir herumgetragen.

Doch es hat sich immer angefühlt, als wäre es der Traum von jemand anderem – wie etwas, mit dem ich aus dem Laden gegangen bin, obwohl ich vergessen habe, es zu bezahlen.

Chat mit Gretchen
IS: Bin wach, bin wach, sorry!
IS: Erzähl mir von dem Mädchen!! 👀
IS: Das heißt dann wohl, dass du im Wohnheim übernachtet hast

GP: Oh, definitiv
GP: Immy, dieses Mädchen
GP: Piper
GP: Stell dir ein Mädchen vor
GP: Das so hetero ist, mehr hetero geht nicht
GP: Ein Hetero-Mädchen! Auf dem Vassar!!!
GP: Und nicht cool-hetero wie du

IS: Woher weißt du, dass sie hetero ist??

GP: hahaha

IS: Nee, mal im Ernst!

GP: Woher ich weiß, dass dieses Mädchen hetero ist? Lass mich aufzählen
GP: Sie hat Leinwand-Kunst aus der Massenproduktion
GP: An ihrer Wand im Wohnheimzimmer
GP: »Live Laugh Love«
GP: Hat sich zum Brunch High Heels angezogen
GP: Außerdem ist sie zwei Stunden früher aufgestanden, um sich Beach Waves zu machen, die sie dann in einen PFERDESCHWANZ gesteckt hat
GP: PIPER, WARUM?

IS: Also geht es darum, dass sie einfach girly ist?

GP: Ja schon, aber es ist auch einfach ein gewisser Vibe
GP: Du weißt es einfach, wenn du es siehst
GP: Oh Gott, also okay
GP: Ihre ganzen Fotos sind wie zehn Mädchen in Bikinis, die als Gruppe am Strand posieren

IS: Fotos von Mädchen in Bikinis
IS: Aber auf eine Hetero-Art

GP: Ganz genau, du hast es verstanden
GP: Na, jedenfalls bin ich offiziell zurück bei Mama P, und wir fahren zum Sarah Lawrence College!!!
GP: In Bronxville
GP: Ich glaube, das ist dir bekannt😊

IS: Jaaa hahaha
IS: Dann mal gute Reise nach Bronxville, was – wie ich weiß – kein Spitzname für die Bronx ist!!
IS: Genau wie Austria nicht Australien ist
IS: Je mehr man weiß😊

Ich verabschiede mich nicht von Tessa.

Da ihre Tür noch zu ist, schläft sie wahrscheinlich noch. Oder ist im Unterricht. Jedenfalls ist es so wohl das Beste, denn ich traue meinem Gesichtsausdruck gerade nicht über den Weg. *Hey, Tessa, rate mal, wer einen extrem normalen Klartraum darüber hatte, dass du in mich verliebt bist! Ich wette, du liebst es, so was von Hetero-Mädchen zu hören.*

»Dein Ladekabel hast du, ja?« Lili, die meinen Koffer fest in der Hand hält, drückt auf die Aufzugtaste. »Hygieneartikel?«

»Denke schon.« Ich reibe mir die Augen.

»Aww, da ist eine aber mehr als bereit für ihr eigenes Bett.«

Gähnend lache ich. »Sehe ich so schrecklich aus?«

»Nein, du siehst nur aus wie eine von diesen schläfrigen Engelsfiguren bei der Windmühle.«

Ich sehe sie an. »Du meinst die toten Engel?«

»Woah! Die sind nicht tot —«

»Lili. Auf den Sockeln steht wortwörtlich: ›In liebevoller Erinnerung.‹«

»Nun, vielleicht ist es nur ein Souvenir?« Sie legt sich

eine Hand an die Stirn und unterdrückt sichtlich ein Lachen. »An eine lustige Erinnerung mit einer engelhaften Person? Einer lebenden engelhaften Person!«

»Oh, okay …«

»Wie dir, zum Beispiel.« Sie pikst mich mit ihrem Autoschlüssel.

Ich bemühe mich um ein Lächeln, aber es klappt nicht. »Na ja. Ich bin kein Engel.«

Sondern eigentlich ein Stück Scheiße, das sich die Kultur anderer aneignet. Nur eine nullachtfünfzehn heterosexuelle Egomanin, die sich in gutem alten telepathischen Queerbaiting versucht.

Es ist, als wäre es mir unmöglich, mich in Gesellschaft von queeren Frauen normal zu benehmen.

»Ich bin problematisch«, sage ich kaum lauter als flüsternd.

Sie lacht. »Warum bist du problematisch?«

»Keine Ahnung.« Mit der Hand am Türgriff von Lilis Toyota Camry halte ich inne. Lili betätigt den Knopf, um den Wagen zu öffnen, und ich klettere auf den Beifahrersitz. »Ich habe einfach das Gefühl, dass ich dieses Wochenende ein wenig zu weit gegangen bin.«

Mit schief gelegtem Kopf sieht sie mich an. »Inwiefern?«

»Vielleicht ist ›zu weit‹ nicht ganz richtig. Ich habe nur … das Gefühl, dass ich mich in einem queeren Raum eingerichtet habe. Unter falschem Vorwand. Keine Ahnung, ob das Sinn ergibt.«

»Imogen.« Lili umfasst das Lenkrad mit festem Griff und starrt einen Moment lang auf das Armaturenbrett. Dann blinzelt sie, schnallt sich an und startet den Motor.

»Okay, also ich weiß, du meinst das ernst. Ich will dir nicht deine Gefühle absprechen. Aber ...«

Ich lächele ein wenig. »Aber ...«

»Du hast dich in einem queeren Raum eingerichtet? Wie, etwa in meinem Zimmer?«

Ich schüttele den Kopf. »Metaphorisch gesprochen –«

»Außerdem! In welchem Universum bist du hier für den falschen Vorwand verantwortlich? Ich habe dich da buchstäblich mit reingezogen! Nur eben nicht buchstäblich, da ich dich nicht gezogen habe!« Sie blickt hoch in den Rückspiegel und durch die Heckscheibe, bevor sie im Schneckentempo aus der Parklücke fährt.

»Es ist halt kompliziert.«

»Ist es eben nicht. Ich habe ein Wohnheimzimmer und habe dich dahin eingeladen.« Sie zuckt mit den Schultern und nimmt den Rückwärtsgang heraus. »Und weißt du was? Ich würd's wieder tun!«

»Na gut.« Ich lache.

Einen Augenblick lang ist Lili still. Doch gerade als wir den Parkplatz verlassen, wirft sie mir noch einen kurzen Seitenblick zu. »Hey. Du weißt, dass du hier immer willkommen bist, oder? Jederzeit. Die Einladung steht. Es ist mir absolut egal, für wie problematisch du dich hältst.«

Meine Kehle wird eng. »Danke.«

»Und du solltest wirklich zu der Party am Freitag kommen.«

»Ihr und diese Party.« Ich grinse.

»Ich meine ja nur! Die wird der Wahnsinn.«

»Natürlich!«

Immer noch ein wenig verwundert über Lilis Enthusiasmus, mustere ich kurz ihr Profil. Früher war jede Party, zu der wir gegangen sind, meine Idee, und das auch nur, weil ich das Gefühl hatte, wir würden da hinmüssen. Meistens weil ich es Gretchen versprochen hatte. Oder weil ich Panik bekommen und irgendwelchen Leuten erzählt habe, dass ich hingehen würde. Und da mein Verstand jede spontan getroffene wörtliche Absprache in einen Blutschwur verwandelt, musste ich Lili dazu überreden, mich zu begleiten.

Also haben wir letztendlich für eine Stunde unbeholfen am Rand von irgendwelchen Hauspartys herumgelungert. Und sind dann immer früh wieder gegangen, erleichtert über unsere neu gewonnene Freiheit. Anschließend haben wir den Abend damit verbracht, darüber zu reden, wie ätzend Partys sind, selbst die von der Pride Alliance.

Also seit wann sind Partys für Lili nicht mehr ätzend? Seitdem sie aufgehört hat, mit mir hinzugehen?

»Also ... ist das ein Ja?«

»Lili, nein. Das solltest du mit deinen wirklich queeren Freunden erleben –«

»Die alle wollen, dass du mitkommst.«

»Weil sie denken, dass ich queer bin.«

»Okay.« Sie wirft mir einen Blick zu, den ich nicht ganz deuten kann. »Aber sie mögen dich auch.«

Durch das Fenster beobachte ich eine Kutsche, die eine unbefestigte Einfahrt zu einer der Farmen hinauffährt – in dieser Gegend ein so alltäglicher Anblick, dass ich es normalerweise nicht wahrnehmen würde. Doch jetzt kann ich nicht aufhören, an die Einweg-E-Zigarette in den Blackwell-Tunneln zu denken. Eine vollkommen andere Welt, zwanzig Minuten und ein paar Treppenstufen entfernt. Es ist, als würde man aus einem Noir-Film in die Nachmittagssonne hinaustreten.

Lili biegt links in meine Straße ein, und ich schaue mir alle Häuser und Gärten im Vorbeifahren an. Kieswege, die zu hölzernen Eingangstüren führen. Der riesige eingezäunte Garten der Johnsons. Gartenstühle aus Metall und abgedeckte Feuerstellen. Alles ist noch genauso wie bei meiner Abfahrt.

Was absolut Sinn ergibt, da ich nur drei Tage weg war. Warum nur fühlt es sich so viel länger an?

Der Wagen meiner Eltern steht nicht auf dem Stellplatz, also biegt Lili nach rechts ab, um neben der Scheune zu parken. Dann sieht sie mich an. »Ich weiß nicht, ob du einfach nicht zu dieser Party kommen willst oder ob du doch kommen willst, aber das Gefühl hast, dass du nicht solltest.«

»So ist es nicht«, sage ich schnell. »Ich denke nur, dass ich wahrscheinlich in Penn Yan bleiben sollte. Bis nächsten Montag muss ich noch ein paar Dinge erledigen.«

»Ah, klar.« Lili richtet den Blick nach oben. »Dinge.«

»So was wie ... Hausaufgaben. Und mein Dad möchte, dass wir ein paar Kartons im Schuppen durchsehen. Blöde Dinge eben.«

Lili stößt ein kurzes Lachen aus. »Du kannst auch einfach sagen, dass du nicht kommen willst. Das ist okay! Ich brauche keine Liste voller Ausreden.«

»Es sind keine Ausreden!«

»Na gut.« Sie atmet aus. »Ich ... hatte nur den Eindruck, du hattest Spaß am Wochenende.«

»Hatte ich auch!« Mit zugeschnürter Kehle drehe ich

mich zu ihr. »Lili, das hatte ich wirklich. Es war großartig. Es war einfach perfekt.«

Ihr Ausdruck wird weicher. »Okay. Gut. Ich wollte nur, dass du dich da wie zu Hause fühlst. Weil es ja dein zu Hause ist. Oder sein wird.«

»In fünf Monaten.« Ich atme aus.

»Das werden die schnellsten fünf Monate deines Lebens«, sagt sie lächelnd. »Du wirst schon sehen.«

Chat mit Gretchen
GP: OMFG Ich bin bei diesem Meet & Greet-Ding, und rate mal, wer hier ist
GP: 📎

IS: Ist nicht wahr!!!
IS: Am Sarah Lawrence?

GP: Ja!! Sie ist jetzt Hochschulbotschafterin
GP: Und sie ist noch SÜSSER! Wie geht das???
GP: Das war's, ich mache meine Anzahlung

IS: Olivia ... Warum fällt mir ihr Nachname nicht ein?

GP: Olivia Fields!!!
GP: Warte, nein, Olivia FIELD
GP: Singular

IS: Oh nein ... schlechte Neuigkeiten
IS: Nicht Singular
IS: (Ich sehe mir ihr Instagram-Profil an)
IS: Ich glaube, sie hat einen Freund

GP: Ja! Sie ist bi!

IS: Oh, ich meine, sie ist vergeben

GP: Oh, stimmt
GP: Vielleicht ist sie poly?

GP: Okay, auch egal. Bin eben zu ihr hin, und sie hat

Hi gesagt und mich absolut nicht erkannt, also wirklich nicht im Geringsten
GP: Zerreiße gerade die Anzahlung für SL
GP: Ich reiche einfach verspätet eine Bewerbung fürs Blackwell ein und spare mich für die heiße Tessa auf, lol

23

Zuhause hat wirklich seine ganz eigene Geräuschkulisse. Raschelnde Blätter, Vogelgezwitscher und Moms Windspiel an der Seite des Hauses, neben dem Garten. All diese Rhythmen, das Ticken und die Klänge, die ich bisher noch nie wahrgenommen habe. Mein Katzen-Empfangskomitee taucht auf, noch bevor ich die Haustür erreiche – Adrian und Demi, die sich zwischen meinen Beinen hindurchwinden und miauen, als würde die Welt untergehen. Mehrmals lasse ich meinen Koffer los, um sie zu kraulen. Als ich näher an die Tür komme, höre ich leise Fernsehgeräusche. Edith, in voller Frühlingsferienstimmung.

Es ist alles so vollkommen banal, dass ich vor Erleichterung weinen könnte.

Ich trete durch die Vordertür hinein, und alle drei Hunde stürzen auf mich zu. »Hallo, ihr Süßen. Oh, hi!« Eloise springt hoch, legt die Pfoten auf meine Schultern, und ich drücke meine Nase an ihre Schnauze.

»Höre ich da eine Imogen?«, ruft meine Mom aus dem Keller. Die Schule, an der sie arbeitet, hat diese Woche auch Frühlingsferien, was wahrscheinlich bedeutet, dass sie schon bis zum Hals in Projekten steckt.

Ich stelle meinen Koffer an der Tür ab und lasse mich

neben Edith auf die Couch plumpsen. Sie unterbricht *Willkommen im Haus der Eulen* und streckt sich. »Hey! Wie war's?«

»Total toll. Hi, Flossie-bun.« Flossie blickt von Ediths Schoss auf und wackelt mit der Nase.

»Das war's? Total toll? Mehr nicht?«

»Es war toll!«

»Ach was. Es ist das College.« Edith schüttelt den Kopf. »Aber war es lebensverändernd? Transformierend? Bist du für immer anders?«

»Hi, hi, hi! Bin da!«, ruft Mom, während sie in ihrem Overall die kurze Kellertreppe hochkommt. »Oh, ich will eure süßen Gesichter umarmen, aber ich bin voller Grundierung. Habe gerade die erste Schicht im Schuppen fertig.« Sie hält beide Arme hoch, um uns die großen Streifen weißer Farbe darauf zu zeigen.

Momentan sind meine Eltern wie besessen von dem Schuppen. Er sieht aus wie ein kleines Holzhäuschen, kleiner als die Scheune, aber näher am Haus. Wir haben ihn immer zur Lagerung benutzt – für saisonale Kleidung, Gartenwerkzeuge, Extrarollen Toilettenpapier, so was eben. Aber Mom hat sich diese Idee in den Kopf gesetzt, daraus ein zusätzliches Zimmer abseits vom Haus zu machen. Anscheinend wird Dad einen kleinen überdachten Weg dazwischen bauen.

»Was habt ihr mit den Kartons gemacht?«

Edith verkneift sich ein Lachen. »Du solltest mal den Keller sehen.«

»Bis zum Ende der Ferien haben wir das alles weggeräumt«, sagt Mom. »Ich dachte mir, wir könnten das Futonbett da reinstellen und ein paar Lichterketten anbringen. Schön gemütlich eben. Der WLAN-Empfang ist auch gut.« Sie bückt sich, um Smokey und Eloise zu streicheln, die beide von irgendwo hinter mir angeschossen gekommen sind. »Na, jedenfalls springe ich kurz unter die Dusche, und dann erledige ich noch schnell den Einkauf für heute Abend. Wenn es doch nur etwas wärmer werden würde! Am Samstag war es schön, oder? Oh, aber ich bin so froh, dass du zu Hause bist, Immy. Wir haben dich vermisst!«

Ich strahle sie an. »Ich euch auch.«

Chat mit Tessa
TM: Scott, du wirst nicht glauben, wen ich gerade gesehen habe
TM: Du wirst so neidisch sein!!!

IS: Wen denn??
IS: Eine Berühmtheit?📷

TM: Besser 📎

IS: Daisy!!
IS: Oh mein Gott
IS: Ihre Ohren
IS: Und ihre kleine Zunge
IS: Hat sie dein Auge abgeleckt??

TM: HAT SIE UND ES WAR TOLL
TM: Ich kann gar nicht fassen, dass ich ihr noch mal begegnet bin
TM: Aber ich glaube, sie vermisst dich

IS: Aww, ich vermisse sie auch!
IS: Richte ihr Grüße von mir und Eloise aus 📎

TM: Eloise!!!
TM: Haha, ich liebe es, wenn ihre Ohren sich so nach hinten klappen, sie sieht aus wie George Washington
TM: Was für eine vornehme Dame!!!
TM: Eloise, du siehst auch gut aus

24

Edith verrenkt sich fast den Nacken, um auf mein Handy zu schauen. »Ooh. Wer ist das?«

»Nur … ein paar von Lilis Leuten.«

»Moment mal. College-Leute?« Sie nimmt Flossie von ihrem Schoß und rückt näher an mich heran. »Oh mein Gott, schreibst du mit Dylan?«

»Wer ist Dylan?«

»Lilis Kumpel! Der Typ, der aussieht wie ein Eisprinz.«

»Meinst du Declan?«

Sie schlägt sich die Hände vor den Mund. »Hattest du was mit ihm?«

»Was?« Ich schüttele den Kopf und lächele verwirrt. »Nein!«

»Warum sitzt du dann hier und grinst wie ein Honigkuchenpferd auf dein Handy?«

»Tue ich gar nicht!« Ich verdrehe die Augen und lehne mich zurück in die Sofapolster. »Oh mein Gott. Nein! Ich hatte nichts mit Declan. Oder sonst wem.«

»Aber du schreibst mit ihm.«

»Nein!« Kurzerhand schnappe ich mir Moms Libellen-Kissen von der Couch und werfe es nach Edith. »Ich habe

Declan kein einziges Mal geschrieben. Abgesehen vom Gruppenchat.«

Jetzt packt Edith sich mit beiden Händen an den Kopf. »Du bist im Gruppenchat?«

»Ich bin in *einem* Gruppenchat.« Ich lache, während mein Herzschlag sich endlich etwas normalisiert. Der Gruppenchat ist definitiv sichereres Terrain als gewisse andere Themen. Wie zum Beispiel Ediths lächerliche Theorie, ich hätte was mit Declan gehabt. Der College-Gruppenchat ist wenigstens real.

Und damit meine ich, er war real. Immerhin hat seit Kaylas letzter Nachricht niemand mehr etwas geschrieben.

Wahrscheinlich sind sie zurück zu ihrem ursprünglichen Gruppenchat übergegangen, ohne mich.

Natürlich sind sie das. Ich bin Lilis Freundin aus der Heimat, die für drei Tage zu Besuch war. Das verleiht mir nicht gleich lebenslange Privilegien als beste Freundin. Und klar, sie haben davon geredet, dass ich am Wochenende wiederkommen soll – aber letzten Endes hat es niemanden interessiert, dass ich abgereist bin.

Abgesehen von Tessa vielleicht.

Macht uns das zu richtigen Freundinnen?

Es fühlt sich irgendwie so an. Oder jedenfalls so, als würde es in diese Richtung gehen. Das würde die seltsamen Träume von letzter Nacht erklären, oder? Womöglich war das einfach mein Unterbewusstsein, das versucht hat, unseren Freundschaftsstatus festzulegen. Das wäre besser als die entsetzlich problematische Alternative: Ich habe eine Lesbe getroffen und bin sofort davon ausgegangen, dass sie in mich verliebt ist. *Oh, du bist lesbisch? Bist du etwa in mich verknallt? Sorry, Süße, ich date nur Typen.*

Edith lässt sich seufzend nach hinten fallen. »Ich kann gar nicht glauben, dass du einfach hier sitzt und mit den Leuten aus deinem queeren College-Gruppenchat schreibst. Werft ihr nur so mit urkomischen Insiderwitzen um euch? Verrätst du ihnen all deine Geheimnisse, Immy?«

»Geheimnisse?« Hitze steigt in meine Wangen. Ich habe wohl immer schon gewisse Gedanken für mich behalten, aber die habe ich nie als Geheimnisse angesehen.

Allerdings fühlt Tessa sich wie ein Geheimnis an. Vermutlich deshalb, weil ich Edith geradewegs ins Gesicht gelogen habe, als sie mich gefragt hat, mit wem ich schreibe. Na ja, genau genommen ist sie einfach davon ausgegangen, dass ich im Gruppenchat schreibe, und ich habe nur mitgespielt.

So ähnlich wie ich einfach bei Lilis ausgedachter Beziehungsgeschichte mitgespielt habe. Und jetzt denken alle, ich wäre bisexuell.

Da stellt sich doch die Frage: Seit wann genau fällt mir das Lügen so leicht?

Chat mit Gretchen
GP: IMOGEN, WEISST DU WAS?
GP: 😱
GP: GERADE IST WAS LGBT-MÄSSIGES PASSIERT

IS: Was?!
IS: Omg, hast du mit jemandem rumgemacht??? Gretchen, es ist helllichter Tag
IS: Wie?!

GP: lol ganz ruhig, Immylou
GP: Nein 😒
GP: NOCH NICHT
GP: Aber die Vibes sind absolut da
GP: Und ich bin gerade in ihrem Zimmer 😌

IS: WAS?
IS: !!!

GP: Dazu muss ich sagen: Sie ist meine Gastgeberin 😁
GP: ABER SIEH SIE DIR AN 📎
GP: Sie ist so süß, ihr Name ist Brielle
GP: Findest du nicht auch, dass sie wie Barbie Ferreira aussieht??

IS: Total!!!

GP: UND WIR FOLGEN UNS GEGENSEITIG
GP: Was ist mein nächster Move? Soll ich eine Thirst Trap posten??

IS: Oder du redest einfach mit ihr?

GP: Lol, sie ist im Unterricht
GP: Will die Dinge ja nur weiterhin in die richtige Richtung lenken

IS: Oooh, okay

GP: WAS SOLL ICH MACHEN?
GP: Ich will nicht zu offensichtlich wirken!!!

IS: Hmmm
IS: Würde sie denn wissen, dass die Thirst Trap für sie ist?
IS: Könnte es nicht auch ganz allgemein sein?
IS: Sorry, ist nicht mein Metier
IS: Ich habe keine Ahnung, wie so was funktioniert, tut mir voll leid 😭

GP: Meine süße Virgin Queen
GP: Alle Thirst Traps sind zielgerichtet
GP: Und allgemein
GP: Sie sind beides

IS: Kannst du das in der Beschreibung deutlich machen
IS: »Diese Thirst Trap richtet sich an alle Zuschauenden«

GP: Hahaha, I love u
GP: Okay, neuer Plan

GP: Ich poste einen Rückblick auf das Silk-Chiffon-Bild
GP: Eine subtile Thirst Trap

IS: Ich liebe dieses Bild!

GP: Ich verlinke dich 😊
GP: Ups, warte
GP: Ich höre Schritte
GP: EGAL, THIRST TRAP KANN WARTEN
GP: Los GEEEHT'S

Chat mit Tessa
TM: Nein, im Ernst!!!
TM: Das ist absolut
TM: Eine richtige Tradition
TM: An Rosch ha-Schana wird entschieden und an Jom Kippur offenbart 😎

IS: Also das klingt schon sehr offiziell
IS: Und wie sucht man jemanden aus?
IS: Kann es eine berühmte Person sein?

TM: Jepp!
TM: Aber es darf niemand sein, der schon mal dran war
TM: Und wir müssen uns alle einig sein
TM: Absolute Übereinstimmung
TM: Was übrigens mit Dan und Rachael nicht leicht ist!!!
TM: Und ich schätze, man muss jemanden mit vielen ikonischen Mode-Auftritten wählen

IS: Ah okay, macht Sinn

TM: Außerdem ist elterliche Hilfe streng verboten!!!
TM: Und du darfst NIEMANDEM vor Jom Kippur dein Kostüm zeigen

IS: Ihr tragt die Kostüme dann also in der Synagoge?

TM: Omg, schön wär's!!!
TM: Nein, das machen wir direkt im Anschluss

TM: Es ist aber auch eine gute Ablenkung vom Fasten
TM: Quasi: Okay, wir verhungern, aber wenigstens sehen wir aus wie Harry Styles
TM: Ich meine 📎
TM: Das einzige Mal, dass ich Perlen getragen habe

IS: Die grüne Hose!!!

TM: ICH WEISS
TM: Das ist eigentlich eine Jogginghose, die trage ich manchmal noch zum Schlafen und träume dann von Harry
TM: (platonisch!!!)

IS: Das ist
IS: Absolutes Chaos

TM: Mensch, vielen Dank ☺

Natürlich wird das Abendessen groß aufgezogen. Es gibt Cornell Chicken, Möhren und Salzkartoffeln, weil meine Eltern mich mit dem seltsamsten Upstate-New-York-Gericht überhaupt willkommen heißen müssen.

»Ihr wisst schon, dass ich nur ungefähr fünfundzwanzig Fahrminuten die Route 14 entlang entfernt war, oder?«

»Nun, es hat sich weit weg angefühlt«, sagt Mom.

»Sie haben sich ganz schön nach dir gesehnt, Immy«, fügt Edith hinzu. »Die beiden sind definitiv noch nicht bereit, dich aufs College gehen zu lassen.«

»Ach, jetzt komm. Wir sind total entspannt! Unterstütz mich mal, Cor.«

»Entspannter geht nicht«, bestätigt Dad.

Das Lustige ist, dass mir das College noch vor ein paar Stunden vollkommen getrennt vom echten Leben erschienen ist. Ein Universum in einem Universum, wie bei einer Schneekugel. Oder einem dieser Träume, die man sofort wieder vergisst, wenn man die Augen öffnet.

Doch jetzt gerade fühlt sich alles zusammengewürfelt an. Die butterigen Käsesandwiches, die Tunnel, der Heimweg nach dem Quizabend. Die ganzen brandneuen Momente dringen in jede Ecke und jeden Winkel meines

Zuhauses ein. In die Unordnung auf der Küchentheke. Die schreckliche Ausstellung gerahmter Bilder aus der Mittelstufe. Das Bild mit den Kirschen, das ich in der ersten Klasse gemalt habe, das letztendlich wie ein riesiger knallroter Penis aussah. Zukunft und Vergangenheit teilen sich einen Raum.

Und dann ist da noch Tessa.

Wir schreiben uns schon den ganzen Tag über.

»Wann seht ihr zwei euch wieder?«, fragt Mom, und ich springe fast von meinem Stuhl.

»Was ... meinst du?«

»Du hast gesagt, sie kommt morgen zurück, oder? Nur Vassar und Sarah Lawrence?«

Gretchen. Richtig.

»Oh, ja. Wir haben noch keine konkreten Pläne.« Schnell nicke ich. »Das machen wir einfach spontan.«

Mom nimmt ihre Gabel in die Hand. »Ich bin schon gespannt, wo sie letztendlich hingeht. Ich sage dir, das Mädchen ist schon eine Marke. Aber sehr schlau. War sie schon immer. Oh du meine Güte, erinnert ihr euch noch an ihre kleinen Visitenkarten?«

Edith sieht amüsiert aus. »Gretchen hat Visitenkarten?«

»Weißt du nicht mehr, Süße? Das war direkt nach ihrem Umzug hierher. Ich glaube nicht, dass sie damit Werbung machen wollte. Sie wollte uns nur ... na ja, wissen lassen, dass sie hier ist.«

»Oh, das lässt sie uns wissen«, sagt Dad, und Edith lacht so laut, dass sie die Katzen aufschreckt.

Chat mit Gretchen
IS: Ist ganz schön ruhig in diesem Chat
IS: 🎱 ???
IS: Ich warte geduldig auf ein Update 👀

Chat mit Tessa
IS: Oh, ich meine
IS: Hier geht voll die Post ab
IS: Hab meinen Kumpel hier bei mir
IS: 📎
IS: Das ist Quincy ♥

TM: Hör auf
TM: Ist das ein Kater
TM: Also ein richtiger

IS: Irgendwie schon 😬
IS: Er ist ein Ragdoll

TM: Quincy, du bist der größte Kater, den ich je gesehen habe
TM: Ungelogen

IS: Er wiegt 14 Kilo 🐱
IS: Du solltest ihn mal reden hören! Er hat eine sehr tiefe Stimme
IS: Eine richtige Schnarrstimme
IS: Klingt eher wie MOAWWW
IS: Und er ist schon fast 15, könnte unsterblich sein

TM: Den find ich klasse
TM: Scheiß auf Partys
TM: Moment, also nicht »Scheiß auf Partys« im Sinne von auf einer Party scheißen
TM: Damit meine ich

TM: Partys können mir gestohlen bleiben, ich hänge jetzt mit meinem unsterblichen Kater ab
TM: *mit deinem unsterblichen Kater 😊

IS: Wir können ihn uns teilen
IS: Jede kriegt 7 Kilo

TM: Oh Gott sei Dank
TM: Gleich zurück, sage kurz den Karaoke-Abend ab, damit ich mich ganz dem halben Quincy widmen kann

IS: Karaoke-Abend!! Omg
IS: Das klingt total nach Spaß 😭

TM: Habe ich noch nie gemacht!

IS: Ich auch nicht 🙈
IS: 95-prozentige Wahrscheinlichkeit, dass ich auf den letzten Drücker aussteige

TM: Auf keinen Fall!!

IS: Nee wirklich
IS: Ich würde vermutlich stumm werden
IS: Passiert manchmal, wenn ich nervös werde

TM: Aww Scott
TM: Wirklich?

IS: Jaaa 😬

IS: Ist lustig

TM: Okay, aber du bist doch so mutig??

IS: 😂😂😂

TM: BIST DU
TM: Sieh dir mal letztes Wochenende an!
TM: Du bist einfach in dieser komplett unbekannten Umgebung aufgetaucht
TM: Hast das Quiz gerockt, dich an dem Wurst-Verbrechen beteiligt, Hundewelpen erscheinen lassen
TM: Das ist mutig!! Im Ernst, Mann
TM: Besuche am College sind so angsteinflößend
TM: Als ich das erste Mal hier war, bin ich quasi nur in Dans Zimmer geblieben

IS: Aber das ist doch süß
IS: Omg, apropos College-Besuche
IS: Eine Freundin von mir ist heute am Sarah Lawrence
IS: Und ich glaube, sie hat was mit ihrer Gastgeberin
IS: Also genau jetzt!!

TM: Wow!! Läuft bei ihr

IS: Ein sehr informativer College-Besuch haha

TM: Oh definitiv
TM: Hör mal, Scott, wenn du in der Hinsicht auch noch Infos brauchst, sag Bescheid

TM: Sollte sich einrichten lassen 😊

IS: Haha, merk ich mir 😁

Heute Abend kann ich meinen Kopf einfach nicht ausschalten. Immer wenn ich die Augen schließe, klappen meine Lider wieder auf.

Und das ergibt gar keinen Sinn. Es ist nichts unvollendet oder am falschen Platz. Ich liege in meinem Bett, in meinem Zimmer, in dem Haus, in dem ich buchstäblich geboren wurde. Dieselben Poster, dieselben Bücher, dieselben graublauen Wände. Dieselbe weiße Socke, die aus dem Wäschekorb hängt, dieselbe Toilettenpapierrolle in der Ecke von Elizabeths Käfig, dasselbe leere Wasserglas auf meinem Nachttisch.

Doch aus irgendeinem Grund fühle ich mich so entblößt. Als hätte jemand meinen metaphorischen Reißverschluss aufgezogen.

Ich setze mich auf und starre den Saum meiner Decke an.

Dann ziehe ich seufzend mein Handy vom Ladekabel.

Es fühlt sich an, als würde man auf einen blauen Fleck drücken. Dieser ätzende vorhersehbare Schmerz.

Alle reden immer von FOMO – *fear of missing out* –, aber es fühlt sich nicht an wie Angst. Sondern wie ein Drang. Man starrt auf einen winzigen Bildschirm und sieht dabei zu, wie die Erinnerungen anderer in Echtzeit miteinander verschmelzen.

Das Blackwell College ist weniger als dreißig Minuten entfernt, doch könnte es genauso gut auch auf dem Mond liegen.

Eine Geschichte, die in Momentaufnahmen erzählt wird. Ein Gruppenselfie mit ausgestreckten Zungen. Declan verdreht die Augen so stark, dass nur noch das Weiße zu sehen ist. Ein schwach beleuchtetes TikTok-Video von vier gehenden Menschen, von hinten gefilmt. Ein limettengrüner Schriftzug über einem Foto von Mika mit einem Mikrofon: *Adele BEBT.*

Ein willkürlicher Montagabend mit Freunden. Absolut lächerlich, sich darüber Gedanken zu machen.

Als hätten sie jeglichem Spaß abschwören müssen, als ich die Gruppe verlassen habe. Als wäre ich überhaupt je Teil von ihr gewesen. Ich bin eine Highschool-Schülerin, die für ein Wochenende das College ausprobieren durfte, doch das ist nicht mein wahres Leben. Noch nicht.

Aber wird diese eng verbundene Gruppe aus queeren Kids überhaupt noch mit mir abhängen wollen, wenn sie erst alle herausgefunden haben, dass ich hetero bin? Irgendwann wird die Wahrheit ja ans Licht kommen müssen, oder? Ich werde schließlich nicht ewig vorgeben können, bi zu sein.

Eine Nachricht von Tessa poppt auf, und ich erschrecke so sehr, dass mir fast das Handy aus der Hand fällt. Sie hat ein Video mit einer Beschreibung angehängt: *Unser Girl kann SINGEN!!??*

Ich mache den Ton an und drücke auf Play. Es ist tatsächlich nur ein zehn Sekunden langer Clip vom Hinterkopf eines Typen. Allerdings ist Lilis unbeschwerter Gesang unverwechselbar – selbst die hohen Töne klingen immer vollkommen mühelos.

Sofort weiß ich, welches uralte Foto ich als Antwort darauf schicken werde.

Also scrolle ich in meinem Rückblicke-Album durch die Zeit und finde es: eine seitliche Spontanaufnahme in der Scheune. Lili steht auf der Bühne, und unsere Stofftiere sitzen in zwei Reihen an Heuballen gelehnt vor ihr. *Kann ich bestätigen*, schreibe ich.

Tessa schreibt umgehend zurück. *Omg YES*

Und dann: *Moment, ist das Puppy??* 🐶

Na klar, entgegne ich. *Ist ihr größter Fan.*

Wieder tippt Tessa, und die Welt schrumpft, um in diese drei winzigen Punkte zu passen.

In meinem Bauch spüre ich vollkommen unerwartet ein Sternschnuppen-Gefühl.

Ein Glitch. Ein Aussetzer.

Wie mein Herz geradewegs aus meiner Brust springt.

Wie mein Verstand vollkommen auf Tessa fixiert ist. Wenn ich es nicht besser wüsste, würde ich tatsächlich denken, dass ich für sie schwärme.

Aber woher weiß ich, ob es echt ist?

Woher weiß ich, dass ich nicht nur Aufmerksamkeit will? Oder es allen rechtmachen? Was, Lili möchte, dass ich so tue, als wäre ich bisexuell? Ich werde so bisexuell sein, dass ich selbst vergesse, dass ich nur so tue.

Außer ...

Keine Ahnung, vielleicht denke ich zu viel darüber nach.

Bin ich einfach ... in sie verknallt?

Nur erscheint mir das so weit hergeholt. Wenn ich noch nie eine queere Person kennengelernt hätte, wäre das vielleicht so eine Sache. Aber meine Schwester ist queer. Meine besten Freundinnen sind queer. Wären nicht gerade Frühlingsferien, würde ich morgen Nachmittag an einem Treffen der Pride Alliance teilnehmen.

Gedanklich spule ich zurück zu meinem ersten Tag dort, meinem ersten Begrüßungskreis. »Ich habe eine queere Schwester«, habe ich gesagt.

Es ist mir nicht mal in den Sinn gekommen, zu sagen, dass ich hetero bin. Irgendwie hatte ich wohl das Gefühl, dass Ediths Queerness alles sagen würde. Wenn sie queer ist, bedeutet das, ich muss hetero sein. Denn ein queeres Kind ergibt Sinn, aber zwei in einer Familie? Zu viel des Guten.

Dabei weiß ich, dass das lächerlich ist. Sachlich falsch. Widerlegt von den Wachowski-Schwestern, von Tegan und Sara. An dem Tag damals war sogar ein nichtbinäres Geschwisterpaar in dem Meeting. Aber irgendwie hat sich dieser Gedanke wohl in meinem Verstand festgesetzt.

Möglicherweise liegt es daran, dass ich weiß, wie queere Kids aussehen, und zwar ganz anders als ich. Ich habe noch nie eine Sonnenblume für eine Frau im Supermarkt stibitzt. Noch nie an Halloween die lesbische Flagge auf mein Kleid genäht. Queerness ist für mich kein entferntes hypothetisches Konzept. Sie ist greifbar. Ist es immer gewesen.

Schon seltsam, bei dem Wort »queer« stelle ich mir bildlich sofort Gretchen vor.

Aber trotzdem messe ich Queerness an Edith. Das habe ich immer schon getan.

Und Edith hat immer schon gewusst, dass sie queer ist. Das stand einfach nie zur Debatte. Selbst im Kindergarten war Edith so begeistert von Lesben wie manche Kinder von Einhörnern.

Wenn ich queer wäre, würde ich es dann nicht wissen?

Es geht hier doch um mein Gehirn. Ich habe vollen Zugriff darauf. Niemand zensiert Teile der Geschichte. Vor allem nicht etwas so fundamental Wichtiges wie die Tatsache, von wem ich mich angezogen fühle. Und ich weiß, dass Verleugnung existiert. Aber das hier ist keine Verleugnung. Denn Verleugnung ist ein Vorhang mit einer eindeutigen Wahrheit dahinter.

Doch es gibt hier keinen Vorhang. Ich starre geradewegs auf diese Frage, beleuchte sie von allen Seiten, und doch –

Scott, hilf mir, sie wollen mich zum Singen zwingen!!!

Völlig ratlos starre ich auf mein Handy. Jede mögliche Erwiderung klingt zu flirty, zu verzweifelt, zu sehnsüchtig. Unerträglich ehrlich.

Und es hilft wirklich nicht, dass Tessa mich für bi hält.

Denn die Sache am Heterosein ist die: Es ist wie ein eingebautes Kraftfeld. Egal, ob du zu laut lachst, zu viel blinzelst oder die eine Nachricht einfach zu viel war – wenn du hetero bist, machen sich süße Mädchen keine Gedanken darum, ob du dir seltsame, unangenehme Gefühle einfängst. Schließlich stehst du auf Jungs, und sie sind keine, Ende der Geschichte.

Das vermisse ich irgendwie.

Das Heterosein.

Ich meine, ich vermisse es, dass alle mich für hetero

halten. Und damit meine ich, ich vermisse es, dass alle wissen, dass ich hetero bin.

Denn das bin ich. Hetero.

Ein einziges Mädchen kann doch nicht meine sexuelle Orientierung über den Haufen werfen, oder?

Tag fünf
Dienstag
22. März

Chat mit Tessa

TM: Hallo, ja, es ist zwei Uhr morgens

TM: Und ich schreibe, um mich nach den 7 Kilo Katze zu erkundigen, die ich bestellt habe

TM: Nach reiflicher Überlegung würde ich gern die vordere Hälfte haben, bitte

TM: Heißt: die Schnute, nicht die Rute

TM: Die Nase, nicht die Blase

TM: Den Mund, nicht den Schlund

TM: ➖🐱✔️

TM: 🐱➖⛔

TM: Okay, okay, bin fertig, versprochen 😬

Außer es ist nicht nur ein Mädchen.

Dieser Gedanke schießt mir mit einem lauten Knall durch den Kopf.

Ich reiße die Lider auf, rappele mich gähnend hoch und reibe mir die Augen.

Außer ...

Ich starre an meine Posterwand, bis die Bilder verschwimmen.

Außer es ist nicht nur ein Mädchen.

Aber ...

Ich verliebe mich nie in Mädchen.

Deshalb weiß ich, dass das mit Tessa keine Ausnahme ist, keine tatsächliche Verliebtheit. Mein Gehirn versucht nur, zu Lilis coolen queeren Freunden zu gehören. Ganz ähnlich wie es bei Gretchen war, als sie letzten Sommer zwei Wochen in Edinburgh verbracht hat und mit einem Akzent und einem neuen Wortschatz zurückkam. Wenn überhaupt, dann ist es eine Art seltsames Rollenspiel. Wie Method Acting.

Nennen wir das Kind doch einfach beim Namen: Ich eigne mir queere Anziehung an. Wie damals mit Clea Du-

Vall. Und Nisha. Und dem Le-dollar-bean-Mädchen. Und all den anderen. *Nicht nur eine.*

Aber da war ich nicht verliebt. Ich kann da gar nicht verliebt gewesen sein, denn so etwas kann man nicht vor sich selbst verbergen.

Warum hänge ich mich überhaupt so daran auf? Ich weiß doch, wie sich Anziehung anfühlt. Ich weiß, wie es sich anfühlt, wenn man jemanden küssen will, und hier geht es nicht ums Küssen.

Obwohl ... es geht auch nicht *nicht* ums Küssen.

Aber es ist irgendwie anders, auf eine Art, die ich nicht erklären kann.

Es fühlt sich so ähnlich an, als wäre man von etwas eingenommen. In der Nähe dieser Mädchen habe ich immer so etwas wie einen kleinen Zug in ihre Richtung gespürt. Keine ganz gewöhnliche Freundschaft.

Sondern eher, als würde man das Wort »Freundschaft« unterstreichen.

Während ich mich anziehe, fühle ich mich, als würde ich schlafwandeln. Meine Wetter-App sagt, es ist kühl draußen. Pulli-Wetter. Und damit meine ich das tatsächliche Wetter und nicht die Message, die laut TikTok in dem Song »Sweater Weather« steckt, von dem behauptet wird, dass er ein Code für Bisexualität ist. Ganz ähnlich wie Zitronenschnitten und umgeschlagene Jeans und die Unfähigkeit, normal auf einem Stuhl zu sitzen.

Wenn doch nur irgendwas davon für mich Sinn ergeben würde.

Ich mache es mir im Schneidersitz an meinem Schreibtisch bequem. So sitze ich immer auf Stühlen. Das ist auch etwas seltsam, oder?

Wie seltsam muss man sitzen, um als bisexuell zu gelten?

Ich gehe die Erinnerungen in meinem Kopf noch einmal durch. Das Rascheln von Trainingshosen auf Plastikstühlen. Der Geruch von Buttertoffee-Eis. Flache weiche Filz-Regenbögen. Ich erinnere mich an alle Details, aber ich kann die Gefühle nicht ganz abrufen.

Vielleicht würde es helfen, wenn ich ein bisschen methodischer vorgehe. Schließlich komme ich in fünf Monaten aufs College. Warum sollte ich die Sache nicht wie eine akademische Forschung behandeln? Ich könnte einen kurzen Recherche-Ausflug in die Welt des Internets unternehmen, um mir einen ersten Überblick zu verschaffen.

Ein bisschen herumstöbern, es ausschließen, und damit ist es erledigt.

Chat mit Tessa
IS: Vielen Dank für Ihre Nachricht!
IS: Der vollständige Inhalt Ihrer Lieferung befindet sich im angehängten Lieferschein
IS: Zu Ihrer Information steht dort
IS: »Der Anus, nicht das Hirnus«
IS: Wir bedanken uns für Ihren Einkauf

Ich kann gar nicht glauben, wie schnell mein Herz gerade schlägt. Immer wieder suche ich den Raum ab, als könnte jederzeit jemand unter meinem Bett hervorspringen, um mich auf frischer Tat zu ertappen.

Beim Benutzen meines Handys. Das ist die Tat.

Das muss ein neues Level von »vollkommen durch den Wind« sein.

Ich öffne ein Browserfenster im Privatmodus – was das Ganze zu einer größeren Sache macht, als es ist.

Dabei ist es eigentlich gar keine Sache. Nur drei Wörter und ein Fragezeichen. Keine voreiligen Schlüsse ziehen. Ich werde nicht einmal voreilige Hypothesen aufstellen …

Mein Handy vibriert, und das Herz schlägt mir bis zum Hals.

Nachricht von Gretchen: *Heey, bist du in ca. zwei Stunden zu Hause??*

Ich atme tief durch. *Denke schon, ja.*

Okay, vermerkt!, schreibt sie und schickt noch ein Emoji hinterher.

Es fühlt sich an, als wäre ich außerhalb meines Körpers, und alles ist verschwommen. Als wäre ich nur mein Spiegelbild im Wasser. Ich öffne den Browser wieder, tippe drei Wörter ein und drücke auf Enter.

Seiten über Seiten an Ergebnissen. Tausende. So viele, dass man gar nicht weiß, wo man anfangen soll. Ich kann nicht glauben, dass es tatsächlich Tests dafür gibt. Es fühlt sich an wie eine Fernsehmontage.

Das eindeutige Quiz zu deiner sexuellen Orientierung
Bist du bisexuell oder hetero? Mach den Test!

Mache ich das gerade wirklich? Bin ich das größte Klischee auf Erden?

Obwohl die Tatsache, dass es ein Klischee ist, ohnehin absurd ist, denn man sollte keinen Test benötigen, um seine eigene Sexualität zu kennen. Wenn man schon weiß, dass man queer ist, und nur versucht, das genaue Label zu bestimmen, dann könnte es hilfreich sein. Doch bei der Frage, ob man generell queer ist?

Kurz lehne ich mich zurück, starre auf meine Poster. Ich möchte wohl einfach nicht zu übereifrig wirken. Absolut albern, da ich allein im Zimmer bin. Und warum macht mein Verstand darum eigentlich so einen Aufriss? *Bitte erheben Sie sich für das bedeutsame Ereignis, bei dem Imogen Scott ihre Heterosexualität mit einem Onlinetest bestätigt.*

Ich tippe einen der Links an, und es ploppt eine Werbeanzeige für Singles in meiner Nähe auf.

Dann: ein Standardfoto einer Regenbogenflagge, das nicht für Smartphones formatiert ist, gefolgt von einem kurzen Einleitungstext. Ich scrolle, bis ich zur ersten Frage komme – wobei es eher eine Aussage mit Lücken zum Ausfüllen ist.

Ich fühle mich _____ von Menschen meines eigenen Geschlechts angezogen.
nur
manchmal
nie

Nur. Manchmal. Nie. Nur, manchmal, nie.
Ich lese es noch einmal.

Ich fühle mich _____ von Menschen meines eigenen Geschlechts angezogen.

Das ist eine Fangfrage, oder? Wenn ich die Antwort darauf wüsste, würde ich dann diesen Test machen? Ich brauche keine Definition von Bisexualität. Ich möchte wissen, wie sie sich anfühlt. Woher weiß man, was als Anziehung gilt?

Zweite Frage:

Ich habe romantische Tagträume über _____.
nur ein Geschlecht (nicht mein eigenes)
nur ein Geschlecht (mein eigenes)
mehrere Geschlechter
niemanden

Okay, verstehe, nur ... wie wörtlich muss ich das nehmen? Wähle ich das, was grundsätzlich am ehesten zutrifft? Oder zähle ich jede einzelne Ausnahme?
Was zählt als Ausnahmen?

Und wie viele Ausnahmen muss es geben, damit sie keine Ausnahmen mehr sind?

Da denke ich an Clea DuVall und Kristen Stewart und Nisha und Le Dollar Bean. Und vielleicht noch an die Pfadfinderin mit dem Filz-Regenbogen. Und diese Ilana vermutlich. Und ...

Tessa.

Was, wenn ich auf dem Campus geblieben wäre? Was, wenn ich mit zum Karaoke gegangen wäre?

Was, wenn wir früher gegangen wären? In ihrem Zimmer gelandet wären, hinter der geschlossenen Tür? Was, wenn wir das Geplapper im Flur ausgeblendet hätten?

Vielleicht hätte Tessa mit fragendem Blick zu mir aufgesehen und ein wenig gelächelt.

Vielleicht hätte ich das Lächeln nervös erwidert.

Mir die Haare hinters Ohr gestrichen.

Und vielleicht hätte ich mich sanft neben sie gesetzt, die Hände flach auf ihre Zwergenbettwäsche gelegt. Nur einen Millimeter von ihren entfernt.

Ich kann es mir bildlich vorstellen.

Sie würde schnell einen zittrigen Atemzug nehmen. »Hey.«

»Hey«, würde ich erwidern. Aber –

Mein Handy vibriert.

Chat mit Tessa

TM: Oh, du hältst dich wohl für besonders lustig, was?
TM: Pah, ich kenne Leute wie dich
TM: Sitzt da mit deiner riesigen Katze und deinem Apfelmus zum Löffeln und deinem kleinen Grübchen

IS: Was hast du denn gegen Grübchen??? 😭

TM: Oh, ich bin entschieden pro Grübchen, Scott
TM: Ich denke nur
TM: Gewisse Leute sollten sich ein bisschen mehr bewusst sein, welchen Effekt ihre Grübchen auf die Allgemeinheit haben
TM: Mehr nicht

IS: Verstehe
IS: Hmm
IS: 📎

TM: Ok, das ist jetzt schlichtweg unfair
TM: 😭😭😭 😍

29

Ein wenig überwältigt von meiner eigenen Kühnheit, starre ich auf das Foto auf meinem Handy.

Das habe ich gerade eben abgeschickt. An Tessa. Und es ist so ... komplett bekleidet. Absolut jugendfrei. Nur Gesicht, Hals und Schultern. Damit wir uns richtig verstehen.

Nur ein gewöhnliches Foto von mir, auf dem ich lächele. Und mein Grübchen deutlich zu sehen ist.

Ich fühle mich total aufgeregt. Oder schuldig. Beides eigentlich. Als hätte ich unerlaubt eine Grenze übertreten. Als wäre ich ohne einen Backstage-Pass hinter die Bühne geschlüpft. Ich befinde mich außerhalb des zulässigen Bereichs.

Ich meine, mittlerweile kann ich es nicht einmal mehr leugnen. Das ist definitiv flirten. Ich flirte mit Tessa.

Tessa, die ganz klar ein Mädchen ist.

Kurz überfliege ich unsere letzten Nachrichten, und mein Herz ist nicht länger nur ein Flipperautomat – sondern eine komplette Spielhalle.

Und Tessa erwidert das Flirten.

Das steht außer Frage. Anders kann man das nicht interpretieren.

Nur ...
Das ist Tessa. Sie ist einfach so.
Hat Lili das nicht behauptet? Dass Tessa eine Flirt-Queen ist, die mit jeder flirtet?

Also, wie erkennt man es in diesem Fall? Woher weiß man, ob jemand mit einem flirtet oder einfach nur eine flirty Persönlichkeit hat? Und kann es auch beides sein?

Woher weiß man das – woher weiß man wirklich, ob jemand einen mag?

Vor allem bei Mädchen. Da wird es manchmal so schwammig. Wenn zwei Mädchen sich vor dir umarmen, weißt du nicht, ob sie ein Paar sind oder Besties oder sonst was. Wenn sie nicht gerade miteinander rummachen, braucht man schon Herz-Emojis und Filmmusik, um das zu erkennen.

Kommen da die Äußerlichkeiten ins Spiel? Gretchen und ihre Daumenringe? Ediths Jeansjacke?

Aber wie kann Kleidung dabei eine Rolle spielen? Ist das Le-Dollar-Bean-Mädchen hetero, bis sie ihr T-Shirt anzieht? Ist jedes heterosexuelle Mädchen nur eine Bisexuelle, die gerade ihre Uniform nicht trägt?

Möglicherweise hat Tessa gar nicht geflirtet. Vielleicht hat sie einfach nur mitgespielt, damit ich nicht beleidigt bin.

Die Demütigung trifft mich wie ein Blitzschlag – ein heller Stich der Scham mitten in die Brust.

Was, wenn sie nicht flirtet, aber denkt, dass ich es tue? Verzieht sie jedes Mal das Gesicht, wenn sie meinen Namen in ihren Nachrichten sieht? *Ooooh, ist dieses Kind etwa in mich verknallt? Igitt!*

Und schon fühle ich mich in den Sommer nach der

vierten Klasse zurückversetzt. Ich erinnere mich noch, wie hin und weg ich von Dads neuem Lehrling war. Der, um ganz deutlich zu sein, ein erwachsener Mann mit Gesichtsbehaarung war. Wenn er und Dad bei uns zu Hause gearbeitet haben, habe ich mich immer mit einem Buch oder einer Katze in den Keller gesetzt und ihm verstohlene Blicke zugeworfen, wenn er nicht hingesehen hat. Wir haben sogar einmal ein richtiges Gespräch miteinander geführt. Er hat mich gefragt, ob ich mal Bauunternehmerin werden wolle. Ich habe Nein gesagt. Und dann bin ich den Rest des Tages mit knallroten Wangen und Schmetterlingen im Bauch herumgelaufen. Ich, ein Kind, das ganz offen einem Zweiundzwanzigjährigen hinterhergelaufen ist. Vor meinem Dad. Unbestreitbar albernes Verhalten.

Allerdings ist das hier wenigstens was anderes, oder? Immerhin bin ich achtzehn, womit ich ganz klar kein Kind bin. Tatsächlich bin ich damit genauso alt wie Tessa. Wenn ich mich nicht verrechnet habe, trennen uns nur vier Monate.

Aber ich weiß, so einfach ist das nicht.

Sie ist auf dem College, und ich bin auf der Highschool. Das ist ein vollkommen anderes Universum. Ich wette, Tessa muss ihre Lehrkräfte nicht fragen, ob sie aufs Klo darf. Und wenn sie dann darf, dann hält sie sicherlich auch nicht die unverschließbare Tür mit dem Fuß zu. Ich würde sogar so weit gehen, zu vermuten, dass Tessa nur selten einen Spießrutenlauf an Fünfzehnjährigen vorbei bestreiten muss, die Trockensex an den Schließfächern haben, wenn sie ein Schulbuch holen will.

Und ich bin noch nicht einmal auf die Sache mit dem Bei-den-Eltern-Wohnen eingegangen. Stellt euch nur mal vor, ihr seid die Privatsphäre des Wohnheims gewohnt, und dann müsst ihr hektisch euer Hemd wieder zuknöpfen, weil die Mutter eurer Freundin an die Tür geklopft hat.

»Imogen?« Meine Mom klopft an meine Zimmertür. Ganz ehrlich, mir bleibt fast das Herz stehen.

Lächelnd schiebt Mom die Tür ein Stück auf. »Du hast Besuch, Süße.«

Schnell schiebe ich mein Handy zur Seite und springe praktisch von meinem Stuhl auf, während in meinem Bauch ein emotionales Feuerwerk losgeht.

Das ist unmöglich. Absolut. So funktioniert die Realität nicht. Und es ist definitiv nicht –

»Halloo!«

Die Tür geht knarzend auf.

Ich spüre ein kleines Stechen in meiner Brust. »Hi! Oh mein Gott, du bist zurück! Wie seid ihr so schnell wieder hergekommen?«

»Indem wir viel zu früh aufgestanden sind.« Gretchen stellt eine Plastiktüte auf meiner Kommode ab und lässt sich aufs Bett plumpsen. »Mama P meinte: ›Auf gar keinen Fall möchte ich während der Rushhour auch nur in der Nähe von Manhattan sein.‹«

»Sehr vorausschauend.« Ich setze mich neben sie.

»Auf jeden Fall. Aber ich bin total müde. Ist gestern noch spät geworden.« Lächelnd wirft sie mir einen verschlagenen Seitenblick zu.

Ich hebe die Augenbrauen. »Moment. Hast du –?«

»Vielleeicht.«

»Mit Brielle?« Ich schüttele den Kopf. »Du hattest echt was mit deiner Gastgeberin?«

Gretchen schnappt sich mein Kissen und vergräbt ihr Gesicht darin.

»Das ist ja wohl die Königsklasse der College-Besuche.«

»Ich weeeiß.« Sie stößt ein gedämpftes Kichern aus.

»Also ... heißt das, es wird das Sarah Lawrence College?«

Sie linst über den Rand des Kissens zu mir. »Na ja ...«

Ich sehe sie überrascht an. »Moment, hast du schon eine Rückmeldung?«

»Ähm. Also ... Ich habe Neuigkeiten.« Kurzerhand lässt sie das Kissen fallen, rutscht vom Bett und schnappt sich die Tüte von der Kommode. Mit funkelnden Augen reicht sie sie mir. »Aufmachen!«

Ich greife hinein und ziehe einen flauschigen Teddybären hervor, dessen Fell genau denselben Rosaton hat wie Gretchens Haare. Er trägt ein rotes Shirt auf dem *Vassar* steht.

»Damit du etwas hast, das dich an mich erinnert«, sagt sie.

Mir klappt die Kinnlade herunter. »Es ist also offiziell? Du gehst ans Vassar?«

»Ich gehe ans Vassar!« Gretchen treten Tränen in die Augen, was wiederum mir die Tränen in die Augen treibt.

Ich springe auf, um sie zu umarmen. »Gretch! Oh mein Gott!«

»Ich kann nicht glauben, dass ich es geschafft habe!«

Ich verkneife mir ein Lächeln, und sie grinst mich an. »Was denn?«

»Nichts!«

»Imogen Louise Scott. Was ist?«

Ich lache. »Ich liebe einfach deine Reaktion. Du bist brillant. Du bist die Jahrgangsbeste. Alle Lehrkräfte verehren dich, du hast deinen SAT-Test gerockt, wahrscheinlich könntest du deinen Essay in der *New York Times* veröffentlich, wenn du wolltest –«

»Ähm, bitte?«

»Oder zumindest beim *Chronicle-Express!*« Sie verdreht die Augen, aber ich rede einfach weiter: »Ich meine ja nur, das ist süß! Du siehst gar nicht, wie unglaublich du bist.«

»Ich kann nicht glauben, dass wir beide aufs College gehen.« Sie atmet aus. »Es ist so seltsam. Es fühlt sich nicht wie das echte Leben an.«

*

Wie sich herausstellt, ist Mama P die ganze Zeit in unserer Küche gewesen – Mom hat sie anscheinend zu irgendeinem seltsamen Blumentee überredet. »Sieh dir diese zukünftigen Studentinnen an«, sagt sie und lächelt auf dieselbe verschwörerische Art, wie es Gretchen manchmal tut. Dabei fühle ich mich immer, als wäre ich Teil eines unausgesprochenen Witzes.

»Glückwunsch, Süße! Deine Mama hat mir gerade die große Neuigkeit erzählt.« Mom drückt Gretchens Schultern. »Du kannst so stolz auf dich sein. Bist du aufgeregt?«

»Ist noch nicht ganz durchgesickert.« Sie lacht.

»Ja nun, das liegt daran, weil wir noch nicht angemessen gefeiert haben!« Mama P stellt ihre Tasse ab und steht auf. »Keine Ahnung, wie ihr das so seht, aber ich denke, das schreit förmlich nach einem Ausflug zum Seneca Farms. Kelly, was meinst du?«

Mom drückt sich eine Hand an die Stirn. »Ich würde gern! Aber Curt kommt gleich, um die Klimaanlage im Schuppen anzuschließen. Und dann muss ich noch das Kreppband anbringen, damit alles fürs Streichen morgen vorbereitet ist.« Sie atmet aus. »Wow, das Ganze stellt sich als ziemlich viel Arbeit heraus, was?«

»Klingt danach! Kelly, warum machst du morgen früh nicht frei? Die Mädels können doch streichen.«

»Oh, das ist zu viel. Darum kann ich sie nicht bitten –«

»Quatsch. Ich schicke Gretchen morgen früh rüber. Ist acht Uhr zu spät?«

»Zu spät?« Gretchen blinzelt.

»Bist du sicher?«, fragt Mom.

»Das machen wir sehr gern.« Mama P legt die Handflächen aneinander. »Und jetzt lassen wir dich auch in Ruhe arbeiten. Ist Edith zu Hause? Möchte sie auch mit zum Eisessen?«

Es ist, als würde man die Schachtel mit den Katzenleckerlis schütteln – innerhalb weniger Sekunden steht Edith in der Tür, in Schuhen und bereit zur Abfahrt.

Chat mit Tessa
TM: Aber es ist keine richtige Farm?

IS: Haha, nein
IS: Absolut nicht, dort gibt es nur Eis
IS: Und Brathähnchen
IS: Aber das wird in einem separaten Gebäude verkauft
IS: Übrigens gibt's da das beste Eis auf dem Planeten

TM: Das behauptet Lili auch!!!
TM: Aber ich weiß ja nicht
TM: Ich kann den Big Gay Ice Cream Shop nicht vergessen!!
TM: Hmm, vielleicht muss ich das testen

IS: ABSOLUT!!
IS: Ist nur eine kurze Fahrt von Geneva aus!!
IS: Direkt in Penn Yan

TM: Das sind nur 20–30 Minuten, oder?
TM: Von Geneva nach Pennsylvania Yan
TM: Omg, Klappe, Autokorrektur

IS: Haha, sie hat aber recht
IS: Dafür steht es!!
IS: Pennsylvania Yankee

TM: HÖR AUF
TM: Oh Mann, gefällt mir

TM: Ich meine, irgendwie ein seltsamer Name für eine Stadt in NY, ungelogen

IS: Haha, PY ist das Zentrum von Seltsam
IS: Hat Lili dir von der Pfanne erzählt?
IS: Und dem Pancake?

TM: Neiin
TM: 👀

IS: Oh, wir fahren los!!!
IS: Merk dir, wo wir waren

Es ist zu kalt, um das Eis draußen unter dem Pavillon zu essen, und drinnen herrscht wegen der Ferien ziemlicher Trubel. Aber wir haben Glück und ergattern einen Tisch in der Ecke, der gerade frei wird. »Gretch, setz dich mal kurz neben die beiden! Ich brauche unbedingt ein Foto von euch und den hübschen Eiswaffeln.« Mama P macht ein paar horizontale Schnappschüsse und verschickt sie direkt über ihre Messenger-App.

Einen Augenblick später vibriert mein Handy. Ich habe einen Chat mit Mama P nur für Fotos. Wenn ich weit genug zurückscrolle, würde ich sicher sogar auf Bilder aus der achten Klasse stoßen.

Gretchen setzt sich wieder neben ihre Mom, bevor sie auf ihr Handy tippt. »Süß! Das poste ich.«

Lächelnd beobachte ich, wie sie einhändig tippt und immer mal wieder innehält, um das herunterlaufende Eis von ihrer Waffel zu schlecken. »Du weißt aber schon, dass du nicht alles in Realtime posten musst, oder?«

»Handy und Eis, Immy«, sagt Edith. »Tu's für deine Fans.«

»Meine Fans. Also ... Mom?«

»Schreib sie nicht ab! Sie baut noch ihre Plattform auf.«

»Ihr Profilbild ist ein Häschen«, entgegne ich. »Von Google Bilder.«

Aber natürlich tippe ich bereits auf Instagram, während ich mein Eis fest umklammert halte.

Gretchen hat recht, es ist wirklich ein süßes Bild. Edith sitzt in der Mitte, und unsere Haare sehen nebeneinander aus wie Fürst-Pückler-Eis. Wir lächeln alle, Wange an Wange, hinter unseren Waffeln mit zwei Kugeln Oreoeis, die unsere halben Gesichter verdecken. Allerdings kann man immer noch mein Grübchen erkennen, wenn man genau hinsieht.

Ob Tessa wohl genau hinsehen wird?

Als ich schließlich auf Posten drücke, hat Edith schon ihr halbes Eis verschlungen. Sie schluckt und leckt sich über die Lippen. »Vassar also, was?«

Gretchen lächelt. »Seid ihr überrascht?«

»Ein bisschen!«

Edith schnaubt. »Ach komm. Es ist Gretchen …«

»Nicht darüber, dass sie aufgenommen wurde«, sage ich schnell. »Ich wusste nur nicht, dass es dein Favorit ist! Ich habe wirklich gedacht, dass du die Zeit mit dem Live-Laugh-Love-Mädchen eher durchgestanden hast.«

»Ich wollte es locker nehmen! Wollte es nicht beschreien.« Gretchen lächelt. »Und Piper ist nicht so schlimm. Wir schreiben uns –«

»Moment –«

»Nicht so!«

»Imogen, ich will alles über Blackwell hören! Deine Mama hat gesagt, das war dein erster richtiger Besuch auf einem Campus. Was für ein Abenteuer!«

Meine Wangen werden warm, und ich zucke mit den Schultern. »Ich meine ... es ist nur Geneva.«

»Trotzdem aufregend! Oh, ihr Mädchen werdet am College so aufblühen. Ich sage es euch – Gretchen findet, ich klinge wie eine kaputte Schallplatte, aber es ist einfach die Wahrheit. Das sind so transformative Jahre –«

»Und ihr werdet so viel über euch selbst lernen«, endet Gretchen und trifft dabei genau den Tonfall ihrer Mom.

»Okay, Besserwisserin. Du wirst schon sehen.« Mama P zieht an Gretchens Pferdeschwanz, bevor sie sich wieder an mich wendet. »Hast du ein Gefühl dafür bekommen, wie es so ist?«

»Oh!«, japst Gretchen. »Oh mein Gott. Die heiße Tessa hat mein Foto kommentiert!«

Ich blinzele. »Sie –«

»Oh, warte. Ha. Okay, sie hat ein Foto kommentiert, auf dem ich verlinkt wurde. Dein Foto. Trotzdem! Sie schreibt – Zitat: ›Aber ist es gay?‹ Mit dem kleinen Denker-Emoji!« Gretchen lacht. »Ich will drauf antworten! Ist das seltsam?«

»Und was willst du schreiben?«, fragt Edith.

»›Ja, verdammt, es ist gay!‹« Gretchen sieht mich an. »Soll ich ihr folgen? Was soll ich machen?«

Mein Herz hämmert so laut, dass ich es förmlich hören kann. »Ich –«

»Und wer ist das jetzt?«, fragt Mama P.

»Eine Freundin von Lili. Und anscheinend auch von Imogen, auch wenn das Verschwendung ist. Verdammte Heteros.« Kopfschüttelnd lächelt sie mich an.

Ich schlucke eine Welle der Verärgerung herunter.

Und dann fühle ich mich schuldig dafür, dass ich überhaupt verärgert bin. Gretchen darf Tessa mögen. Sie kann mögen, wen immer sie will.

Nur wünschte ich, sie würde aufhören, über Tessa zu reden, als wäre sie ein Celebrity Crush.

Gott, Lili würde die Augen zum Himmel verdrehen, wenn sie davon wüsste.

Früher habe ich immer gedacht, Lili wäre einfach nur besitzergreifend. Natürlich haben wir beide mit anderen Menschen abgehangen, vor allem in der Schule. Aber mit Gretchen war es anders. Allein schon, weil sie in der achten Klasse an unsere Schule gekommen ist – dem Jahr, in dem Lili auf die Highschool gewechselt ist.

Ich weiß noch genau, dass sich das Ende des Sommers in dem Jahr angefühlt hat wie ein Countdown zu meiner eigenen Hinrichtung. Immer wieder hatte ich diesen Tagtraum, in dem ich mittags allein an einem Tisch saß, angestrahlt von einem Scheinwerfer. Alle in der Mensa haben mich angestarrt, und das Einzige, was man hören konnte, waren laute Kaugeräusche. Das konnte ich einfach nicht aus meinem Kopf verdrängen.

Und dann ist dieses neue Mädchen aufgetaucht, mit lilafarbenen Strähnchen im Haar und lauter Anstecknadeln an ihrem Rucksack. Gretchen war damals kaum einen Meter fünfzig groß, doch ihre Präsenz konnte ganze Räume ausfüllen. Das letzte Kind, mit dem ich mich halb angefreundet hatte, war aus New York City hergezogen, daher bin ich den ganzen ersten Monat unserer Freundschaft davon ausgegangen, dass Gretchen ebenfalls dort herkam.

Sie schien einfach über alles Bescheid zu wissen – Wahlkreisschiebungen, die Chaostheorie und was das Auberginen-Emoji zu bedeuten hat. Und besonders gern sprach sie über aufgezwungene Heterosexualität und Geschlechterrollen. Manchmal hat sie sogar Grafiken gepostet, um die Leute online aufzuklären.

Natürlich ist Edith ihr hinterhergelaufen wie ein kleines queeres Hündchen. Und meine Mom schien ganz bezaubert von ihr zu sein – Erwachsene lieben Gretchen einfach, weil sie weder seltsam noch schüchtern ist. Die Einzige, die sie nie für sich gewinnen konnte, ist Lili. Zwischen ihnen hat einfach schon immer so eine unterschwellige Spannung geherrscht.

Ich erinnere mich noch an einen speziellen Dienstag – letztes Jahr im Mai, kurz bevor Lili sich geoutet hat. Gretchen und ich haben nach unserem Pride-Treffen einen Stopp beim Seneca Farms eingelegt, und Lili ist die vier Blocks von ihrem Zuhause zu Fuß gegangen, um uns dort zu treffen.

Und ich sehe es noch genau vor mir, jedes einzelne Detail. Ich hatte einen Becher mit Eis für Lili mitbestellt und ihn an die schattigste Stelle auf dem Tisch gestellt. Trotzdem war es bis zu ihrer Ankunft nur noch Suppe, und ich hatte nur noch ein paar Bissen von meiner Waffel übrig. Gretchen war etwas langsamer, vermutlich weil sie die meiste Zeit geredet hat.

Man könnte es wohl eine Nachbesprechung nennen. An dem Tag hat sich ein Junior namens Dallas der Pride Alliance angeschlossen – ein neues Mitglied, das weder sexuelle Orientierung noch Pronomen nennen wollte. Die ganze Sache hat Gretchen Bauchschmerzen bereitet. »Also, ich bin zwiegespalten«, hat sie gesagt. »Denn einerseits sollte niemand es mitteilen müssen. Aber andererseits habe ich mich dadurch nicht richtig sicher gefühlt, und das sollte auch anerkannt werden.«

»Nicht sicher?«, hat Lili gefragt, während sie sich neben mich auf die Bank setzte.

Gretchen nickte. »Ich finde, dass schon eine heterosexuelle Cisgender-Person den ganzen Vibe der Gruppe verändern kann. Dadurch gibt es einfach mehr Potenzial für Verurteilung und schiefe Blicke – nicht von dir, Immylou, das weißt du.«

»Aber woher weißt du, dass Dallas cishet ist?«, wollte Lili wissen.

»Nun, genau das ist ja so verzwickt an der Sache! Dey könnte einfach nur nicht geoutet sein. Weshalb ich auch niemals jemanden rausschmeißen oder sein Recht auf Anwesenheit in der Gruppe infrage stellen würde.«

Lili hat die Augen zusammengekniffen. »Aber ... genau das tust du doch.«

»Nein ... Ich spreche einfach nur über meine erlebte Erfahrung als queere Person in einem queeren Raum.«

Darauf hat Lili nicht geantwortet, doch plötzlich war die Stimmung furchtbar gedrückt. Ich kann mich noch daran erinnern, wie Eis von Gretchens Waffel auf den Tisch getropft ist – anscheinend hat sie es vollkommen vergessen.

Dann hat Gretchen weitergesprochen: »Ich denke, es ist einfach unfair, dass es die Bürde queerer Menschen ist, sich zu outen und Labels zu nennen. Allocishet-Menschen müssen das nicht, weil sie der Standard sind. Also wird daraus einfach diese Dynamik, die sich ständig selbst erhält und Allocishet-Menschen davor bewahrt, ihren persönlichen Standpunkt deutlich zu machen – was wiederum queere Menschen noch verletzlicher macht.«

»Okay, aber woher weißt du, wer allocishet ist? Das kannst du nicht wissen«, hat Lili erwidert und die Bank zwischen uns fest mit den Fingern umklammert.

»Das weiß ich –«

»Ja, wirklich? Denn es klingt so, als würdest du über eine spezifische Person sprechen, die zu einem Pride-Treffen gekommen ist und – sehr gezielt – keine Labels genannt hat. Das erscheint dir allocishet?«

»Ich meine, Dallas möchte offensichtlich nicht als queer bezeichnet werden«, sagte Gretchen.

»Dann lass es eben! Aber tu nicht so, als würde dey nicht dorthin gehören.«

»Habe ich nicht! Ich habe demm Doughnuts angeboten, richtig, Imogen?«

Erschrocken habe ich aufgesehen. »Ähm. Hast du. Ja sicher –«

»Also rede ich hier einfach nur über meine eigene Sicherheit in einem Raum, *der für queere Menschen vorgesehen ist.*«

»Aber warum erwartest du denn Böswilligkeit?«, beharrte Lili. »Warum sollte jemand zu einem Pride-Treffen erscheinen, nur um scheiße zu queeren Menschen zu sein?«

Ich weiß noch genau, wie Gretchens Blick bei Lilis Worten aufgelodert ist. Ich konnte praktisch hören, wie mein Herz auf dem Boden unter mir aufgeschlagen ist.

»Du glaubst wirklich, dass so was nicht passiert?« Gretchens Stimme brach. »Lili, das ist genau der Grund, warum sich der Club an meiner Mittelschule aufgelöst hat! Weil jede verdammte Woche dieselbe Gruppe von Arschlöchern aus dem Basketballteam aufgetaucht ist und Labels und Pronomen genannt hat, die sie von irgendeiner komischen Zusammenfassung hatten. Und sie haben es ganz offen gemacht, um uns zu verspotten, nur durften wir nichts sagen, da wir sie sonst nicht ernst genommen hätten. Irgendwann war es dann einfach zu ermüdend, und der Club hat die Treffen aufgegeben.«

Da hat Lili schwer ausgeatmet. »Ich meine, ja, das ist gestört. Tut mir wirklich leid, Gretchen.« Sie hat sich abrupt ihrem Becher mit dem geschmolzenen Eis zugewandt und ein Stück Oreo mit dem Löffel herausgefischt. Danach hat sie den ganzen Abend nichts mehr dazu gesagt.

Aber als sie mich am nächsten Morgen zur Schule gefahren hat, hat sie sich die ganze Zeit über Gretchen beschwert. »Ich hasse es, dass ihr das passiert ist. Ich hasse es! Aber glaubt sie ernsthaft, dass das hier gerade geschieht? Mit dieser Person, die einfach ihre Labels nicht nennen will? Also bitte.«

Verwirrt habe ich mir meinen Rucksack an die Brust gedrückt. »Also, ich denke, es geht nicht direkt um diese Person. Sondern eher darum, dass die Situation sie an ein Trauma erinnert. Es ist doch logisch, dass sie da etwas übervorsichtig ist.«

»Klar, das verstehe ich.« Einen Moment lang war Lili still. »Aber was ist die Lösung? Keine Leute mehr durch die Tür zu lassen, bis Gretchen entschieden hat, dass sie queer genug sind?«

»Nein. Keine Ahnung.« Ich habe mich weggedreht und

aus dem Fenster gestarrt. »Ich denke nur, wir haben das nicht zu entscheiden, weißt du? Da Gretchen queer ist ...«

Dazu hat Lili nichts gesagt, aber ihr Gesichtsausdruck hat sich in meine Erinnerungen eingebrannt wie ein Foto. Ihre Lippen, so fest aufeinandergepresst, dass sie ganz weiß waren, ihre aufgeblähten Nasenflügel, ihre dunklen Augen, die wütend gefunkelt haben. Daraus bin ich einfach nicht schlau geworden. Ich hatte nie verstanden, warum Lili in Bezug auf Gretchens Meinung so empfindlich war.

Bis sie mich etwa einen Monat später von Brianna Lewis' Abschlussparty nach Hause gefahren hat. Da habe ich es dann verstanden.

Chat mit Gretchen
GP: IMMY
GP: SIE FOLGT MIR AUCH
GP: UND HAT MEINEN KOMMENTAR GELIKT
GP: Ok, ok, los GEHT'S
GP: Und ich habe meine Thirst Trap letztens gar nicht gepostet!!!

IS: Ich dachte, die war für Brielle 😒

GP: 2 Fliegen, 1 Klappe, lol
GP: Und außerdem sind Thirst Traps für alle, weißt du noch? 😒
GP: Nur, wie früh ist zu früh, hmm
GP: Außerdem musst du rausfinden, ob sie single ist, was ihr Typ ist und ob sie offen für eine Fernbeziehung ist lol
GP: Unterschrieben, eine U-Haul-Bisexuelle

Gerade fühle ich mich wie ein überfüllter Luftballon. Die kleinste Berührung, und ich platze.

Ohne zu antworten, lege ich mein Handy aufs Bett.

Ich verstehe nicht, woher das kommt. Warum ist Gretchen plötzlich so fixiert auf Tessa? Sie haben sich nie getroffen, nie unterhalten, nicht einmal online haben sie bis jetzt Kontakt gehabt. Das Einzige, was Gretchen von ihr weiß, ist, dass sie süß ist. Hübsch. Wunderschön.

Heiß. Was auch immer das heißen soll.

Sie hat Tessa noch nie lachen gehört.

Beide Hände an die Brust gedrückt, sinke ich in mein Kissen zurück. Es ist noch hell draußen. Noch mindestens eine Stunde bis zum Abendessen. Und ich starre einfach auf die Leere der Zimmerdecke.

Ich weiß nicht, wie ich dieses Gefühl abschütteln soll.

Dann reibe ich mir die Augen und setze mich auf, bevor ich nach meinem Handy greife. Aber ich schreibe nicht Gretchen.

Okay, das kommt jetzt wahrscheinlich total aus dem Nichts, tippe ich, *aber ich habe über so ein paar Sachen nachgedacht*

Drei Punkte – Lili antwortet direkt.

Sachen?

Keine Ahnung. Hab mich beim Seneca Farms heute mit Gretchen unterhalten, und da musste ich an letztes Jahr denken

Mit Dallas

Ah, das war lustig, schreibt Lili.

Ich weiß. Mit brennenden Augen starre ich auf mein Display. *Und ich habe darüber nachgedacht, was ich damals zu dir gesagt habe. Dass wir Gretchen nicht widersprechen können, weil sie tatsächlich queer ist.*

Daran erinnere ich mich nicht mal, schreibt Lili.

Ich schon. Pause. *Und das hätte ich nicht sagen sollen. Tut mir so leid.*

Immy, schon gut!! Ich hatte mich damals ja noch gar nicht geoutet 😄

Gerade als ich antworten will, ruft sie über FaceTime an. Ich nehme das Gespräch an, und mit einem Lächeln, das halb verwundert und halb belustigt ist, taucht sie auf meinem Handydisplay auf. »Also, worum geht es hier?«

»Keine Ahnung.« Ich schüttele den Kopf. »Das hat mich einfach bedrückt. Ich meine, du hast mir etwas so Wichtiges gesagt, und ich habe gar nicht richtig zugehört.«

Lili öffnet den Mund und schließt ihn wieder. »Immy, nein. Das kannst du nicht tun. Du machst dich gerade selbst fertig, weil du nicht auf magische Weise wusstest, dass ich queer bin?«

»Schätze schon.« Ich schlucke. »Es geht mehr um die Tatsache, dass ich es nicht mal in Betracht gezogen habe. Als hätte ich Gretchen in eine Schublade gesteckt und dich in eine andere. Sie war queer und du hetero.«

»Aber so ist das, wenn man sich nicht outet! Ich sage ja nicht, dass es schön ist, aber ...«

»Ja.« Ich rümpfe die Nase. »Tut mir nur leid, dass ich es noch schwerer gemacht habe.«

»Okay, das ist sehr süß und total unnötig«, erwidert sie lachend. »Warte, eine Sekunde, ich nehme dich mit aufs Bett.« Lilis Hintergrund wackelt kurz, während sie das Zimmer durchquert und es sich bequem macht. »Okay! Also – wo kommt das plötzlich her?«

»Das mit Seneca Farms?«

»Ja. Suchst du einfach nach neuen Dingen, wegen denen du ein schlechtes Gewissen haben kannst, oder wie?«

»Neiin ...«

»Also ja. Immy, im Ernst. Alles gut. Können wir es einfach auf Gretchen schieben? Das mache ich am liebsten.«

»Ich weiß.« Das bringt mich zum Lächeln. »Sie war heute irgendwie seltsam.«

»Oh-oh. Hat da jemand wieder den Diskurs ausgepackt? Moment, lass mich raten.« Lili spricht mit hoher Stimme weiter: »Entschuldigung, ich bin eine lebensechte zertifizierte queere Person. Widersprichst du mir hier etwa gerade?«

»Nein!« Ein Lachen versucht sich Bahn zu brechen, aber ich halte es zurück. »So war's nicht.«

»Diesmal nicht.«

»Okay, so schlimm ist sie nicht.«

»Warum siehst du dann so sauer aus?«, fragt Lili.

»Ich?«

»Mm-hmm.« Lili schaut auf ihr Display und tippt sich an die Lippe. »Ja, ich würde sagen, du bist ... bewölkt ...

mit einer achtzigprozentigen Niederschlagswahrscheinlichkeit.«

»Ist das ein Wetterbericht für mein Gesicht?«

»Oh. Mögliches Unwetter. Fluten, Tornados. Wir empfehlen, sofort Schutz zu suchen.«

Ich lächele widerwillig. »Ich bin nur schlecht gelaunt wegen dummen Zeugs.«

»Was für dummes Zeug?«

»So Zeug eben.« Ich beiße mir auf die Lippe. »Also – keine Ahnung. Sie freundet sich über Instagram mit Tessa an. Weiß nicht, warum mich das nervt, aber –«

»Tessa, unsere Tessa?«

»Ja …« Ich werde rot.

»Sorry, aber woher kennen die beiden sich?«

»Tun sie nicht. Tessa hat nur ein Foto von mir kommentiert, und dann ist Gretchen ihr gefolgt, und Tessa folgt ihr jetzt auch.«

Lili kneift die Augen zusammen. »Das ist seltsam.«

Ich zucke mit den Schultern. »Aber ich reagiere wohl einfach über. Es ist –«

»Hey, apropos Tess.« Lili setzt sich auf, ihr Tonfall verändert sich plötzlich. »Ich wollte schon früher nachfragen. Ähm.«

Ich erstarre. »Was denn?«

»Ich weiß, ihr schreibt euch oft.«

»Ist das … okay?«

»Oh, klar! Natürlich. Es ist nur …« Sie hält inne und mustert mich. »Ich weiß nicht, ob du … vielleicht reinen Tisch machen willst. Mit der Hintergrundgeschichte.«

»Du meinst, die Sache mit der Ex-Freundin?«

Lili nickt. »Und die Sache mit deiner Sexualität. Wenn

du willst! Deine Entscheidung. Du sollst nur wissen, dass es okay für mich wäre. So oder so.«

»Oh. Okay.« Mein Herz macht einen Hüpfer. »Ich ...«

»Oder ich sage es ihr«, fügt sie hinzu. »Keine Ahnung. Nur falls du das Gefühl hast ... dass es relevant wird. Dass du hetero bist.«

Meine Wangen glühen. »Du meinst ... falls ich sie an der Nase herumführe?«

»Nein! Oh, Immy, nicht so. Weiß auch nicht.« Sie lacht nervös. »Ich interpretiere da zu viel rein, was? Okay, weißt du was? Tun wir so, als hätte ich nichts gesagt.«

»Nein, schon gut«, sage ich vorsichtig. »Es ist nur ...«

Die Sache mit deiner Sexualität.

Apropos Tess.

Die Worte schleichen sich an den Rand meiner Zunge, bevor sie sich schnell wieder zurückziehen. Wie ein Kind, das den Mut zusammennimmt, um vom Fünfmeterbrett zu springen.

Es ist nicht so, dass ich Angst habe. Jedenfalls nicht direkt. Nur fühlt es sich so offiziell an, das Thema überhaupt laut anzusprechen. Vor allem, da ich nicht richtig entscheiden kann, ob diese Gefühle echt sind.

Denn wenn ich tatsächlich auf Frauen stehen würde, wäre ich dann nicht mehr wie Edith? Oder wie Gretchen, die praktisch eine Enzyklopädie an bisexuellen Memes ist. Oder sogar wie Lili, die schon Jahre vor ihrem Coming-out wusste, dass sie pan ist. So sieht Queerness aus. Nicht wie ich, die sich das Gehirn zermartert, um herauszufinden, was überhaupt als Anziehung gilt.

Das Ganze erscheint einfach etwas zu passend, oder? *Oh, Imogen? Das Mädchen, das plötzlich denkt, sie wäre bi, nachdem sie ein paar Tage mit den coolen queeren Kids abgehangen hat? Imogen, die es immer allen recht machen will? Die könnte das doch niemals vortäuschen!*

Ich kann den Gedanken einfach nicht ganz festmachen. Je öfter ich mir die Frage stelle, desto weniger real klingt sie für mich.

Chat mit Tessa
TM: VIER!!!

IS: Vier? 👀

TM: Ähem
TM: Blutiges Hausgeburt-Baby, lesbische Elsa, Katze
TM: Cheerleaderin!!!

IS: Ooh
IS: Gretchen hat ihren Rückblick gepostet, haha
IS: Das war an meinem achtzehnten Geburtstag 😊

TM: Verdammt süß, Scotty
TM: Ich würde sagen, das beste Kostüm seit der lesbischen Elsa

IS: Übrigens war das eine lesbische Cheerleaderin!
IS: Wie Natasha Lyonne in WIEMB

TM: WIEMB? 🤨

IS: *Weil ich ein Mädchen bin!*
IS: Ist mein Lieblingsfilm

TM: RICHTIG! Klar
TM: Wow
TM: Meine Glaubwürdigkeit als Lesbe schwankt

IS: Nee
IS: Glaubwürdigkeit noch intakt

TM: Ok, aber was, wenn ich dir erzähle
TM: Dass ich ihn nie gesehen habe 😁😁😁

IS: Lol, alles gut!!
IS: Hat Gretchen auch nicht
IS: Genau genommen sind es nicht mal WIEMB-Kostüme
IS: Wir sind MUNA und Phoebe Bridgers vom Silk-Chiffon-Musikvideo!

TM: ICH LIEBE DIESEN SONG
TM: Habe aber noch nie das Video gesehen!!
TM: Gibt's da einen Bezug zu WIEMB?

IS: Äh ja 😬
IS: Nur ein bisschen

TM: Ok, den werde ich finden
TM: Und den Film werde ich heute noch streamen

IS: Omg, das musst du nicht!

TM: Imogen bitte, mein Ruf steht auf dem Spiel

IS: Nee, im Ernst
IS: Vielleicht gefällt er dir gar nicht
IS: Gretchen hat irgendwie ein Problem damit
IS: Ich glaube, sie ist der Meinung, der Film ist für Heteros

TM: Weil ich ein Mädchen bin?

TM: Hat Natasha Lyonne da nicht was mit einem Mädchen?

IS: Jepp, Clea DuVall
IS: Und ja, Gretchen hat eine sehr starke Meinung zu allem 🙊
IS: Ich meine nur, du musst dich nicht gezwungen fühlen, ihn zu sehen!

TM: Aber es ist dein Lieblingsfilm!

IS: Tja, was ist denn dein Lieblingsfilm? Dann gucke ich mir den an

TM: Mein Lieblingsfilm! Huh
TM: Hmm
TM: Können es mehrere sein?

IS: Absolut

TM: Okay! Dann denke ich ... *Die Braut des Prinzen* und *Booksmart*
TM: Oh! Und *Girls Club*
TM: Und *ET*
TM: *Zurück in die Zukunft*
TM: Und warte
TM: *SPY GIRLS!!!*
TM: Und *Before Sunrise / Before Sunset*
TM: Und *Alles steht Kopf*
TM: *Joy – Alles außer gewöhnlich*☺
TM: Und *Priscilla* 👑🎬

TM: Omg und *Ferris macht blau!!*

IS: Wow 😂
IS: Weißt du, wie du bist?

TM: Oh-oh 😂

IS: Weißt du, wenn man manchmal zum Wegmans geht, um eine Sache zu kaufen
IS: Ein Brot z. B.
IS: Und am Ende spaziert man mit der halben Backabteilung und einem Wagen voller Obst und Gemüse raus??
IS: Das bist du
IS: In Menschenform

TM: Scott.

IS: 😂

TM: Brutal

IS: Ich weiß

TM: Und doch so wahr
TM: Moment
TM: *Kick It Like Beckham!!!*
TM: Der Film ist SO GAY
TM: Ich meine, ist er nicht
TM: Und das tut weh
TM: Aber ich liebe ihn trotzdem

IS: Ich auch!! ⚽
IS: Übrigens hast du einen hervorragenden Geschmack

TM: 😊

Tag sechs
Mittwoch
23. März

Chat mit Tessa
IS: WOW ok 😬
IS: Er hat dir also gefallen, was?

TM: Gefallen?
TM: Ich bin hin und weg
TM: Ich muss ihn SOFORT noch mal sehen!!
TM: Du machst mit, oder?
TM: Du musst auch nicht dein Cheerleader-Kostüm tragen
TM: Du *kannst*
TM: Aber du musst nicht

IS: Merk ich mir 😬
IS: Omg, ich bin so froh, dass er dir gefallen hat!!!
IS: Mein Wohlfühl-Film ♥
IS: Und Tessa ... *Die Braut des Prinzen* 😭
IS: Liebe es
IS: Wie konnte ich so lange leben, ohne ihn gesehen zu haben??

TM: Den muss ich auch noch mal sehen!!
TM: Habe ich seit Jahren nicht mehr, ich fühle mich wie ein Fake-Fan
TM: Wobei ich dazu sagen muss, dass ich ein gerahmtes Bild von Prinzessin Buttercup in meinem Bücherregal hatte
TM: Als ich ungefähr zehn war
TM: Keine große Sache, habe nur so getan, als wäre sie meine Freundin

IS: Ooh, das ist so süß 😁

TM: Steht definitiv noch gut sichtbar in meinem Zimmer 😬
TM: Ich habe meiner Ex erzählt, sie wäre meine Cousine Annie aus Westchester

IS: Ooh, wie schlau
IS: Nicht dass sie noch gedacht hätte, du hättest was mit der fiktiven Prinzessin
IS: Die aus einem Film von 1987 stammt

TM: Genau!! Das hätte katastrophal enden können 🙈
TM: Wobei Jillian vielleicht tatsächlich sauer gewesen wäre, wer weiß

IS: Manchmal war sie echt seltsam, was?

TM: Manchmal
TM: Ich meine, wir waren wirklich jung, also hat das auch mitgespielt
TM: Wir waren den Großteil des Sophomore Year zusammen und Anfang des Junior Year
TM: Aber zuerst waren wir nur befreundet
TM: Also beste Freundinnen
TM: JAHRELANG
TM: Ein bisschen wie bei dir und Lili, könnte man sagen
TM: Nur vieel unschöner

IS: Du meinst die Trennung?

TM: Eigentlich alles
TM: Wir hatten eine wirklich intensive Freundschaft
TM: Aber irgendwie waren wir auch verfeindet

IS: Omg, das kann ich mir bei dir gar nicht vorstellen!!

TM: Oder?? Ich bin allergisch gegen Konflikte
TM: Ich schätze, es war einfach so, dass sie oft sauer auf mich war und ich nicht wusste, warum
TM: Meistens war ich einfach nur traurig und verwirrt
TM: Und manchmal war's dann auch total okay

IS: Oh, das muss echt hart gewesen sein

TM: Irgendwie schon. Weiß auch nicht
TM: Ich glaube, wir haben einfach überhaupt nicht zusammengepasst
TM: Sie ist immer ziemlich ernst
TM: Albert nicht viel rum
TM: Oder vielleicht hat unser Sinn für Humor einfach nicht harmoniert

IS: Aaah ok
IS: Das finde ich ziemlich wichtig
IS: Den Humor

TM: Oh, zu 100 %
TM: Ganz ehrlich, das könnte das Allerwichtigste sein
TM: Für mich jedenfalls

IS: Und seitdem hast du nicht mehr so richtig gedatet, richtig?

TM: Genau 😄

IS: Darf ich fragen, warum?
IS: Ist aber voll ok, wenn du nicht antworten willst

TM: Macht mir gar nichts aus!
TM: Nur glaube ich nicht, dass es eine klare Antwort dafür gibt
TM: Ist wahrscheinlich eine Mischung
TM: Z. B. war ich den Großteil des Senior Year in ein Hetero-Mädchen verknallt
TM: Und ich bin einfach generell voll der Schisser
TM: Keine Ahnung, haha
TM: Was ist mit dir?

IS: Du meinst mit Lili?

TM: Ja, oder auch im Allgemeinen

IS: Haha, also ich bin definitiv ein Schisser
IS: Hab noch nie wirklich jemanden gedatet
IS: Abgesehen von Lili
IS: Was auch nicht wirklich zählt, lol

TM: Moment, warum zählt es nicht? 😄

IS: Oh, ich meine
IS: Es war nur so kurz

IS: Und es war auch gar nicht so besonders romantisch zwischen uns

TM: Huh
TM: Vielleicht konntet ihr deshalb so einfach wieder zu einer Freundschaft übergehen

IS: Vermutlich!

TM: Denkst du, es wird seltsam, wenn eine von euch wieder jemanden datet?

IS: Absolut nicht
IS: Ich würde mich ganz ehrlich total für sie freuen
IS: Und andersherum
IS: Das ist wahrscheinlich seltsam!!

TM: Gar nicht!
TM: Ich finde das voll cool

IS: Ich auch

TM: Hmm

IS: Oh mein Gott
IS: Tessa, es ist fast 2:30 Uhr

TM: Whoa!
TM: Sieh einer an
TM: Hey, vielleicht sind wir Nachteulen UND Frühaufsteherinnen!!

IS: Das klingt gesund

TM: ☺

IS: Im Ernst, hast du morgen früh keinen Unterricht???
IS: Heute, meine ich
IS: Schrecklich

TM: Ach, nicht vor 10
TM: Ich überleb's
TM: Ich klau mir welche von Kaylas Pfefferminzbonbons ☺

34

Man würde meinen, ich müsste heute Morgen ein absoluter Zombie sein. Tessa und ich haben noch bis zirka drei Uhr morgens geschrieben, und selbst als wir aufgehört haben, war ich zu aufgedreht, um sofort einzuschlafen. Als ich endlich weggedöst bin, war es wahrscheinlich schon fast vier. Aber hier bin ich, nicht einmal vier Stunden später, in Jogginghosen und einem alten Academic-Bowl-T-Shirt. Mein Haar ist zurückgebunden, und mein Herz flattert.

Um acht klingelt es an der Tür, und ich laufe rasch in den Flur, um zu öffnen. »Moment.« Ich reiße die Tür auf. »Du bist nicht Gretchen.«

Da steht Otávio, nur halb wach, in Jogginghosen und einem T-Shirt mit Farbflecken. »Ich glaube, deine Mom möchte, dass auch die obere Hälfte der Wand gestrichen wird«, sagt er und zuckt gelassen mit den Schultern.

»Dreist.« Ich grinse und trete zurück, um ihn hereinzulassen. Irgendwie liebe ich es, dass Otávio mit seinen eins fünfundsiebzig unser Quoten-Riese ist, aber an seiner Aussage ist schon was dran. Edith ist eins siebenundsechzig, ich bin knapp eins fünfundsechzig, und Gretchen kommt vielleicht auf eins fünfundfünfzig. Wenn man sehr großzügig ist.

Wir verlassen das Haus durch die Gartentür und gehen direkt zum Schuppen, wo Mom schon auf der Erde hockt und Farbe anrührt. An den Rändern der Wände klebt blaues Kreppband, und der ganze Boden ist mit einer Abdeckplane ausgelegt. Es ist so seltsam, den Schuppen ohne seine Metallregale und die Kartonstapel zu sehen. Dadurch und durch die weiße Grundierungsschicht sieht es hier drinnen ungewohnt geräumig aus. Es ist vielleicht etwas kleiner als Lilis Zimmer im Wohnheim, aber nicht viel. Und ich wette, es ist mindestens so groß wie Tessas.

Mom tunkt einen der Farbroller in ein helles Mintgrün, bevor sie ihn über die Plastikschale zieht, um die überschüssige Farbe abzustreifen. »Danke noch mal«, sagt sie und reicht mir den Roller. »Fangt ruhig schon an. Ich schicke Gretchen her, wenn sie ankommt. Und dann werde ich mich wohl einfach unten einschließen und meine Vorbereitung für die Konferenz in Angriff nehmen. Aber Dad ist heute auch zu Hause. Schläft Edith noch?«

»Keine Ahnung.«

»Ich sehe mal nach.« Mom stützt die Hände auf die Oberschenkel und steht auf.

Otávio stellt auf seinem Handy eine Playlist mit instrumenteller Gitarrenmusik an – manchmal kann er sehr verträumt und zeitlos sein. Er dreht die Lautstärke auf und legt sein Handy auf die Abdeckplane, so weit wie möglich von den Farbrollern und den Eimern entfernt. Früher habe ich meinen Eltern oft mit Streichprojekten geholfen, und ich habe ganz vergessen, wie sehr das meinen Verstand beruhigt. Die Tatsache, dass Otávio eher schüchtern und ruhig ist wie ich, macht es noch besser, also arbeiten wir glücklich schweigend nebeneinander. Langsam und einträchtig, wie am ersten Sommertag am See.

Bis Edith in der Tür auftaucht und aussieht, als hätte sie heute Geburtstag. »Weißt du was, weißt du was, weißt du was?!« Aufgeregt hüpft sie in den Schuppen, und Gretchen folgt ihr auf den Fersen. »Kara Clapstone hat sich geoutet!«

Ich lache. »Gretchen, warum trägst du einen Müllsack?«

»Das ist ein Maler-Poncho!«

»Wer ist Kara Clapstone?«, fragt Otávio.

»Eine Schauspielerin! Sie hat das nerdige Mädchen in *Shop Talk* gespielt, und sie ist demnächst in dieser Hexenserie. Hier, du erkennst sie bestimmt.« Edith reicht ihm ihr Handy.

»Cool. Also ist sie queer?«

»Jepp, bisexuell!« Edith schnappt sich einen Farbroller und wirft Gretchen einen Blick über die Schulter zu. »Denkst du immer noch, dass *Shop Talk* für Heteros ist?«

»Oh, zu einhundert Prozent«, sagt Gretchen. »Es geht nicht um Kara, sondern um den Straight Gaze.«

»Es gibt ... Hetero-Gays?« Otávio sieht verwirrt aus.

Gretchen lacht und tippt sich unter das Auge. »Gaze, wie Englisch für ›Blick‹. Der Film ist für ein Hetero-Publikum gemacht.«

»Klar, genau«, sagt Edith. »Dieser Film über queere Mädchen, geschrieben und inszeniert von zwei queeren Frauen, in dem eine queere Frau eine Hauptrolle spielt ... ist für ein Hetero-Publikum.«

Gretchen lächelt. »Versteh mich nicht falsch, ich freue mich wahnsinnig für Kara! Und das hilft auf jeden Fall.«

»Wobei?«

»Keine Ahnung, der allgemeinen Optik, schätze ich? Es war offensichtlich keine gute Entscheidung, eine heterosexuelle Hauptdarstellerin zu nehmen ...«

»Aber sie ist nicht hetero«, entgegnet Edith.

»Klar, aber sie hat es behauptet. Und lesbische Repräsentation ist ohnehin schon so selten in Hollywood.« Gretchen setzt sich im Schneidersitz auf die Plane. »Also kann ich verstehen, warum die Leute wollen, dass solche Rollen von richtigen queeren Menschen gespielt werden. Es geht um Fairness. Und Authentizität –«

»Und Kara ist keine richtige queere Person?«, fragt Edith in scharfem Ton.

»Doch! Natürlich. Ich sage ja nur, ich verstehe, woher der Kara-Diskurs kommt.«

Ich lege den Daumen an die Lippen. »Es gibt einen Kara-Diskurs?«

»Na ja, es ist eher so, dass die Leute den früheren Diskurs wieder aufleben lassen«, erklärt Gretchen. »Also, es gab queere Menschen, die Karas Rollenbesetzung nach der Ankündigung kritisiert haben. Und jetzt wenden sich alle gegen sie und behaupten, sie hätten Kara gezwungen, sich zu outen.«

»Ja, also, irgendwie haben sie das auch«, sagt Edith.

»Ich finde, sie haben das Recht, ihrem Frust Luft zu machen. Es war ein queerer Mainstream-Film! Natürlich gibt es da Kritik, wenn wieder einmal eine queere Rolle mit einer heterosexuellen Frau besetzt wird. Was dachte sie denn, würde passieren?« Gretchen zupft am Saum ihres

Maler-Ponchos. »Es ist nur ätzend, weil es jetzt als eine Art Erwischt-Moment genutzt wird. Als hätten die Leute irgendwoher wissen müssen, dass sie ihre Arbeit nicht kritisieren sollten, weil sich letztendlich herausstellen würde, dass sie bi ist.«

»Aber es geht nicht um die Kritik an ihrer Arbeit.« Edith legt ihren Farbroller auf die Plastikschale. »Sie sind sauer, weil sie behauptet hat, sie wäre hetero –«

»Genau, weil –«

»Und jetzt überschlagen sie sich, um neue Gründe zu finden, sauer zu sein! Es gibt bereits Twitter-Deppen, die die Motivation hinter ihrem Coming-out infrage stellen. ›Oh, sie behauptet nur, bi zu sein, damit sie nicht mehr kritisiert wird!‹ ›Oh, sie macht das nur, um mehr Presse für die Hexenserie zu bekommen!‹«

Otávio rümpft die Nase. »Das ist krank.«

»Können wir uns nicht einfach für sie freuen?« Edith schüttelt den Kopf. »Und dann ist da noch der Mist, den ihr andere Schauspielende vorwerfen. Wisst ihr, das Mädchen, das die lesbische Posaunistin in diesem Film über das Band-Battle gespielt hat?«

»Jeanette Jaymes?«

»Genau. Ungefähr fünf Sekunden nach Karas Bekanntgabe hat Jeanette so einen fragwürdigen Post bei Instagram veröffentlicht, darüber, dass Bisexuelle, die als Heteros durchgehen, immer so gern darüber tweeten, wie queer sie doch sind, während sie im Bett ihres Typen liegen.« Edith verzieht das Gesicht. »Und dann hat sie ihn hinterhältig wieder gelöscht, aber im Ernst mal? Lass die Frau doch in Ruhe!«

Und einfach so muss ich plötzlich meine Tränen zurückhalten. Was lächerlich ist. Es ist lächerlich, deshalb zu weinen.

Ich meine, es ist lächerlich, wenn ich deshalb weine.

Denn ich bin nicht Kara Clapstone. Ich kenne Kara Clapstone nicht einmal.

Gretchen atmet schwer aus. »Ich meine ... biphobe Mistkerle wird es immer geben. Das ist scheiße.« Sie beugt sich vor, um entlang des Randes zu streichen. »Aber andererseits geht Kara tatsächlich als hetero durch, und das ist schon ein Privileg, oder? Sie wird nicht von vorurteilbehafteten und homophoben Mistkerlen belästigt werden. Sie ist eine wohlhabende weiße Schauspielerin mit einem Freund! In L.A.!«

Ich halte inne. »Kommt sie nicht aus dem ländlichen Alabama?«

»Aber sicher.« Edith wirft die Hände in die Luft. »Und jetzt sind da fünftausend College-Sophomores, die ihr erklären, dass sie sich – wenn sie tatsächlich bi ist – vor dem Release des Films hätte outen müssen.«

In meiner Brust zieht sich etwas zusammen.

Ob Kara Clapstones Heimatstadt in Alabama wohl so ähnlich ist wie Penn Yan? Vermutlich schlimmer. Penn Yan liegt wenigstens im Staat New York. Allerdings sind wir auch nicht gerade Manhattan. Ich weiß noch, wie Edith und ich uns mal einen Spaß daraus gemacht haben, alle rechtsradikalen T-Shirt-Sprüche auf der Yates County Fair zu zählen. Nach einer Stunde mussten wir aufhören, weil es einfach zu deprimierend war. *Don't tread on me. God, guns, and glory. I oil my gun with liberal tears.* Und in der Schule kann man nicht mal aufs Klo gehen, ohne eine neue Beleidigung an den Wänden lesen zu müssen. Irgendwann haben Otávio und ich beschlossen, Eddings mit aufs Klo zu nehmen, um die Sprüche zu übermalen, aber es ist ein niemals endendes Unterfangen, wie beim Spiel *Hau den Maulwurf.*

Manchmal vergessen Menschen einfach, wie unterschiedlich die Erfahrungen an unterschiedlichen Orten sein können.

»Das ist total albern«, sagt Edith. »Tut mir leid, aber nein. Kara Clapstone muss ihr Coming-out nicht nach eurem seltsamen parasozialen Anspruch timen.«

»Da stimme ich absolut zu! Ich bin froh, dass sie gewartet hat, bis sie so weit war!«, entgegnet Gretchen.

»Also hör auf mit deinem Diskurs«, blafft Edith, »und lass sie in Ruhe!«

Dann stürmt sie aus dem Schuppen und lässt die Tür hinter sich laut zuknallen.

Chat mit Tessa

IS: Hallo, ich habe gerade einen Schuppen gestrichen

IS: Und es gab einen Diskurs

IS: Und jetzt muss ich duschen

IS: 😭😭😭

TM: Ok, wow, ich habe Fragen

TM: Worum ging es in dem Schuppen-Diskurs???

TM: Und kann eine Dusche es wieder richten? 🥲

IS: Haha, ich wünschte, es wäre ein Schuppen-Diskurs gewesen

IS: Ich liebe Schuppen-Diskurs

IS: Es war

IS: Ich weiß gar nicht, wo ich anfangen soll

IS: 🙈💭

IS: OK, NEUES THEMA

IS: Wie war dein Vormittag?

IS: Hast du Statistik überstanden?

TM: Hahaha, oh Mann

TM: Alsoo

TM: Willst du mal sehen, wie es aussieht, wenn man beim Mitschreiben einschläft?

TM: 📎

TM: Düm, düm, düm 🖼

IS: Omg, ist das deine Mitschrift??

IS: AAAH tut mir so leid

IS: Kannst du dir die von jemandem leihen?

IS: Jetzt fühle ich mich total schlecht

TM: Scott, omg, nein!!! Fühl dich nicht schlecht
TM: Alles gut! Ich hole mir die Notizen von der studentischen Hilfskraft
TM: Das ist absolut erlaubt, ich vergesse nur immer, dass das geht 😅
TM: Bitte fühl dich nicht schlecht!!!
TM: Ganz ehrlich, Statistik ist quasi Mathe, das kriege ich auch nicht besser hin, wenn ich wach bin, versprochen 🙊

IS: Da habe ich auch keine Titts
IS: *Tipps

TM: OH 👀

IS: Oh mein Gott

TM: Also, das sehe ich anders 😊
TM: Du hast definitiv Titten
TM: Zwei davon

IS: TESSA NEIN
IS: KEIN TITTEN-DISKURS MEHR

TM: *Tittkurs
TM: 😊

35

Als wir mit dem Streichen fertig sind, stürmt Otávio schneller zur Tür hinaus, als ich ihn je rennen sehen habe, und das, obwohl er Mitglied der Leichtathletikmannschaft ist. Wahrscheinlich ist er schon halb zu Hause, bevor Gretchen und ich überhaupt die Farbe von unseren Händen gewaschen haben.

Dad richtet in der Küche ein provisorisches Buffet her – mit Brot, Marmelade, Sonnenblumenbutter, Obst und Tortillachips. »Wie sieht der Schuppen aus?«

»Super«, sagt Gretchen und lächelt dabei so strahlend, dass mir schwindelig wird. Würde ich nicht die wütende Neunzigermusik aus Ediths Zimmer oben dröhnen hören, könnte ich fast denken, die Auseinandersetzung im Schuppen hätte nie stattgefunden. Es ist, als würde man ein Buch lesen und aus Versehen eine Seite überblättern. Ein kurzer Moment, in dem man überrascht stutzt und »Warte, was?« denkt.

Habe ich die ganze Sache falsch interpretiert?

Ich meine, Otávio hat ausgesehen, als wollte er aus dem Fenster springen, und Edith hat förmlich gekocht. Doch hier sitzt Gretchen, zupft den Rand von ihrem Sandwich ab und plaudert mit meinem Dad darüber, wo ihrer Meinung nach das Futonbett hin sollte.

Was dachte sie denn, würde passieren?

Wie immer fühle ich mich total überfordert, wenn es um den Diskurs zu Queerness geht. Dann komme ich mir jedes Mal vor, als wäre ich von Menschen umgeben, die synchron Tänze auf Drahtseilen vorführen, während ich nur versuche, irgendwie die Balance zu halten.

Wie bei der ganzen Sache mit queeren Medien für Heteros. Dem Straight Gaze. Oder wenn in der Pride Alliance über Queerbaiting gesprochen wird, und zwar nicht nur in Bezug auf Fernsehserien und Filme – ich schätze, Queerbaiting gibt es auch bei bekannten Persönlichkeiten. Zum Beispiel wenn allocishet Influencer andeuten, sie wären queer, nur um Aufmerksamkeit zu bekommen. Oder wenn sie Geld mit offensichtlich queeren Themen machen. Manchmal schreiben nichtqueere Musiker sogar absichtlich zweideutige Texte.

Das Thema Queerbaiting versetzt mich immer leicht in Unbehagen. Vielleicht, weil ich nicht besonders gut darin bin, es im Alltag zu entdecken. Das Problem ist einfach, dass ich nicht sicher erkennen kann, ob jemand überhaupt allocishet ist.

Vermutlich geht das wieder darauf zurück, was Gretchen immer sagt – also dass queere Menschen so gestrickt sind, dass sie einander erkennen. Das würde erklären, warum niemand in der Gruppe sonst ein Problem damit hat, es zu erkennen.

Wobei …

Manchmal wirkt es so, als würden sie es ein wenig zu gut erkennen.

Und genau das verunsichert mich. Logischerweise habe ich nicht das Recht, queeren Menschen bei diesem Thema zu widersprechen. Aber ich kann diesen Gedanken einfach nicht abschütteln.

Dabei geht es aber nicht nur um Kara Clapstone. Vor wenigen Wochen wurde ein Broadway-Schauspieler dafür fertiggemacht, dass er eine Rolle angenommen hat, die an einen queeren Mann hätte gehen sollen.

Wie sich herausgestellt hat, ist er einer. Letztendlich hat er sich auf Instagram geoutet, damit die Menschen aufhören, ihn zu belästigen. Ich weiß noch, wie ich seine Bildunterschrift wieder und wieder gelesen habe, wobei mir ganz schlecht geworden ist. Obwohl ich vorher noch nie etwas von diesem Schauspieler gehört hatte, war ich eine Woche lang den Tränen nahe. Etwas an dieser Sache hat mich getroffen.

Etwas an der Sache von heute tut das ebenfalls.

»Also, ich bin diesem Discord-Server für zugelassene Studierende beigetreten«, sagt Gretchen, während sie ihre Brotränder in den Kompost wirft. »Allerdings ist da noch nicht viel los. Aber bei dem Megathread bei Reddit geht es voll ab. Einige teilen da ihre Punkte und Noten und so. Das schüchtert mich schon etwas ein!«

»Klingt echt heftig«, sage ich vage.

»Total heftig! Du bist dem Blackwell-Discord noch nicht beigetreten, oder? Haben die überhaupt einen? Ich weiß nicht, wie das funktioniert. Muss jemand aus dem kommenden Jahrgang einen erstellen?«

»Weiß ich nicht.« Gähnend hake ich die Füße um die Stuhlbeine des Hockers. Jetzt redet Gretchen über irgendein Einführungstreffen im Sommer, aber meine Gedanken schwirren immer noch um die Kara-Clapstone-Sache.

Ob sie sich wohl auch gerade erst vor ihrer Familie geoutet hat?

Vielleicht wussten schon alle Bescheid. Oder sie haben es sich gedacht.

Vielleicht auch nicht.

Hatte sie Angst, als sie es das erste Mal laut ausgesprochen hat?

War sie sich dabei ganz sicher?

»Du solltest mal nachsehen, ob Blackwell auch einen hat«, meint Gretchen.

Undeutlich nicke ich, während ich Dad dabei beobachte, wie er alles wegräumt. Deckel auf die Gläser schraubt, das Brot abdeckt. »Okay.«

»Ich werde auch mal bei Reddit schauen, ob ich was finde«, sagt Gretchen. »Außerdem ist mir irgendwie nach einem Film. Ist das seltsam? Warum habe ich das Gefühl, das ist eher eine Abendaktivität?«

Dad sieht mich an. »Krümel, wo ist Edith?«

»Oh. Ähm. Vermutlich in ihrem Zimmer?«

»Und spricht mit Zora.« Liebevoll schüttelt Gretchen den Kopf. »Moment, weißt du, was wir uns angucken sollten? Wie hieß noch der Dokumentarfilm, von dem Nicole letzte Woche erzählt hat?«

Mehr als nur ein wenig baff starre ich sie an. Glaubt sie wirklich, dass Edith gerade einfach in ihrem Zimmer chillt und mit ihrer Freundin spricht? Sie muss doch wissen, dass Edith stinksauer auf sie ist, oder?

»Die eine über diesen Wellness-Influencer-Kult-Typen. Warte, ich schaue nach.«

»Oh, wisst ihr was?« Dads Blick begegnet für einen kurzen Moment meinem. »Immy, eigentlich brauche ich dich, damit du heute mit mir die Kartons durchgehst. Deine Schwester auch.«

»Oh!« Ich öffne den Mund und schließe ihn wieder. Ich bin so erleichtert, dass ich förmlich sprachlos bin. »Okay. Ähm. Gretch, vielleicht morgen?«

»Nein. Uff. Wir fahren zu dieser Outlet-Mall.« Enttäuscht schüttelt sie den Kopf. »Freitag?«

Ich recke den Daumen in die Höhe. »Das passt.«

Kaum fällt die Tür hinter ihr zu, ist es, als würde mein Gehirn die Stummschaltung aufheben. Zum ersten Mal heute fühle ich mich hellwach.

Chat mit Tessa
TM: Fühlst du dich besser?
TM: Konntest du dir den ganzen Diskurs vom Körper duschen?

IS: Haha, ja!
IS: Die Dusche hat tatsächlich geholfen, denke ich
IS: Ich war in so einer seltsamen Stimmung, keine Ahnung

TM: Worum ging es bei dem Diskurs?
TM: Natürlich nur, wenn du drüber sprechen willst
TM: Ich will ja nicht, dass alles wieder hochkommt!!!

IS: Ach nein, schon ok! Tut es nicht
IS: Weiß nicht, ob du gesehen hast, dass Kara Clapstone sich geoutet hat
IS: Von *Shop Talk*

TM: Hab ich!!!
TM: Oh Mann, gab es dazu einen Diskurs?

IS: Schätze schon. Ich habe mich noch nicht damit beschäftigt, aber Edith und Gretchen haben darüber gestritten
IS: Lange Geschichte
IS: Jedenfalls ist es jetzt besser!! Bin geduscht und habe eine betagte Katze auf dem Schoß

TM: Etwa Quincy???

IS: Natürlich
IS: Er ist der Einzige, der in mein Zimmer darf
IS: Weil er der Einzige ist, bei dem ich darauf vertrauen kann, dass er seine kleine Hamster-Schwester nicht frisst

TM: Wir lieben ungefressene Hamster!!!
TM: Warte mal kurz

IS: Ok!

TM: Wieder da!! Sorry
TM: Die Machos sind unerträglich
TM: Ich schwöre, es ist, als hätte man zehn ältere Brüder, die einen verehren
TM: Und dich trotzdem ständig nerven
TM: Und deshalb bin ich jetzt im Flur vor Dans Zimmer

IS: Omg, geh und häng mit deinen zehn Brüdern ab! Sorry!!

TM: Nein, danke ☺

IS: Nein wirklich, ich entlasse dich!
IS: Ich sollte auch los
IS: Edith und ich sollen anscheinend irgendwelche Kartons aus dem Schuppen durchgehen
IS: Also altes eingelagertes Zeug, wird bestimmt interessant
IS: Definitiv Potenzial für peinliches Lili-Material

TM: Oh, in dem Fall 😂
TM: Ich zähle darauf, dass du mir alles schickst

IS: Werde ich!

TM: Ich weiß 😏

Chat mit Gretchen

GP: *Privatsphäre, Privileg und persönlicher Standpunkt: Kommt Kara Clapstones Ankündigung zu spät?* 🎴

GP: Ok, also diese Herangehensweise gefällt mir total

GP: Da wird einiges von dem enthüllt, womit ich Probleme hatte

GP: Bin neugierig, wie du das so siehst!!

Ich tippe nicht auf den Link von Gretchen. Allein schon bei der Überschrift wird mir mulmig.

Bei solchen Sachen weiß ich nie, wie ich damit umgehen soll. Natürlich möchte ich mir die Perspektive von queeren Menschen anhören. Aber was, wenn es keinen Konsens gibt? Welcher Perspektive soll ich mich dann anschließen?

So oder so bin ich nur ein Hetero-Mädchen, das über queere Menschen hinwegspricht.

Oder auch nicht.

Okay, aber wie hoch ist die Wahrscheinlichkeit? Nach Ockhams Rasiermesser ist die einfachste Erklärung vermutlich die wahre. Was ist also wahrscheinlicher? Dass ich in der kurzen Zeitspanne eines Wochenendes auf magische Weise queer geworden bin? Oder dass ich einfach das tue, was ich immer tue – genau das sein, was alle anderen von mir wollen.

Etwas stößt unten an meine Tür – Edith, die mit ihrem Fuß anklopft. »Hey, hilf mir mal hiermit«, sagt sie, während sie mich über einen Stapel Kartons ansieht. Doch als ich ihr den obersten abnehmen möchte, stellt sie klar:

»Nein, ich meine, im Keller sind noch sechs davon. Anscheinend will Dad tatsächlich, dass wir sie durchgehen.«

Ich lache. »Ja, warum sollte er sonst darum gebeten haben?«

»Um dich vor Gretchen zu retten. Du weißt schon, dass das der Grund war, oder?« Edith stellt die Kartons auf meinem Bett ab und schiebt mich aus der Tür, damit wir die anderen holen können.

»Meinst du nicht, dass du da etwas auf ihn projizierst?« Beim Betreten des Flurs werfe ich ihr einen Seitenblick zu. »Nur ein bisschen?«

»Also, das ist wortwörtlich, was er gesagt hat.«

»Warte, echt?«

»Er sagte, ich zitiere: ›Ich denke, deine Schwester braucht heute ein bisschen Gretchen-Detox.‹«

»Dad hat ›Detox‹ gesagt?«

»Er ist eben großartig!« Mit einem Zeh tippt sie einen kleinen Stapel Kartons an. »Hier, die gehören uns, und dann noch die beiden großen Plastikboxen bei der Couch.«

Wir gehen noch dreimal nach unten, um alles nach oben zu schleppen, und zusätzlich machen wir noch einen kurzen Stopp in der Küche, um uns mit Moms teurer Lindt-Schokolade zu stärken.

»Okay, was sollen wir damit machen?«, frage ich, während ich mich mit einer der Plastikboxen auf den Teppich setze. »Einfach ... durchsehen?«

»Und aussortieren. Wir sollen entscheiden, was wir behalten wollen, was spenden, was wegwerfen ... Nur weiß ich gar nicht mehr, was dadrinnen ist.«

Neugierig schiebe ich den Deckel von der Box. »Sieht

nach Klamotten aus.« Ich ziehe einen winzigen weißen Hoodie heraus, der voller handgemalter schwarzer Punkte ist und zwei aufgenähte schwarze Socken als Ohren hat. »Der ist von *101 Dalmatiner*, oder?«

»Mein Theaterdebut!« Edith zupft ihn mir aus der Hand und drückt ihn an sich. »Okay, ich mache einen Stapel. Die Sachen mit sentimentalem Wert behalte ich auf jeden Fall.«

Natürlich entpuppt sich die ganze Box als sentimentales Zeug: gebatikte Camp-T-Shirts und Kostüme und mein Lieblingskleid mit Katzenmuster aus dem Kindergarten. Beim Anblick von Ediths perfekt erhaltenem Lesbische-Elsa-Kleid halte ich kurz inne, und mir dreht sich der Magen vor Schuldgefühlen. Es gibt keine nette Art, das auszudrücken. Ich halte buchstäblich eine Lüge in meinen Händen.

Als wir den Boden der Box erreichen, liegt absolut alles auf dem Behalten-Stapel. »Marie Kondo würde jetzt zittern und weinen«, sagt Edith.

Zum Glück sind die nächsten Kisten etwas einfacher auszusortieren. Die alten Schulprojekte wandern direkt in den Papierkorb – abgesehen von den offensichtlichen Glanzstücken wie Ediths Zeichnung vom »Gehörntesten Einhorn« aus der ersten Klasse. Dann gibt es noch einen Karton voller Plastikfiguren und Geschenktütenpreise für den Spendenhaufen und ein paar zerfledderte Squishies für den Müll. Edith legt beiläufig eine kleine Sammlung von vereinzelten Barbie-Gliedmaßen für nicht näher spezifizierte Zwecke beiseite. »Das macht Spaß. Es ist, als würde man den Müll eines kleinen Serienmörders durchwühlen.«

Sie holt eine Plastikschatztruhe hervor. »Hallo, bist du voll mit Babyzähnen?«

»Warum heben wir das auf?« Ich halte einen gehärteten Tonklumpen hoch, der mit Pailletten beklebt ist.

»Weil es ein schönes, zeitloses Kunstwerk ist?«

Zusammen mit einer Sammlung von Pfeifenputzer-Armbändern und eingetrocknetem Schleim lege ich ihn auf den Müllhaufen. Ganz ehrlich, ich könnte einen Smiley auf eine Orangenschale kritzeln, und meine Eltern würden sie jahrzehntelang aufheben. Außerdem gibt es eine Kiste mit Originalzeichnungen von Imogen und Edith sowie ein paar von Lilis alten Pferdebildern. Wir haben uns immer mit unseren Skizzenblöcken in der Scheune versteckt und stundenlang neben den Heuballen gesessen. Lili wusste, wie man Dimensionen und Schattierungen hinbekommt, und sie konnte ihre Bleistiftlinien mit zwei Fingerspitzen verwischen. Manchmal ließ sie mich die Bilder auch ausmalen, weil ich gut darin war, innerhalb der Linien zu bleiben.

Es ist schon seltsam, all diese Erinnerungsstücke so nebeneinander aufgereiht zu sehen. Briefe an den Weihnachtsmann, Kinokarten und das Kleid, das ich zum Homecoming-Ball im Freshman Year getragen habe. Alles aufgereiht wie Perlen an einer Kette.

Ich krame eine Schachtel mit alten Fotos hervor, während Edith sich mit ihrem Tagebuch aus der fünften Klasse beschäftigt.

»Hör dir dieses Meisterwerk an. ›Hi, Tagebuch. Hier kommen die ganzen Gründe, warum heute ein ätzender Tag war. Nummer eins: Mr Dye ist ein Pohloch‹ …« Sie schaut auf. »Mit einem H. Poh. Loch.«

»Ich meine, es hätte richtig sein können.«

»Nummer zwei: In Sport haben wir Kickball gespielt, und Patrick hat gestoßen, das ist Schummeln, aber er hat keinen Ärger bekommen. Zu guter Letzt kommt Nummer drei: Im Bus gab es keine Sitze mehr in der Mitte, nur hinten, wo die Schläger sitzen, und vorne, wo die Streber sitzen. Außerdem muss ich jetzt immer alleine sitzen, weil Imogen in der sechsten ist und nicht mehr auf meine Schule geht. Alles Liebe, Edith. PS: Was fängt mit S-C-H an und endet auf E-I-ß? Schweiß! LOL. Den hat Otávio von Lili!«

»Oh.« Ich sehe sie an. »Edie.«

»Oder? Scheiß Patrick!«

Ich lege eine Hand an meine Wange. »Wegen mir musstest du mit den Strebern fahren.«

»Quatsch. Ich habe mich für die Schläger entschieden.« Sie stupst mich mit einem Barbie-Bein an. »Bitte sag mir, dass du dich gerade nicht schlecht fühlst, weil du die Grundschule abgeschlossen hast.«

»Tue ich nicht. Ich gebe dem Pohloch Mr Dye die Schuld.«

»Warum habe ich so viel über Hintern und Männer geschrieben?« Edith verzieht das Gesicht und blättert weiter.

Also wende ich mich wieder der Fotokiste zu und nehme einen kleinen Stapel Abzüge heraus. Ich, auf Dads Schultern, die Hände flach auf seinen Kopf gedrückt. Baby-Edith, die in einen Spiegel starrt. Wir beide, wie wir die Füße vom Steg bei Nanas Haus baumeln lassen. Ich in der Bibliothek, wie ich stolz meinen Teller mit dem preisgekrönten Rice-Krispies-Gebäck hochhalte. Edith mit ihrer herzförmigen Brille. Es gibt auch so viele Bilder mit

Lili und Otávio, die neben Heuballen stehen oder auf dem Sofa liegen. Lili und ich an einem Tisch, der mit Schachteln voller Pfadfinderinnen-Keksen beladen ist.

Ich sehe auf zu Edith. »Weißt du, in der fünften Klasse habe ich mich genauso gefühlt wie du – als Lili auf die Mittelschule gewechselt ist. Und später dann in der achten auch.«

»Und jetzt«, fügt Edith hinzu.

Ich halte inne. »Das College ist anders. Irgendwie erwartet man da, dass sich was verändert.«

Sie sieht mich an. »Denkst du, das hat es?«

»Was meinst du damit?«

»Ob sich was verändert hat.« Sie streckt sich und legt ihr Tagebuch auf den Teppich. »Was ist mit dem Wochenende? Hat es sich mit Lili anders angefühlt?«

»Nein! Ich meine, nicht wirklich. Nicht auf eine schlechte Art.« Mein Herz zieht sich zusammen. »Keine Ahnung. Wahrscheinlich ist es einfacher, weil Geneva so nah ist.«

»Ja, aber nah ist nicht hier«, entgegnet Edith.

»Richtig.«

Einen Moment lang schweigen wir beide. Doch dann …

»Irgendwie habe ich schon Angst davor«, sagt Edith.

»Vor dem College?«

»Davor, dass du aufs College gehst!«

»Warte.« Verblüfft starre ich sie an. »Wirklich?«

»Ich meine, ich bekomme dein Zimmer«, sagt sie schnell, »das ist schon mal gut. Es wird mein Gewächshaus. Ich denke, ich versuche mich mal als Pflanzen-Mom.«

Langsam nicke ich. »Huh.«

»Damit will ich ja nur sagen, dass es seltsam sein wird, wenn du weg bist.« Sie zuckt mit den Schultern. »Und ich werde dich wahrscheinlich vermissen.«

Ich drücke mir eine Faust auf den Mund. »Edie –«

»Nur ein bisschen! Gerade genug, dass ich manchmal einen passiv-aggressiven Kommentar dazu in mein Tagebuch schreibe. Mehr nicht.« Lachend schüttelt sie den Kopf. »Hör auf, mich so anzusehen!«

Schon seltsam. Irgendwie waren wir immer an der Hüfte zusammengewachsen, aber ich habe es nie so gesehen, dass Edith mich braucht. Oder mich vermisst.

Stattdessen hätte ich schwören können, dass es andersherum wäre.

Chat mit Tessa
IS: Oh hallo 🐐
IS: 📎

TM: OMG, IST DAS DAISY?!
TM: Die wunderschönste Ziege überhaupt!!!
TM: Ach du meine Güte

IS: Sie war die Beste 😊

TM: Also links bist ganz eindeutig du
TM: Edith ist rechts
TM: Ihr beiden seht euch so ähnlich, total krass

IS: Ich weiß 😂
IS: Ihre Haare sind blonder
IS: Und mittlerweile ist sie ein paar Zentimeter größer als ich
IS: Aber ansonsten 🙊

TM: Das finde ich toll
TM: Bei uns ist das auch so!! Warte, ich suche ein Bild
TM: 📎

IS: DRILLINGE!!! Wow, sogar Dan
IS: Ist das von deiner Bar-Mizwa?
IS: Nein, warte
IS: Das muss Rachaels Bar-Mizwa sein, oder??

TM: Ich glaube, es ist die Bar-Mizwa von meinem Cousin Walter
TM: Das ist Annies aka Buttercups kleiner Bruder, haha
TM: Aber er ist so alt wie Rachael, also selbe Ära!!
TM: Keine Sorge, ein Bild von meinem 12-jährigen Ich würde ich nie ohne Vorwarnung schicken
TM: Dein Körper ist nicht auf dieses Level an Tittkurs vorbereitet
TM: Oder den Mangel daran 😬

IS: 😵
IS: Ich denke, damit komme ich klar
IS: Ich meine 📎

TM: Oh
TM: WAS
TM: Ist das eine 12-jährige Imogen? 🙀

IS: 11 😇
IS: Erster Tag der sechsten Klasse

TM: Scott
TM: Dein Shirt
TM: Cattitude 💀

IS: Wie du siehst
IS: War ich in der Mittelschule sehr cool

TM: Das warst du 😵
TM: Ok, warte, ich suche meine Bar-Mizwa-Fotos

TM: Aber denk dran
TM: Den Anblick wirst du nicht vergessen

IS: Ich bin bereit 💪

TM: Ok, warte
TM: Ich zeige dir zwei
TM: Eine Fallstudie
TM: Also, die Geschichte dazu ist, dass meine Eltern mir für die Zeremonie ein Kleid aufgezwungen haben, aber für die Feier durfte ich mir selbst ein Outfit aussuchen
TM: Also hier stehe ich total peinlich vor der Synagoge 📎
TM: Und hier
TM: Am selben Tag aufgenommen ...
TM: Eine 12-jährige burschikose Ikone 😎📎

IS: OMG
IS: Die sind beide unglaublich!!!
IS: Aw, warst du wirklich so winzig, oder war das nur eine besonders große Thora? 😂

TM: Beides 😊
TM: Keine Ahnung, die sind alle irgendwie groß

IS: Also bist du echt so cool???
IS: Deine kleine Nadelstreifen-Hose und die Hosenträger
IS: Und die Socken!!!
IS: Du siehst so glücklich aus

TM: Die hatte ich am liebsten!!
TM: Unten stand »Shut up and dance at Tessa's Bar-Mizwa«
TM: Ich war BESESSEN von dem Lied
TM: Eigentlich steht da »Shut and dance«, weil meine Mom das höflicher fand. Keine Ahnung
TM: Und sie hatten diese Stopper-Punkte, damit man in ihnen tanzen kann
TM: Manchmal trage ich das Ersatzpaar noch

IS: Ich würde keine anderen Socken mehr tragen, wenn ich die hätte
IS: Ich würde jeden Tag Wäsche machen

TM: Ich besorge dir welche!!!
TM: Wenn ich das nächste Mal zu Hause bin!

IS: Omg, das sollte keine Aufforderung sein, versprochen!!

TM: Weiß ich doch!! Haha

IS: Im Ernst, ich komme nicht über diese Fotos hinweg
IS: Der Kontrast 😂
IS: Du bist wie dieser lesbische TikTok-Trend

TM: Warte, was 👀

IS: So nach dem Motto: ›Oh, ihr steht auf maskuline Mädels? Kein Problem!‹

IS: Und dann wischen sie sich mit der Hand übers Gesicht und BOOM 😊

TM: Ich habe echt keine Ahnung, wovon du sprichst 😬😬😬

IS: Im Ernst???
IS: Das war zwei Wochen lang auf meiner Für-Dich-Seite!!!

TM: Ma'am, das ist eine Sache zwischen Ihnen und Ihrem Algorithmus 🙊

IS: 🙊
IS: Warte mal, Edith ist gerade reingeplatzt
IS: Oh, ich glaube, wir gucken *Shop Talk* ♥

TM: Ok, aber kein Diskurs erlaubt ♥

Tag sieben
Donnerstag
24. März

In dieser Nacht schläft Edith in meinem Bett, was mir verrät, dass sie immer noch aufgebracht ist wegen Gretchen.

Seitdem wir ganz klein waren, machen wir beide das, wenn wir traurig oder gestresst sind oder uns hilflos fühlen. Wie bei dem einen Mal, als wir Adrian zwei Tage lang nicht gefunden haben, oder in der Nacht, bevor Edith die Mandeln entfernt wurden. Auch bei sehr belanglosen Dingen wie der Tatsache, dass Edith ihre Jason-Maske nicht beim Halloween-Umzug tragen durfte, weil ihre Vorschullehrerin es verboten hatte. Ihr gleichmäßiger Atem hat einfach etwas an sich, das mich wieder zurück an Land holt. Für Edith muss es wohl genauso sein.

Wir haben uns *Shop Talk* komplett angesehen, sogar das Bonusmaterial. Aber über Karas Ankündigung haben wir nicht geredet. Auch nicht über Gretchen. Oder den Diskurs.

Und ich habe nicht auf Gretchens Link geklickt.

Seitdem sie ihn mir geschickt hat, habe ich ihr nicht mehr geschrieben. Ich weiß, das ist ziemlich rückgratlos von mir.

Aber die Sache ist folgende: Wenn ich mein Smartphone in die Hand nehme, will ich immer nur Tessa schreiben. Möglicherweise werde ich ein wenig süchtig danach.

Aber ich versuche, nicht zu viel darüber nachzudenken.

Kurz vor zehn Uhr morgens ruft Tessa mich über Face-Time an, und ich kann kaum Luft holen, bevor ich auf Annehmen drücke.

»Hi!« Ihr Gesicht ploppt auf dem Display auf – große braune Augen, rosafarbene Wangen, das Haar hinter die Ohren geklemmt und das trübe Grün des Campus hinter ihr. Die Auflösung ist ein wenig zu verschwommen, um ihre Sommersprossen erkennen zu können, aber mein Gehirn denkt sie sich einfach. »Ich wollte nur …« Abrupt hält sie inne und lächelt breit. »Okay, wow, da bist du! Da ist dein Gesicht!«

Da ist mein Gesicht. Wie zur Bestätigung berühre ich meine Wangen.

Ich glaube, mein Herz versucht gerade, meine Rippen zu durchbrechen. »Das ist irgendwie der Sinn hinter FaceTime.«

Im Schneidersitz setze ich mich auf mein Bett.

»Ich weiß. Aber ich habe mich mittlerweile so daran gewöhnt, mit dir zu schreiben! Es ist wie – warte mal, sorry, ist das okay? Dass wir facetimen?«

Ein wenig atemlos lache ich. »Natürlich.«

»Okay! Sorry. Ja, ich habe versucht im Gehen zu schreiben, aber es hat einfach zu lange gedauert, und dann bin ich fast über den Bordstein gestolpert. Also dachte ich mir: ›Okay, weißt du was, Scott, ich werde einfach –‹ Na jedenfalls, hi! Bin gerade auf dem Weg zum Unterricht.«

»Oh, welcher Kurs? Wieder Statistik?«

»Nein, zum Glück nicht. Heute ist Sozialpsychologie dran. Statistik kommt morgen. Hey.« Plötzlich wirkt sie verlegen. »Also. Apropos morgen – ich habe eine Idee.«

Ich rutsche nach hinten an das Kopfteil meines Betts. »Eine Idee?«

»Mm-hmm.« Tessa grinst, und ich grinse zurück und kann nicht genau festmachen, warum sich dieser Moment so surreal anfühlt. »Also, ich denke –«

Außerhalb des Bildschirms schreit jemand, und Tessas Blick huscht zur Seite.

»Oha. Okay. Ein Verbindungstyp hat einem Mädchen die Mütze vom Kopf gezogen, und jetzt lachen beide. Alles gut. Jedenfalls! Ich denke, du solltest morgen herkommen.«

»Oh!« Mein Herzschlag beschleunigt sich. »Du meinst –«

»Zur Party. Denk einfach drüber nach, okay? Den Gerüchten nach hast du sogar schon ein Outfit.«

»Das stimmt.«

»Und ich habe das mit Quincy abgeklärt. Er findet's voll okay, zu Hause die Stellung zu halten.«

»Also in dem Fall …«

»Moment, ist das ein Ja?« Bei ihrem zögerlichen Lächeln setzt mein Herz einen Schlag aus.

Ich erwidere das Lächeln. »Es könnte ein Ja sein.« Dann halte ich inne. »Lass mich erst mit Lili reden.«

Chat mit Lili
IS: Ok, Frage
IS: Wenn ich morgen Abend zu einer gewissen Party wollen würde
IS: Auf einem gewissen Campus
IS: Wäre das noch eine Option, vielleicht? 😊

LC: Warte, echt??

IS: Nur wenn es keine Umstände macht!!!
IS: Ich weiß, das ist total auf den letzten Drücker
IS: Ich verstehe es absolut, wenn es nicht passt

LC: Nein, alles gut!
LC: Bin nur überrascht 😂
LC: Am Montag schienst du nicht zu wollen

IS: Doch, doch, ich wollte, versprochen 😭
IS: Sorry
IS: Ich habe nur wieder zu viel nachgedacht
IS: Und dann hat Tessa es heute noch mal erwähnt
IS: Keine Ahnung, ich wollte einfach noch mal fragen

LC: Ooh, die Einladung musste einfach von Tessa kommen
LC: Jetzt verstehe ich 😂

IS: Was? Nein!!!
IS: So war das nicht gemeint!!
IS: Tut mir leid 😭😭😭

LC: Immy, omg, war nur Spaß
LC: Ich freue mich!!!
LC: Ich bin total begeistert
LC: Warum hole ich dich morgen nicht einfach ab?

IS: Nein!! Ich glaube, ich kann das Auto nehmen

LC: Im Ernst, ich muss sowieso ein paar Sachen für mein Kostüm holen
LC: Das passt perfekt
LC: Und ich fahre dich am nächsten Morgen einfach nach Hause oder wann du willst

IS: Sicher? 😣

LC: Guck mal, er wartet schon auf dich 📎

IS: Aww, hi Puppy
IS: Bis bald 🐾

Chat mit Gretchen
IS: Hey! Also
IS: Ich glaube, ich fahre morgen Abend doch noch mal zum Blackwell
IS: Für die Dark-Academia-Party
IS: Tut mir so leid, G!! Ich weiß, dass wir da abhängen wollten
IS: Vielleicht am Samstag??
IS: Jedenfalls sorry, hab Spaß beim Outlet!!!
IS: Hol dir die Deals 💪

Chat mit Tessa
IS: Also
IS: Sieht aus, als würden wir uns morgen sehen 😊

Schnell drücke ich auf Senden.

Und dann starre ich eine volle Minute meines Lebens angespannt auf den Display, bevor mir einfällt, dass Tessa im Unterricht ist.

Unterricht. Sie meidet mich nicht. Sie überlegt sich nicht gerade eine Möglichkeit, mir zu erklären, dass das mit der Party nur ein Scherz war. Es gibt absolut keinen Grund, das zu glauben. Weil sie im Unterricht ist. Was ich genau weiß, da ich sie dorthin begleitet habe.

Und deshalb bin ich jetzt auch ganz entspannt.

Bis ich eine Nachricht bekomme und so energisch an meinem Handy ziehe, dass ich dabei das Ladegerät aus dem Stecker reiße.

Doch es ist nur Mom. *Süße, bist du beschäftigt? Ich baue ein Bücherregal für den Schuppen und könnte Hilfe gebrauchen!*

Fast schon benommen stecke ich das Ladegerät wieder ein. Irgendwie beunruhigend, wenn man so darüber nachdenkt, wie deine ganze Stimmung von ein paar Wörtern auf einem Display beeinflusst werden kann. Von kleinen schwarzen Linien auf einem rechteckigen Stück Glas.

Seit wann war alles außer Tessa nur noch Hintergrundrauschen? Wann genau hat mein Verstand beschlossen, dass wir das durchziehen?

Es fühlt sich absolut nicht mehr so an, als hätte ich noch das Steuer in der Hand.

Mein Handy lasse ich angeschlossen auf dem Nachttisch liegen. Ich möchte mich vor Mom nicht seltsam verhalten.

Ich treffe sie auf dem Boden der Scheune sitzend an, umgeben von Holzbrettern und kleinen Plastiktüten voller Schrauben. »Oh, hey.« Sie sieht von einer Art Anleitungsdiagramm auf. »Ergibt das irgendeinen Sinn für dich? Irgendwie erkenne ich nicht, wie das aufeinanderpassen soll. Es ist das Teil mit den drei Löchern, aber ich glaube, die sind auf der falschen Seite.«

Sie reicht mir die Anleitung, und ich studiere sie einen Moment lang. »Bist du sicher, dass du das Brett nicht verkehrt herum hältst?«

»Aber sollte die weiße Seite nicht nach oben?«, fragt sie stirnrunzelnd.

»Am Ende schon, aber ich glaube, wir bauen das Regal kopfüber auf und drehen es dann um. Hier, ich brauche nur den kleinen Schraubenschlüssel da.«

Mom reicht ihn mir. »Hah.«

Und für einen Augenblick scheint sich mein Verstand zu beruhigen. Ich ziehe einfach Schrauben fest und passe Ecken an, während Rufus Wainwrights Stimme aus Moms Handylautsprecher dudelt.

Doch dann …

»Also, erzähl mir von dieser Kostümparty«, sagt sie und hebt einen Ellenbogen über den Kopf, um sich zu strecken.

»Oh! Ähm. Es ist keine richtige Kostümparty. Eher eine Art Mottoparty, glaube ich ...«

Ohne Vorwarnung schweifen meine Gedanken ab.

Morgen. Die Party. Tessa.

Wenn ihr Kurs um zehn angefangen hat, ist er vermutlich gegen elf vorbei, oder?

Vielleicht ist das aber auch nur bei Kursen so, die montags, mittwochs und freitags stattfinden. Dienstags- und Donnerstagskurse gehen vielleicht länger, um den fehlenden dritten Tag auszugleichen. Neunzig Minuten vielleicht? Also elf Uhr dreißig?

Und wie spät ist es jetzt? Ich trage keine Uhr. Normalerweise würde ich einfach auf meinem Handy nachsehen, aber das habe ich oben gelassen, damit ich mich nicht seltsam und wie besessen verhalte. Klappt ja bestens.

»Ich glaube, fester wird es nicht, oder?«

Ein Blick nach unten verrät mir, dass ich die Schraube so festgezogen habe, dass sie beinahe auf einer Ebene mit dem Brett ist.

»Ups«, sage ich und laufe rot an.

Das Problem ist, je mehr ich mich darum sorge, seltsam zu sein, desto seltsamer verhalte ich mich. Und je mehr ich versuche, mich zu verhalten, als wäre ich nicht verliebt, desto überzeugter bin ich, dass ich es doch bin.

Als wir endlich das letzte Brett festgeschraubt haben, bekomme ich keinen vernünftigen Satz mehr über die Lippen. Nichts als angespanntes Stottern. Eigentlich sollte ich mittlerweile in meinem Zimmer sein. Die Anziehung meines Handy sollte mich direkt dorthin befördern.

Und doch bleibe ich aus irgendeinem Grund im Schuppen, selbst noch, als Mom schon lange reingegangen ist, um das Mittagessen zu kochen. Obwohl hier nichts weiter ist als ein leeres Bücherregal.

Nichts als leerer Raum.

Irgendwie fühlt es sich größer an als mein Zimmer, obwohl es das nicht ist.

Der Raum hat so einen halbfertigen Charme an sich. Er ist unvollendet, in Arbeit, steckt in der Zeit fest. Ich versuche, ihn mir fertig eingerichtet vorzustellen, aber die sieht jedes Mal anders aus.

»Immy?« Die Tür wird knarrend geöffnet, und Gretchen steht davor. »Deine Mom hat gesagt, du bist hier draußen. Alles okay?«

»Oh – ja! Hi! Ich dachte, du wolltest heute shoppen fahren.«

»War ich auch.« Sie lacht. »Ich habe dir geschrieben, als wir fertig waren, aber dann dachte ich mir, dass ich Mom einfach zu Hause absetze und herkomme. Wollte dich noch sehen, bevor du zum Blackwell fährst.«

Ich werde rot. »Tut mir so leid wegen morgen.«

»Was? Immylein, nein. Alles gut! Gott, ich meine, wenigstens eine von uns sollte an diesem Wochenende zu einer College-Party gehen. Na komm, lass uns reingehen.« Sie streckt mir beide Hände entgegen, und ich lasse mich hochziehen.

»Du bist nicht sauer, weil ich dich versetze?« Ich klopfe mir die Jeans ab und folge Gretchen aus dem Schuppen hinaus und durch die Küche ins Haus. Natürlich sind Adrian und Binx sofort zur Stelle und präsentieren uns ihr gesamtes Repertoire an Miaulauten, während sie um unsere Knöchel streichen.

»Sehe ich sauer aus?« Sie bückt sich, um beide zu streicheln. »Aww, hi, ihr Kätzchen. Jedenfalls habe ich dir was mitgebracht! Das wollte ich nur vorbeibringen.«

»Was? Nein, du hast doch schon –«

»Ich musste. Es hat förmlich deinen Namen geschrien.« Sie schnappt sich eine kleine braune Einkaufstüte vom Tresen und drückt sie an ihre Brust. »Keine Sorge, ist nur eine Kleinigkeit. Total günstig. Komm, wir gehen in dein Zimmer.«

»Günstig?« Während ich zu ihr aufschließe, werfe ich einen Blick auf die Tüte. »Steht da *J.Crew?*«

»*J.Crew Factory!* Außerdem war es im Sale.«

Als wir bei meiner Tür ankommen, öffnet Gretchen sie ohne das geringste Zögern. Sie fühlt sich überall zu Hause, egal, wo sie ist. Das hat mich immer ein wenig beeindruckt. Sie zieht den Schreibtischstuhl zu sich heran und dreht ihn in meine Richtung. »Du setzt dich hierhin.«

Ich lache. »Was wird das?«

»Siehst du gleich! Schließ die Augen«, kommandiert sie. Einen Augenblick später spüre ich ein sanftes Ziehen an meinem Pferdeschwanz. »Warte, wo ist dein kleiner runder Spiegel?«

»Kommode vielleicht? Oder im Bücherregal?«

»Ja! Aww, der Vassar-Bär sieht so süß aus bei deinen Büchern! Davon muss ich ein Foto für Insta machen.«

Es folgt Stille, ein paar Schritte, und dann …

»Okay! Mach die Augen auf, aber du brauchst zwei Spiegel, also …«

Sie umfasst meine Schultern und schiebt mich zum bodenlangen Spiegel an der Tür. »Bereit?«

Dann reicht sie mir den kleinen Spiegel, und ich halte

ihn so, dass ich meinen Hinterkopf sehen kann. »Oh!«, sage ich.

»Wie süß ist das denn?«

An meinem normalen Pferdeschwanz befindet sich jetzt eine perfekt gebundene schwarze Schleife.

»Und du musst sie gar nicht binden«, sagt Gretchen, als würde sie meine Gedanken lesen. »Die Schleife ist an einem Haargummi befestigt. Du musst sie nur so drehen, dass die Bänder an der Seite runterhängen. Und sie ist aus Samt!«

Ehrfürchtig hebe ich die Hand, um sie zu berühren – sie fühlt sich weich und fest zugleich an. »Oh, ich liebe sie.«

»Die ist für die Party! Passt die nicht total zu Dark Academia?«

Ich nicke. »Definitiv. Wow. Sie passt perfekt.«

»Konnte nicht widerstehen.« Gretchen neigt den Kopf zu mir und lächelt in den Spiegel, als würden wir für ein Foto posieren.

Chat mit Tessa

TM: OH MEIN GOTT
TM: Im Ernst???
TM: Scott!!!
TM: WIR SEHEN UNS MORGEN
TM: Ich meine
TM: Natürlich sehe ich das total gelassen 🙈🙈🙈

IS: Ich auch, jepp, total locker 😭

TM: 😱😱😱
TM: Und übrigens bin ich total begeistert hiervon 📎

IS: Haha, wusste gar nicht, dass sie das gepostet hat

TM: Scott, warum ist dein Bücherregal so gay???
TM: Dagegen sieht meins aus wie eine Kirchenbibliothek
TM: Dabei bin ich nicht mal Christin!!

IS: 😊

TM: Kannst du mir mal erklären
TM: Warum du drei identische Ausgaben von *One Last Stop* hast 🙄

IS: Oh, also
IS: Eine ist signiert, eine habe ich zum Lesen, und die andere ist für Notfälle

TM: Notfälle 💀

39

Gretchen sitzt auf der Kante meines Betts und beäugt mich neugierig. »Mit wem schreibst du?«

»Oh! Ähm, Tessa. Lilis Freundin.«

»Ich weiß, wer ›Ähm, Tessa‹ ist.« Sie wackelt mit den Augenbrauen. »Lächelst du immer so, wenn dir süße Mädchen schreiben?«

Sprachlos sehe ich sie an.

»Oh mein Gott, dein Gesicht.« Gretchen stupst meinen Fuß mit ihrem an. »Komm schon! Du kannst doch wohl zugeben, dass Tessa heiß ist, oder? Bitte sag mir, dass du das siehst. Es ist mir egal, ob du das heterosexuellste Mädchen auf Erden bist.«

»Ja, doch, ist sie. Klar. Sie ist … süß.« Verlegen drücke ich mir eine Hand auf die Wange. »Allerdings weiß ich nicht, ob ich das heterosexuellste Mädchen auf Erden bin.« Ich erstarre, es fühlt sich an, als würde mein Herz versuchen, aus meiner Brust zu springen.

»Oh?« Mit einem Funkeln in den Augen neigt Gretchen den Kopf in meine Richtung.

»Weiß auch nicht«, sage ich schnell. »Vielleicht … Ich denke nur drüber nach. Ob ich wirklich … komplett hetero bin. Weißt du?«

»Oh, Süße! Hat Tessa dich lesbisch gemacht?«

»Ich –«

»Spaß! Ist nur Spaß. Oh, du bist so süß. Okay, keine Panik. Du bist nicht lesbisch.«

»Richtig, ich weiß. Es fühlt sich nur … wie verknallt sein an, irgendwie.«

Sie lacht. »In Tessa?«

Hilflos zucke ich mit den Schultern und umarme meine Knie.

»Ah, ja. Okay, also Tessa hat etwas an sich, das ich gern den Ruby-Rose-Effekt nenne. Sie hat natürlich einen anderen Vibe als Ruby, und ich glaube, Ruby ist genderfluid. Aber sie haben beide diesen Hetero-Mädchen-Magnetismus.«

»Oh, nein. Tessa ist nicht hetero –«

»Ich weiß. Ich meine, sie zieht Hetero-Mädchen an. Wie dich.«

Ich halte inne. »Oh.«

»Damit möchte ich nur sagen: Das ist normal! Im Ernst, Tessa ist supersüß.«

»Klar, weiß ich doch.« Ich drücke das Kinn zwischen meine Knie, während sich ein Kloß in meinem Hals bildet. »Ja. Es fühlt sich nur … irgendwie anders an. Keine Ahnung. Möglicherweise bilde ich mir das auch nur ein. Es ist ja nichts passiert«, füge ich schnell hinzu. »Und sie ist nicht … interessiert. Denke ich. Ist nur eine Schwärmerei. Vielleicht.«

Gretchen lächelt schwach. »Okay. Also, du denkst nicht, dass sie auf dich steht. Und du … weißt nicht, ob du auf sie stehst?«

»Ich weiß, das klingt seltsam.«

»Hast du mal versucht, dir selbst ein Zettelchen zuzuschieben? ›Mögen wir sie? Kreuze Ja oder Nein an!‹« Sie kichert. »Du könntest ja mal dein eigenes Tagebuch lesen.«

»Das ist gerade so peinlich …«

»Oh Schätzchen! Nein, nein, nein – sorry!« Sie rutscht näher heran und legt einen Arm um mich. »Ich will dich gar nicht in Verlegenheit bringen! Ich weiß nur nicht, ob ich verstehe, was du meinst.«

»Was ich meine?«

»Wenn du sagst, du bist nicht sicher, ob du verknallt bist. Warum solltest du das nicht wissen?« Sie stupst meine Wange an. »Ich meine, woher weißt du, ob du in einen Typen verknallt bist?«

»Na ja … Ich weiß es einfach. Aber das hier ist anders.« Ich schüttele den Kopf. »Keinen Schimmer, wie ich es erklären soll.«

»Also«, sagt Gretchen langsam. »Wenn du in sie verknallt wärst, dann würde es sich auch so anfüllen.«

»Das tut es auch, irgendwie. Nur eben auf eine andere Art.«

Gretchen lehnt sich ein wenig zurück und mustert mich abschätzend. »Okay, was ist damit?«, schlägt sie schließlich vor. »Willst du mit ihr ins Bett? Nein? Dann bist du aus dem Schneider.«

Verwirrt öffne ich den Mund und schließe ihn wieder, während meine Gedanken sich in alle Richtungen verstreuen. Aus dem Schneider? Als müsste man Angst davor haben, queer zu sein?

Und ist der einzige Indikator dafür, dass man sich von

jemandem angezogen fühlt, ob man mit dieser Person ins Bett will? Das kann nicht stimmen, oder?

Ich versuche mir vorzustellen, wie sich Sex mit Tessa anfühlen würde, aber diesen Gedanken lässt mein Verstand gar nicht zu. Küssen? Ja, vielleicht. Aber Sex?

Das kann sie unmöglich wollen. Und selbst wenn, wäre ich sicher richtig mies darin.

»Keine Ahnung«, sage ich schließlich kaum lauter als flüsternd. »Darüber habe ich nicht wirklich nachgedacht.«

Lächelnd drückt Gretchen meine Schulter. »Dann denke ich, du hast deine Antwort.«

Plötzlich muss ich Tränen wegblinzeln.

»Oh, Süße!« Ihr Ausdruck wird weicher. »Aww. Hey. Du weißt, dass es okay ist, hetero zu sein, oder?«

Schwer schlucke ich. »Ich weiß –«

»Du bist genug, Immy. Okay? Vergiss das nicht.«

»Danke.« Ich rutsche nach vorn und stelle die Füße auf den Boden. »Ähm … Ich sollte wahrscheinlich …«

»Warte – oh, ich wollte dich nicht verärgern! Bist du sauer?«

»Nein! Also nein, alles gut.« Ich stehe auf und drehe mich mit einem kurzen gezwungenen Lächeln zu ihr. »Mir ist nur gerade wieder eingefallen, dass ich Edith helfen sollte, mit ähm …«

»Immy.«

»Alles gut!«

Chat mit Gretchen
GP: Hoffe, du bist nicht sauer!
GP: Ich denke nur, es ist wichtig, da die Nuancen zu verstehen, weißt du?

IS: Ich bin nicht sauer

GP: Ok, gut, lol
GP: Oh!! Kannst du Edie sagen, dass eine kleine Überraschung für sie auf eurer Veranda wartet?
GP: Es ist eine 🪴
GP: Anscheinend hat sie vor, Pflanzenmutti zu werden?? 👩

Tag acht
Freitag
25. März

Chat mit Tessa

TM: OMG ALSO

TM: Habe gerade mit Declan gesprochen

TM: Er hat nicht nur die 💊 gefunden

TM: Er hat sie schon am Dienstag gefunden!!! Und es uns nicht erzählt 😭

TM: Warte, bis du hörst, was er geplant hat

TM: Es ist geradezu teuflisch 👹

TM: JEDENFALLS, VIEL WICHTIGER – HI

TM: ICH SEHE DICH HEUTE WIEDER 😱

»Woah.« Edith taucht in meiner Tür auf. »Hi. Was machst du?«

Ich stopfe noch einen Pullover in meinen Koffer. »Packen?«

»Diesen gigantischen Koffer? Für eine Nacht?« Sie schließt die Tür und durchquert das Zimmer. »Warum nimmst du fünfzig Cardigans mit?«

»Du meinst vier?«

»Für eine Nacht!« Edith schnappt mir den grünen Pullover mit dem Argyle-Muster aus den Händen und schaut in den Koffer. »Okay, Zeit für eine Intervention. Was brauchst du wirklich? Pyjama, Hygieneartikel, Klamotten für morgen früh, Klamotten für die Party. Das war's! Fertig!«

»Nein, nicht fertig. Mein Kleid hat immer noch ein Loch am Po.« Ich atme aus und lege beide Hände an die Stirn.

»Okay. Dafür brauchst du genau fünf Minuten. Wann kommt Lili her?«

»Gegen elf.«

»Immy, das ist in zwei Stunden. Es ist alles gut. Oh, die

gefällt mir.« Sie hält die schwarze Samtschleife hoch. »Passt zum Thema.«

»Die ist von Gretchen. Oh, ich soll dir sagen, dass sie dir eine Pflanze geschenkt hat. Steht in der Küche auf der Fensterbank.«

»Natürlich hat sie das.« Mit einem ironischen Lächeln schüttelt Edith den Kopf.

Ich lege meinen schief. »Ist das so ein Ding zwischen euch? Dass Gretchen dir Pflanzen kauft?«

»Nein …« Edith hält inne, während sie einen Cardigan aus meinem Koffer holt. »Aber dass Gretchen Leute auf die Palme bringt und ihnen als Wiedergutmachung dann Geschenke macht, das ist so ein Ding.«

Verwirrt sehe ich sie an. »Ich … wusste gar nicht, dass ihr euch jemals richtig gestritten habt. Bis zu der Sache mit Kara Clapstone, meine ich.«

»Haben wir auch nicht. Ich rede von dir.«

Ich erstarre. »Was meinst du damit?«

»Ach komm. Wir sprechen hier von Gretchen. Sie lebt für das Drama. Erinnerst du dich noch daran, als Otávio diesem Typen von der Heilsarmee Geld gegeben hat?«

»Na ja, das würde ich nicht unbedingt Drama nennen. Sie hat nur versucht, ihre Probleme mit der Organisation deutlich zu machen.«

»Ich weiß. Und ich sage auch nicht, dass sie unrecht hatte. Sie ist nur manchmal etwas extrem.«

»Ich denke, sie möchte uns nur fordern, damit wir bessere Allies sein können.«

Ich mag es, dass Gretchen mir gewisse Dinge aufzeigt. Manchmal habe ich das bitter nötig. Zum Beispiel als ich gedacht habe, dass bisexuell bedeutet, man kann nur zwei

Geschlechter mögen. Oder als Quinn Santiago gefragt hat, wo man hingehen kann, um einen Binder zu kaufen, und ich – mit entsetzlicher Aufrichtigkeit – einen Drogeriemarkt vorgeschlagen habe.

Willst du mit ihr ins Bett? Nein? Dann bist du aus dem Schneider.

Immer wieder muss ich an das Funkeln in Gretchens Augen denken, als sie das gesagt hat. Sie hat nicht einmal auf eine Antwort von mir gewartet.

Nicht, dass ich eine Antwort darauf hätte.

Sollte ich eine Antwort darauf haben?

Edith sieht mich immer noch an. »Hör mal, ich liebe dieses Mädchen. Das weißt du. Ich sage ja nur, dass nicht immer alles schwarz oder weiß ist.«

»Ich weiß, ich weiß.«

»Gut.« Sie schließt den Koffer. »Okay, jetzt geh du das Poloch deines Kleids zunähen –«

»Poh-loch. Mit einem H.«

Da drückt sie mir eine Hand aufs Gesicht. »Tschüss. Und denk nicht mal dran, irgendwelche zusätzlichen Cardigans reinzuschmuggeln.«

Sobald ich im Auto sitze, dreht Lili sich strahlend zu mir. »Große Neuigkeiten!«

»Oh, welche denn?«

»Declan hat das Würstchen gefunden«, sagt sie, und ich öffne den Mund, um etwas zu entgegnen. Aber dann verändert sich ihr Gesichtsausdruck. »Wow. Tessa ist mir zuvorgekommen, was?«

»Äh.« Ich werde rot. »Ja.«

Sobald ich mich angeschnallt habe, startet Lili den Motor.

»Ihr beiden seid euch diese Woche ziemlich nahegekommen, was?«

»Tessa und ich?« Meine Stimme klingt schrill. »Hat sie das gesagt?«

»Sie legt seit Tagen ihr Handy nicht mehr aus der Hand.« Lili blickt mich an. »Ersetzt du mich mit einer neuen Bestie?«

»Lili, nein ... Oh mein Gott ...«

»War nur Spaß!« Ihr Lächeln wankt. »Hör mal, solange du mich nicht durch Gretchen ersetzt, ist alles gut.«

Ich versuche zu lachen, aber es kommt nur ein Seufzen heraus. »Ja ...«

»Warte.« An einer roten Ampel hält sie und sieht mir in die Augen. »Was hat sie getan?«

»Gretchen?«

»Mm-hm. Bei mir kommen deutliche Gretchen-Diskurs-Vibes an.«

»Nein!« Ich lache. »Ich meine, ja, aber es ist nicht –« Da ich nicht sicher bin, wo dieser Satz hinführen soll, verstumme ich.

Die Sache ist, Gretchen hat gar nichts falsch gemacht. Nur scheint diese Dynamik immer schon Teil unserer Beziehung gewesen zu sein. Gretchen hat eine Version von mir im Kopf, und solange ich dieser Version grob entspreche, ist alles gut. Wenn ich allerdings vom Kurs abweiche – fühle ich mich manchmal etwas unstet.

Vielleicht bin ich flüssiger als andere Menschen. Anscheinend passe ich meine Form immer meiner Umgebung an.

Und normalerweise ist es irgendwie erleichternd, wenn ich zulasse, das Gretchen mich umformt.

41

Auf dem Blackwell-Campus ist alles noch so wie bei meiner Abfahrt: dieselben weißen Wege, Steinbögen und mit Weinreben bedeckten Märchengebäude. Das Wetter ist wieder kühler geworden – überall sind Jacken und Schals zu sehen, selbst so kurz vor der Mittagszeit. Doch auf dem Hof herrscht geschäftiges Treiben – Lachen, eilige Schritte und leise Musikklänge. Man kann fast schmecken, dass Freitag ist.

Seitdem wir angekommen sind, kribbelt mein Magen unaufhörlich.

Während ich meinen Koffer die Stufen hinaufhieve, freue mich darüber, dass ich weiß, welches Gebäude Rosewood ist. Ich rufe den Aufzug, während Lili mich wieder an der Rezeption anmeldet, und im Aufzug weiß ich genau, welchen Knopf ich drücken muss. Es ist so natürlich wie zu Hause.

Dritter Stock. Dieselben Backsteinwände, dieselben Poster, dasselbe Wandgemälde mit Zitaten aus Papier. Ich glaube nicht einmal, dass irgendjemand auch nur eine einzige Kritzelei von der weißen Tafel abgewischt hat.

Mein Blick huscht sofort zu Tessas geschlossener Tür.

»Sie hat Unterricht«, erklärt Lili ausdruckslos, während

sie ihre Tür aufschließt. »Keine Sorge, zur Party ist sie zurück.«

Meine Wangen werden warm. »Oh –«

»Bis dahin wirst du wohl mit mir vorliebnehmen müssen!« Lili betritt das Zimmer und lässt die Tür für mich offen – aber sie dreht sich nicht um. Stattdessen geht sie direkt zu ihrem Stuhl und klappt den Laptop auf, als wollte sie gleich einen Essay schreiben.

Währenddessen bleibe ich in der Tür stehen und beobachte sie.

»Kommst du rein?«

»Ja. Klar, natürlich.« Schnell nicke ich und ziehe den Koffer hinter mir ins Zimmer, bevor ich die Tür schließe. »Hey, ähm ... Bist du –?«

»Nicht sauer auf dich.« Sie atmet schwer aus.

Ich presse die Lippen aufeinander. »Wirkt aber so, als wärst du's.«

»Tja, bin ich aber nicht.«

Ich lasse mich auf die Kante des freien Betts sinken und nehme Puppy auf den Schoß. Wir schweigen, aber die Atmosphäre fühlt sich angespannt und geladen an. Telefonleitungsstille nennt mein Dad das.

Doch dann zieht Lili die Beine an und umschlingt sie mit den Armen. »Uff. Tut mir leid.«

»Was ... denn?«

»Dass ich so eine mürrische Kuh bin?«

Ich lache. »Bist du nicht –«

»Es ist nur ...« Einen Moment lang starrt sie auf den Boden. »Keine Ahnung. Ich habe das Gefühl, als wäre mir etwas entgangen. Du gehst mir seit Monaten aus dem Weg –«

»Also –«

»Immy, das tust du. Wie oft habe ich dich schon eingeladen? Ein Dutzend Mal? Ich wusste nicht, ob du sauer auf mich bist oder ob ich dich irgendwie verletzt habe, ohne es zu merken. Ich konnte es kaum glauben, als du gesagt hast, du hast dich hier beworben, nachdem ich dich nicht mal zu einem Wochenendbesuch überreden konnte.«

Sprachlos starre ich sie an. »Ich ... ich verspreche dir, so war es nicht. Absolut nicht. Es tut mir so leid. Du hast nichts falsch gemacht. Oh mein Gott.« Ich blinzele Tränen fort. »Lili, es tut mir leid.«

»Ich brauche keine Entschuldigung. Ich verstehe es nur nicht, weißt du? Monatelang hast du dich geweigert, mich zu besuchen, und jetzt kommst du nach einer Woche wieder? Weil Tessa dich eingeladen hat?« Ihre Stimme bebt. »Und ich bin froh, dass du dich gut mit meinen Freunden verstehst! Im Ernst. Aber ... Was ist los? Was verstehe ich nicht?«

»So ist das nicht ...« Ich bedecke mein Gesicht mit beiden Händen. »Sorry. Ich habe nicht ... Ich wollte nicht, dass du denkst, ich würde dir aus dem Weg gehen.«

»Okay?« Eine Träne bricht sich Bahn, doch Lili wischt sie hastig weg. »Also –«

»Lili, ich war so ...« Ich versuche, den Kloß in meinem Hals herunterzuschlucken, aber es ist hoffnungslos. »Eingeschüchtert«, sage ich schließlich.

»Von meinen Freunden?«

»Ja. Oder eher ... von der Vorstellung von ihnen. Und davon, wie glücklich sie dich machen.« Ich schniefe. »Ich wusste nicht, ob sie mich mögen würden –«

»Okay, tja, sie vergöttern dich, also ...«

»Keine Ahnung.« Zitternd atme ich aus. »Du bist hier so glücklich. Und das finde ich großartig. Ich finde es toll, dass du hier leben kannst, queer sein kannst und dass du diese kleine Familie aus queeren Leuten gefunden hast. Das ist fantastisch.«

Wortlos wischt sie sich über die Augen.

»Ich wusste einfach nicht genau, wie ich da reinpassen soll, verstehst du?« Ich schüttele den Kopf. »Es hat sich angefühlt, als hättest du diesen heiligen Ort gefunden, und da wollte ich mich nicht reindrängen.«

Ungläubig sieht sie mich an. »Immy, ich habe geweint, als du mir erzählt hast, dass du herkommst. So aufgeregt war ich. Du bist meine beste Freundin.«

»Und du meine!«, sage ich, während mir Tränen über die Wangen laufen.

»Ha! Nimm das, Gretchen.« Mit dem Handrücken wischt sie sich eine weitere Träne weg und lächelt triumphierend.

Auch ich lache, aber es klingt flach.

Lili hebt eine Augenbraue. »Willst du mir immer noch nicht sagen, was Gretchen angestellt hat?«

Ich halte inne. »Ich meine, ich kann's dir erzählen, wenn du willst. Es gibt nur nicht wirklich was zu erzählen. Also ... wir haben übers Verliebtsein geredet, und sie war irgendwie komisch. Das war's.«

»Komisch? Hat sie sich über dich lustig gemacht? Oder über den Typen?«

»Nein, nein. Das nicht. Nicht ...« Ich verstumme und reibe mir eine feuchte Wange. »Es war eher unterschwellig. Schwer zu erklären. Sie war nicht gemein. Es wirkte eher, als hätte sie es nicht ernst genommen.«

»Okay.« Lili rollt mit ihrem Stuhl näher zu mir. »Also bist du richtig verliebt?«

»Nein! Keine Ahnung. Ich weiß nicht mal, ob ich überhaupt verliebt bin.« Lili starrt mich an, bis meine Wangen glühen. »Ich schätze, das wollte ich irgendwie … herausfinden. Aber es hat sich angefühlt, als hätte Gretchen das für mich getan.«

Lili tippt sich mit dem Daumen an die Unterlippe, keine von uns sagt etwas.

»Okay, also …« Sie hält inne und wirft mir einen Blick zu, den ich nicht ganz deuten kann. »Also lief es etwa so ab: ›Hey, ich glaube, ich bin in diese Person verliebt.‹ Und Gretchen meinte: ›Haha, nein, bist du nicht.‹ Trifft es das?«

Ich öffne den Mund, bevor ich ihn wieder schließe.

Diese Person. Das ist … genderneutral.

Person. *Person.* Nicht diesen Typen.

Ich drücke mein Kinn in Puppys Mähne, sodass sein Horn zur Seite absteht. »Jepp. So ziemlich.«

Dann schweigen wir wieder.

Bis Lili sich plötzlich vorbeugt. »Erinnerst du dich noch an Brianna Lewis' Abschlussfeier?«

»Die Feier oder die Autofahrt?«

»Was denkst du?« Sie lacht leise. »Du weißt schon, dass ich eine Heidenangst hatte, oder? Du warst die erste Person, vor der ich mich geoutet habe.«

»Abgesehen von deiner Familie.«

»Nein«, sagt sie. »Du warst es.«

Da hebe ich den Blick. »Ich dachte, du hast gesagt –«

»Ich weiß. Ich habe einfach – keine Ahnung – versucht den Druck rauszunehmen, weil ich wusste, dass du dich sonst verantwortlich fühlen würdest, einen großen perfekten Moment daraus zu machen.«

Meine Hand erstarrt am Rand des Betts. »Das wusste ich nicht.«

»Ich weiß.«

»Tut mir so leid. Gott. Ich hätte –«

»Daraus einen großen perfekten Moment machen müssen?«

»Ich meine ...«

Lili begegnet meinem Blick. »Das hast du! Du hast mir Raum gegeben. Du hast es ernst genommen. Du weißt, dass dafür keine Vorschriften existieren, oder?«

Ich nicke.

Und Lili ist kurz still. »Weißt du ... Wenn es je etwas gibt, das du mir erzählen möchtest, dann würde ich dir dafür ebenfalls Raum geben.«

Etwas, das du mir erzählen möchtest.

Der Code ist nicht gerade schwer zu knacken. Offensichtlich weiß Lili, dass etwas los ist, und sie wartet nur darauf, dass ich es ausspreche. Sie hält förmlich Karteikarten für mich hoch.

Ich bin wahnsinnig neugierig darauf, was sie wahrgenommen hat.

Gerade starrt sie mit einer Haarnadel zwischen den Zähnen hochkonzentriert in den Spiegel. »Siehst du, genau deshalb trage ich meine Haare nie hochgesteckt.«

»Du klingst wie eine Amateur-Bauchrednerin«, sage ich.

Sie steckt die letzte Nadel an ihren Platz. »Bin nicht sicher, ob eine Profi-Bauchrednerin zu sein so toll ist, wie du denkst.«

Ich lache und drücke Puppy fest an meine Brust. Als würde das meinen donnernden Herzschlag beruhigen.

Es ist unmöglich zu beschreiben, was ich fühle. Freude zusammen mit Wehmut und einem frühlingshaften Sonnenuntergang. Entferntes Lachen aus dem Innenhof dringt durch Lilis offenes Fenster herein und vermischt sich mit der »Getting Ready«-Playlist auf ihrem Handy.

Und da fällt mir auf, dass wir das noch nie gemacht haben, nicht in all den Jahren, die wir uns schon kennen. Ich glaube, wir waren auf keiner einzigen Party, für die wir unser Shirt gewechselt hätten.

Leise singe ich mit und lächele Lili an.

Kopfschüttelnd lächelt sie zurück. »Ich komme nicht drüber hinweg, dass du den Text von jedem queeren Song überhaupt kennst.«

»Ich bin diejenige, die dir ›Silk Chiffon‹ gezeigt hat!«

Als ich das erste Mal das Musikvideo dazu gesehen habe, habe ich ernsthaft gedacht, ich träume. Mein Lieblingsfilm in Liedform. Nach nur einer Strophe hatte ich es schon einem halben Dutzend Leute geschickt.

»Du weißt schon, dass Gretchen deshalb ihre Haare rosa gefärbt hat, oder?«, füge ich hinzu. »Phoebe Bridgers in dem Video ist ihre absolute Stilikone.«

»Ich hasse es, mit Gretchen einer Meinung zu sein.« Lili lässt sich neben mir aufs Bett fallen. »Mann, dein Gesicht gerade. Du siehst aus, als hätte dir jemand eine Million Kätzchen angeboten.«

Meine Wangen werden warm. »Ich bin einfach froh, hier zu sein.«

»Okay, Pollyanna Banana. Bringen wir mal deine süße Schleife an.«

Ich fasse meine halb offenen Haare zusammen und lasse sie an meinem Rücken hinabfallen, bevor ich mich seitlich drehe, damit sie die Schleife an meinem halb hohen Zopf befestigen kann. Man könnte sagen, ich bin ziemlich begeistert von meinem Dark-Academia-Outfit. Dabei ist es recht schlicht – das grau karierte Pinafore-Kleid aus dem Secondhandladen, aber wenigstes ohne Pohloch. Außerdem habe ich mir Lilis schwarze Knopfstiefel geliehen, aber alles andere stammt aus meinem Kleiderschrank zu Hause – das weiße Hemd mit Peter-Pan-Kragen, die schwarze Strumpfhose und der schwarze Cardigan.

Als Lili die Schleife gerichtet hat, schiebt sie einige meiner Haarsträhnen nach vorn, damit sie mir über die Schulter fallen. »Gefällt mir. Du siehst aus wie eine Porzellanpuppe.«

Da lache ich. »Und du siehst aus wie jemand, der Briefe mit einer Feder schreibt und sie mit Wachs versiegelt.«

»Ziel erreicht.« Sie öffnet die Selfie-Kamera auf ihrem Handy und rutscht nah an mich heran. Ich bin mir ziemlich sicher, dass ich mein eigenes Gesicht gerade so gern mag wie noch nie zuvor. Meine Wangen sind gerötet, mein Haar ist genau richtig gewellt, und das Licht, das durch Lilis Fenster strahlt, lässt meine Augen marineblau erscheinen. Lili hält ihren Arm ausgestreckt und lächelt, der Duft ihrer Haare lässt mich an Goldfischcracker, YouTube und Snoopy-Bettwäsche denken und an das eine Mal, als sie in der Babyschaukel bei uns zu Hause stecken geblieben ist und Dad sie mit der Kettensäge herausschneiden musste.

Typische Lili-Düfte. Lili stellt wirklich meine ganze Kindheit dar.

»O-kay. Ich poste es jetzt und verlinke dich. In der Bildunterschrift steht«, sie steht auf und geht beim Tippen auf und ab, »›Outfits für die Dark-Academia-Party sitzen.‹«

Genau fünf Sekunden später schickt Gretchen mir einen Screenshot. *Unglaublich, lebensbejahend, 12/10!!!*

Ohne darauf zu antworten, lege ich mein Handy zur Seite.

»Oh-oh. Das ist ein Millionen-Kätzchen-Gesicht.« Lili kneift ein Auge zu. »Wen ghosten wir?«

Ich schüttele den Kopf. »Niemanden. Ich meine – Gretchen. Aber ich schreibe später zurück. Bin nur gerade nicht in Gretchen-Stimmung.«

»Nicht in Gretchen-Stimmung zu sein ist eine Stimmung«, bestätigt Lili.

Chat mit Gretchen
GP: KOMME IMMER NOCH NICHT ÜBER DAS FOTO HINWEG!!! 🥑
GP: Ok, gut, dann schreib mir halt nicht
GP: SEUFZ
GP: Nein, Spaß. Du lebst dein College-Leben, und das freut mich total für dich
GP: Du siehst unglaublich aus, Immylein, geh und hab SPASS

»Die Truppe versammelt sich in Kaylas Zimmer«, sagt Lili, während sie ihr Fenster schließt und noch einen letzten Blick in den Spiegel wirft. Als wir dann endlich in den Flur treten, schlägt mir das Herz bis zum Hals.

Tessas Tür ist geschlossen. Und Lili klopft nicht einmal, als wir daran vorbeigehen. Was ... in Ordnung ist.

Ich meine, Tessa wird bestimmt auch kommen. Schließlich ist sie diejenige, die mich dazu überredet hat.

Soweit ich weiß, war sie allerdings den ganzen Nachmittag über nicht in ihrem Zimmer.

Während des gesamten Wegs zu Kaylas Zimmer denke ich darüber nach, wie ich Lili beiläufig danach fragen kann, aber jede Version der Frage fühlt sich ungefähr so unauffällig an, als würde ich sie in ein Mikrofon schreien. Wobei ich wohl bis jetzt auch nicht gerade subtil gewesen bin.

Wenn es je etwas gibt, das du mir erzählen möchtest ...

Eigentlich bräuchten wir eine Schlüsselkarte, um in Kaylas Wohnheim zu gelangen, oder wir müssten sie anrufen, damit sie herunterkommt und die Tür für uns öffnet. Aber ein Typ, den Lili von der Einführung kennt, lässt uns mit ihm hineingehen. In der Luft liegt bereits eine greifbare Aufregung. Das ganze Erdgeschoss gleicht einem Straßenfest – in einem chaotischen Gewirr aus Lachen, Musik, Alkohol und Gras laufen lauter Leute von einem Zimmer ins nächste.

Kayla hat ein Doppelzimmer auf der zweiten Etage – anscheinend ist ihre Kiffer-Mitbewohnerin an diesem Wochenende nicht in der Stadt. Es besteht kein Zweifel daran, dass die Seite mit den Anime-Kunstdrucken Kaylas ist. Über ihrem Tisch hängt eine kleine Galerie von Familienfotos, die um eine gerahmte Collector's Edition von Janelle Monáes *Dirty-Computer*-Schallplatte angeordnet ist. Wohingegen Audras Deko nur aus einem riesigen Wandteppich und einer Menge Lichterketten besteht. Doch irgendwie lassen ein paar flackernde Kerzen eine Verbindung zwischen beiden Zimmerhälften entstehen, die das Chaos abschwächen und dem Ganzen etwas Gemütliches und Beabsichtigtes geben. Kayla, Declan und Mika sitzen auf Kaylas Bett und trinken aus Teetassen, während aus einem Handy Musik tönt.

Doch keine Tessa in Sicht.

»Die siegreiche Rückkehr der Imogen!«, verkündet Kayla in einem Singsang. »Ihr beiden seht toll aus.«

Aber meine Brust fühlt sich so leer und stechend an, dass ich kaum etwas erwidern kann. Vor zehn Minuten war ich noch total verliebt in dieses Outfit. Jetzt fühle ich mich einfach nur leicht overdressed.

»Das sind ja schicke Tassen«, sagt Lili, die sich auf Kaylas gigantischen Sitzsack sinken lässt. Sie macht mir Platz, und ich pflanze mich neben sie.

»Getränke, die Damen?«, fragt Declan, bevor er die Beine ausstreckt, seine Füße um die Stange von Kaylas

Schreibtischstuhl klemmt und ihn näher ans Bett zieht. Darauf befindet sich ein Tablett aus der Mensa mit zwei großen Flaschen und einigen leeren Teetassen. »Eine rollende Bar«, sagt er zwinkernd.

»Übrigens trägt der Herr den Blazer seiner Uniform aus der Privatschule«, erklärt Kayla und nimmt einen Schluck von ihrem Drink. »Das wollte ich nur mal loswerden, falls jemand denkt, dieser Typ wäre auch nur ein bisschen cool.«

»Babe, alles gut. Es interessiert niemanden, dass du auf der Highschool nicht cool warst.« Declan grinst sie an. »Wo wir gerade vom Verderben der Jugend sprechen! Imogen, was kann ich dir einschenken?«

»Ähm. Was steht denn zur Auswahl?«

»Eigentlich nur Himbeer-Wodka und Orangensaft.«

»Und Wasser.« Mika hält deren Tasse hoch. »Macht sich besser mit Zoloft.«

»Genau. Wasser, wenn du Pillen gegen Angstzustände nimmst«, sagt Declan, »und Wodka, wenn du eigentlich welche nehmen solltest.«

»Himbeere klingt gut! Danke«, erwidere ich, was dazu führt, dass Lili mich mit offenem Mund anstarrt. Allerdings bin ich nicht in der Stimmung für eine Ankündigung à la »Babys erster Alkohol«, also tue ich einfach so, als wäre ich total begeistert von Declans Geschick als Barkeeper. Und ich schätze, die Botschaft ist bei Lili angekommen, denn sie verliert kein Wort darüber, nicht einmal dann, als ich mich fast am ersten Schluck verschlucke, weil er schmeckt, als hätte man einen Starburst-Bonbon in Franzbranntwein getunkt. Sie mustert mich nur skeptisch, bis ich eine gezwungen lächelnde Grimasse ziehe.

Der zweite Schluck ist allerdings schon besser.

Beim fünften schüttelt es mich kaum noch.

Und bevor ich mich's versehe, habe ich schon mehr als die halbe Tasse leer getrunken, und mein Verstand fühlt sich glücklich benebelt an. Denn der heutige Abend wird spitze, mit Tessa oder ohne Tessa. Wie könnte es auch anders sein? Es ist meine erste College-Party, ich bin wie ein Schulmädchen von früher gekleidet, und ich habe keine Ahnung, wer diese Playlist erstellt hat, aber sie ist eine Eins plus mit Sternchen, hat die allerbesten Vibes überhaupt – Hayley Kiyoko, Lil Nas X, King Princess. Es ist verdammt schwer, dabei nicht mitzusingen.

»Alles gut bei dir?«, murmelt Lili mir zu.

»Magnifique, Monsieur LePoisson«, erwidere ich. Dann kommt Clairos »Sofia«, und ich keuche auf, was Lili zum Lachen bringt. Ich könnte stundenlang darüber philosophieren, warum Clairo ein Genie ist. Nur fühle ich mich gerade ein wenig gedankenverloren. Ganz ähnlich wie beim Häschen-Modus. Die Worte sind da, aber sie versiegen auf meiner Zunge.

Eigentlich dachte ich immer, Alkohol würde das Reden einfacher machen. Bis jetzt macht er nur meine Gedanken lauter.

Ich versuche, mich auf das Lied zu konzentrieren, weil ich die Zeile darüber, dass Clairo Sofia mit offenem Haar liebt, nicht verpassen will. Es schnürt mir jedes Mal die Kehle zu – es hat einfach etwas so Aufrichtiges an sich. Stell dir vor, du wirst einfach mit offenem Haar geliebt. Ohne Hintergedanken, ohne Publikum. Man muss es sich nicht verdienen und immer wieder aufs Neue verdienen. Liebe, ohne sich anpassen zu müssen.

Die Tür geht knarrend auf.

Und Tessa kommt herein. Sie trägt einen braunen Tweed-Anzug. Mit einer Weste.

Atemlos und mit geröteten Wangen fummelt sie an ihrem Hemdkragen herum. »Sorry! Wäsche-Katastrophe. Irgendein Typ hat meine Klamotten aus dem Trockner geholt – sie klitschnass auf den Boden geworfen und dann seine ekligen Boxershorts reingeworfen. Ich meine – Bro, ich habe für den Trockengang bezahlt! Und es waren keine anderen Trockner frei, daher hängen jetzt Klamotten in meinem ganzen Zimmer verteilt. Und ich musste mir ein Hemd von meinem Bruder leihen. Aber hier bin ich!«

Keine Ahnung, wie ich aufhören soll zu starren. Tessa in einem altmodischen Anzug, ihre Haare versuchen schon aus dem Pferdeschwanz auszubrechen. Ihre hektische Energie, ihr süßes Lächeln. Sie sieht aus wie eine heiße junge Professorin am ersten Unterrichtstag.

Unsere Blicke treffen sich, und in meinem Kopf geht die Sonne auf.

Tessa fragt, ob noch jemand etwas trinken möchte, und da sie mich direkt ansieht, reiche ich ihr meine Tasse. Dann macht sie es sich auf dem Boden gemütlich, halb mir und Lili zugewandt, mit einem Bein angewinkelt, sodass es ein Dreieck ergibt. Wie in einem Magazin für Männermode.

Mir ist warm und ein wenig schwindelig, und es stimmt wohl, dass der zweite Drink leichter runtergeht als der erste. Und tatsächlich wird auch das Reden einfacher. Normalerweise habe ich ein komplettes Sicherheitssystem in meinem Kopf, das jeden Gedanken zweimal überprüft, bevor er meinen Mund verlassen darf. Doch nun ist der Wachmann außer Dienst.

»Moment.« Ich stelle meine Tasse habe. »Ist *das hier* die Party?«

Kayla lacht. »Imogen, nein! Wir wollen nur nicht zu früh da antanzen.«

»Klar. Logisch. Absolut.« Ich nicke. »Leuchtet total ein. Es ist erst … neun.«

Wenn Gretchen hier wäre, würde sie mich einen süßen Baby-Nerd nennen. Die Unschuld vom Lande. Eigentlich macht mir das auch nichts aus. Aber ich bin wohl einfach froh, für einen Moment mal nicht in ihrem Orbit zu sein.

Dadurch fühlt sich der heutige Abend mehr an, als würde er mir gehören.

Tessa stupst mich mit ihrem Schuh am Fuß an und schenkt mir ein Frühaufsteher-Solidaritätsgähnen. Die Musik wechselt zu »Heather« von Conan Gray, und die ersten Akkorde machen mich so wehmütig, dass ich für eine Sekunde kaum noch Luft bekomme. Allerdings lächelt Tessa mich immer noch an, also lächele ich zurück, nur dass ich jetzt rot werde, und ich bin mir ziemlich sicher, dass der Blickkontakt schon längst hätte enden sollen. Doch ich kann den Blick nicht abwenden, denn Tessa ist so süß, und ihr Lächeln erinnert mich an Sonnenstrahlen, die aufs Wasser fallen.

Ich glaube, ich bin in einen Tagtraum hineingerutscht. Es muss an den flackernden Kerzen, der Musik und den springenden Gesprächsthemen liegen. Kayla fängt an, über Sailor Moon zu reden, und irgendwie wird daraus eine ganze Beichtstunde über unsere ersten Schwärmereien. Unsere ersten queeren Schwärmereien.

Ist es immer noch problematisch, wenn ich behaupte, es wäre Clea DuVall?

Immerhin kann ich schlecht Tessa nennen. Das kann man nicht einfach so sagen.

»Robin Wright aus *Die Braut des Prinzen*«, sagt Tessa und schenkt mir ein kurzes Grinsen.

»Ganz klar das Starbucks des lesbischen Erwachens jedes weißen Mädchens«, entgegnet Declan, und Tessa kichert auf diese tiefe Tessa-Art. Was so ziemlich eine Kriegserklärung an mein Herz ist.

»Bei mir war es Jade«, sagt Mika. »Nur wusste ich da noch nicht, dass es eine queere Schwärmerei war.«

»Entschuldigung – du und Jade? Das ist keine Schwärmerei. Das ist Liebe.« Kayla hält sich eine Hand aufs Herz. Mika unterdrückt nur ein Lächeln.

Dann beginnt Lili von diesem Pfadfinderinnen-Treffen bei uns in der Gegend zu erzählen, zu dem wir gegangen sind, als sie in der fünften und ich in der vierten war. »Wir mussten kleine Anstecknadeln basteln, um sie mit den Gruppen aus anderen Bezirken zu tauschen, sozusagen als Eisbrecher – Immy, erinnerst du dich noch daran?«

»An die Anstecker? Na klar erinnere ich mich.«

»Ja! Der Gedanke dahinter war, dass man am Ende eine ganze Sammlung mit verschiedenen Anstecker hat. Die waren ziemlich süß. Ich glaube, wir hatten Pompom-Pferde.«

»Nein, du hattest Pompom-Pferde, weil du ein Pferdemädchen bist«, sage ich. »Ich hatte Häschen.«

»Also, was ist passiert?«, fragt Mika.

Lili legt die Hände zusammen. »Da war dieses Mädchen, ihr wisst schon, aus einer anderen Stadt in Central New York. Lockiges Haar, hat einen Overall getragen. Und ihre Anstecker waren –«

»Filz-Regenbögen«, ergänze ich.

Blinzelnd schenkt Lili mir ein überraschtes Halblächeln. »Woher weißt du das?«

»Ähm.« Meine Wangen werden warm.

»Moment«, sagt Kayla. »Ihr wollt mir erzählen, da ist einfach ein Mädchen bei den Pfadfinderinnen aufgetaucht, um Mädchen queer zu machen?«

Schulterzuckend nehme ich einen Schluck.

Kayla schüttelt den Kopf. »Absolute Göttin.«

»Schutzheilige des queeren Erwachens«, fügt Mika hinzu.

»Na ja, es war nicht mein Erwachen.« Ich halte inne. »Ich meine, nicht mein *erstes* Erwachen.«

»Oh, erzähl schon, Babe«, drängelt Declan.

Ich kann förmlich hören, wie Lilis Kinnlade herunterklappt, aber ich halte den Blick nach vorn gerichtet. »Also. Ähm. Da war gerade dieses neue Mädchen hierhergezogen – nicht *hier*her. Ich meine in unsere Stadt. Penn Yan. Jedenfalls ist sie aus New York City hergezogen, und sie hatte doppelt gepiercte Ohren, also dachte mein Drittklässler-Ich sich: Holy Shit, ich muss mit ihr befreundet sein. Außerdem war ich mir ziemlich sicher, dass wir Freunde sein sollten, denn sie war Ilana mit einem I; und ich bin Imogen mit einem I, und wir hingen die ganze erste Woche zusammen auf dem Spielplatz herum. Und ich hatte diesen Tagtraum, in dem sie, Lili und ich eine Gruppe aus drei besten Freundinnen waren. Es war so lebhaft. Das ging so weit, dass ich mich über hypothetische zukünftige Freundschaftsrivalitäten aufgeregt habe.«

Lili sieht überrascht und amüsiert zugleich aus. »Warum wusste ich das nicht?«

»Weil sie von dieser Gruppe beliebter Mädchen absorbiert wurde, die immer farblich abgestimmte Outfits getragen haben, und danach hat sie nie wieder mit mir geredet.«

»Den *Girls Club* gibt's wirklich.« Kayla nickt ernst, und ich lache.

»Ich meine, sie war keine Regina George oder so. Sie war einfach Teil der Gruppe. Und dann ist sie eh ein paar Jahre später wieder zurück in die Großstadt gezogen.«

Als ich den Blick hebe, sehen mich alle gespannt an, als würden sie auf irgendeine Pointe warten.

»Oh! Das war's«, sage ich verlegen. »Sorry. Das war – wow, ich habe euch gerade eine ziemlich sinnlose Geschichte erzählt.«

»Nicht sinnlos«, sagt Lili schwach.

Und das hier spreche ich nicht aus: Ich habe Ilana letztes Jahr auf Instagram gesucht. Aus dem Nichts heraus – aus irgendeinem Grund ist sie einfach in meinem Kopf aufgetaucht. Es war seltsam, sie sah ganz anders aus, als ich sie in Erinnerung hatte. Sie war weniger geschminkt als in der Mittelschule, klar. Und ihre Nase war gepierct. Aber ich glaube, es lag vor allem an der Art, wie sie auf den Fotos lächelte. Viele ihrer Fotos zeigten sie mit diesem einen Mädchen, allerdings habe ich nie herausgefunden, ob sie Ilanas Freundin war. Ich weiß nicht einmal, ob Ilana queer ist. Aber ich habe Stunden damit verbracht, dieser Frage nachzugehen. Und im Nachhinein hat das vielleicht etwas zu bedeuten.

All diese Momente, verstreut und getrennt voneinander. All diese unzusammenhängenden Punkte.

45

Als wir uns auf den Weg zum Rainbow Manor machen, ist es schon fast zehn, und die Nachtluft ist so kalt, dass meine Wangen kribbeln. Lili wartet, bis die anderen ein Stück vorgelaufen sind, ehe sie ihren Arm mit meinem verschränkt. Zögerlich sieht sie mich an. »Also, Ilana und das Overall-Mädchen. Das ist keine falsche Hintergrundgeschichte.«

Mit einem scharfen Ziehen in der Brust schüttele ich den Kopf.

»Wir müssen nicht darüber reden«, sagt sie. »Außer du möchtest es. Immy. Gott. Wir müssen auch nicht zu dieser Party gehen.«

Da lache ich. »Aber ich möchte zu der Party. Das ist doch der Grund, warum ich hier bin!«

»Okay, aber –« Sie hält abrupt inne, und ich bemerke, dass Tessa zurückfällt, um sich uns anzuschließen.

Lili lässt meinen Arm los, umarmt mich von der Seite und joggt dann vor zu den anderen. »Scotty Scott«, sagt Tessa, die jetzt neben mir geht. »Mir haben die Storys von deinem queeren Erwachen gefallen.«

Was mich in leichte Panik versetzt. Plötzlich fällt mir auf, wie weit ich mich von dem gestohlenen Lesbische-Elsa-Skript entfernt habe. Allerdings lächelt Tessa breit und aufrichtig, weshalb ich sicher bin, dass sie nichts vermutet.

»Mir gefällt deine auch, aber ...«, ich lehne mich näher zu ihr, »wissen die anderen, dass sie deine Cousine ist?«

»Okay, weißt du was? Es reicht mir mit deiner Cattitude.« Lächelnd legt sie den Kopf schief.

»Macht mal hin, ihr lahmen Enten!«, brüllt Declan mit den behandschuhten Händen am Mund. »Weniger Flirten, mehr geh–«

Kayla presst ihm eine Hand vor den Mund und schiebt ihn vorwärts. »Weitermachen!«, ruft sie über die Schulter hinweg. »Lasst euch Zeit. Alles gut.«

»*Er* ist eine lahme Ente«, murmelt Tessa, aber mein Gehirn ist bei dem Wort »Flirten« stecken geblieben. Ist das Flirten? Das ... reicht schon? Scherzhafte Unterhaltungen?

Möchte ich, dass es Flirten ist? Denn ich ...

Mein Fuß rutscht vom Bordstein, nur ganz leicht, aber genug, dass ich das Gleichgewicht verliere – doch Tessa legt einen Arm an meine Taille, um mich aufzufangen. »Ups!«

Ich drehe mich zu ihr und vergrabe das Gesicht in der Wolle ihres Blazers. »Hast du dieses Jackett von einem alten Professor stibitzt, oder wie?«

»Tatsächlich habe ich das! Von meinem Dad.«

»Richtig authentisch, Minsky«, sage ich, und ihr Nachname fühlt sich seltsam aufregend auf meiner Zunge an.

Tessa blickt hinunter und dann wieder zu mir hoch, nun ist ihr Lächeln beinahe schüchtern.

Okay, das ist ziemlich sicher Flirten.

»Seid ihr dahinten so weit?«, fragt Lili, die mitten auf dem Gehweg stehen geblieben ist.

Das Haus wirkt größer als letztes Wochenende, und noch mehr Pride-Flaggen schmücken es heute. Der Weg zum Haus ist mit kleinen LED-Teelichten gesäumt, und gedämpfte Musik dringt durch die Wände.

Als wir nähertreten, entdecke ich ein Schild an der Tür.

Willkommen im Rainbow Manor. Wenn du out bist, komm rein!

46

Vom Eingangsbereich geht es direkt in das Wohnzimmer. Es ist voll – nicht so voll wie Studentenpartys in Filmen, aber besser besucht als jede Hausparty, bei der ich bisher gewesen bin. Die Möbel wurden an die Seite geschoben, um eine behelfsmäßige Tanzfläche entstehen zu lassen, und die Songs von *girl in red* laufen über den Lautsprecher, der auf einem der Beistelltische steht. Die Dekorationen sind ziemlich schlicht gehalten, aber einige coole Details stechen mir ins Auge – unechte Kerzen, beigefarbene Globusse, Bücherstapel und dunkle Samtkissen. Alles verströmt den Vibe einer düsteren alten Bibliothek.

Entweder sind Mika, Declan und Kayla schon in einem anderen Zimmer verschwunden, oder sie wurden von der Menschenmasse auf der Tanzfläche absorbiert. »Komm, bilden wir eine Kette«, sagt Lili und nimmt meine Hand. Also nehme ich Tessas, und wir bewegen uns zusammen durch die Menge.

»Lili!«, ruft eine brünette Person in Anzug und Ballonmütze. Dey umarmt Lili, winkt Tessa und lächelt mich an. »Hi! Vitoria. Dey/sie«, sagt dey und wirft einen Blick über deren Schulter. »Sorry, ich habe Nora *und* Alix verloren.«

»Nora ist direkt hinter dir.« Lili lacht und zeigt auf ein

Mädchen mit Pferdeschwanz und jeder Menge Piercings. Sie trägt einen Rollkragenpullover und Hosen, und ich sehe ein gestreiftes gewebtes Armband aufblitzen – schwarz, weiß, grau und lila –, als sie winkt. »Okay, Vitoria kommt aus Brooklyn und studiert Altphilologie. Und, ähm, Noras Studienfach kenne ich nicht, aber ich bin ziemlich sicher ... Du kommst aus dem Süden, richtig?«

»Jepp! Georgia.« Nora nickt.

»Richtig! Also, Tessa kennt ihr. Und das ist Imogen – sie fängt nächstes Jahr hier an.«

»Sehr cool! Bist du zu Besuch aus Philly?«, fragt Nora.

»Oh, nein, nur aus Penn Yan. Ist zirka dreißig Minuten entfernt.«

»Sie ist meine BFF von zu Hause«, fügt Lili hinzu.

Mit glühenden Wangen lasse ich Tessas Hand los.

»Geht tanzen! Wir müssen Alix finden«, ruft Vitoria, als die Musik zu Lorde wechselt.

Wir landen am Rand der Tanzfläche, auf der die Leute in Grüppchen tanzen, sich aneinander reiben oder rummachen. Keine Ahnung, ob ich träume oder ob mein Verstand einfach komplett abgeschaltet hat. Es ist schlimmer als im Häschen-Modus. Das hier ist einfach ... eine ganz andere Liga als das Quiz oder die Tunnel, selbst als das Trinken in Kaylas Zimmer.

Lili entdeckt Mika auf der Tanzfläche und winkt. Dann wendet sie sich wieder Tessa und mir zu. »Ihr seht Kayla und Declan auch nicht, oder?«

Tessa schüttelt den Kopf. »Wenn die irgendwo rummachen –«

»Ich werde mal hochgehen«, sagt Lili. Doch dann hält

sie inne. »Ups, okay, nein. Dec tanzt mit irgendeinem Typen.«

Mika ist bereits ein wenig gerötet und verschwitzt, als dey bei uns ankommt. »Hi!«

Mit hochgezogenen Augenbrauen zieht Lili einen von Mikas Latzträgern wieder auf deren Schulter. »Du siehst aus, als hättest du Spaß.«

Mika lacht. »Ich tanze, kommt schon!«

Nichts trennt die Tanzfläche vom Rest des Raumes, und doch fühlt es sich an, als würde ich den Mond betreten. Selbst dieser ungelenke Tanz als Quartett ist der coolste Moment meines Lebens – bei Weitem. Dann wechselt die Musik zu Doja Cat, und alle stürzen auf die Tanzfläche und füllen jeden noch so kleinen Fleck aus. Jetzt bin ich so dicht an Tessa gepresst, dass ich die leichte Rundung ihrer Brüste spüren kann.

Ihr Blick begegnet meinem, und ihr Gesicht ist verwirrend nah. Noch nie war ich mir meines eigenen Körpers so bewusst. Jeder Zentimeter, den ich mich bewege, fühlt sich wie eine Entscheidung an.

Plötzlich spüre ich Lilis Hand auf meinem Arm, aber ich verstehe nicht, was sie sagt.

»Was?« Ich beuge mich näher zu ihr.

»Toilette! Komm mit.« Sie packt meine Hand, und ehe ich mich's versehe, führt sie mich durch die Küche in einen kurzen Gang. Doch da das Badezimmer besetzt ist, lehnen wir uns einfach nebeneinander an die Wand.

»Ich muss eigentlich gar nicht«, sagt Lili und hält dann abrupt inne. »Okay, jetzt schon, aber viel wichtiger ...« Sie starrt mich an, und ich schätze, sie ist noch ein wenig betrunken, denn sie stupst mir gegen die Stirn. »Du.«

»Ich?«

»Also ...« Sie macht eine Pause. »Ich weiß nicht, wie ich das fragen soll. Keine Ahnung. Es ist nur –«

Die Badezimmertür schwingt auf, und jemand in einem Ganzkörper-Rabenkostüm springt mit erhobenen Schwingen heraus. »Nevermore!«

Einen Moment lang stehen wir in verdutztem Schweigen da.

Dann zieht Lili mich ins Badezimmer, drückt die Tür zu und schließt ab. »Okay, du bleibst hier«, sagt sie und tritt zurück in eine Art Toilettennische, die durch eine Schiebetür abgetrennt ist. »Immy, du hörst mich gleich pinkeln!«

»Ich habe buchstäblich dein Bett genässt.«

»Haha, stimmt.« Sie fängt an zu pinkeln. »Okay, hör mal. Ich versuche hier nicht, die überbeschützende große Schwester zu spielen, aber ich möchte sichergehen, dass es dir gut geht. Also ... bist du glücklich?«

Mich selbst im Spiegel anzustarren ist ein bisschen, als würde ich mich selbst in einem Film sehen. Ich bin gerötet, aber auf eine gute Art. Beinahe als würde ich strahlen.

Was Tessa wohl denken wird, wenn sie mich sieht?

»Alles okay?«

»Oh! Ja, klar!«

»Immy.« Das Pinkel-Geräusch verstummt. Einen Augenblick später spült Lili und schiebt die Tür auf. Dann mustert sie mich, während sie sich die Hände wäscht. »Du bist nicht ... Du weißt, dass du niemandem irgendwas beweisen musst, richtig?«

Meine Wangen werden heiß. »Ich weiß.«

»Okay.« Pause. »Denn du musst wissen – also, du

weißt, dass ich dafür bin. Solange es für dich ist. Und nicht, du weißt schon, für die ›Hintergrundgeschichte‹.« Sie zeichnet Ausrufezeichen in der Luft, während sie mich weiterhin eindringlich im Spiegel mustert. »Es ist echt, oder?«

Schnell nicke ich, und meine Kehle fühlt sich eng an.

»Oh nein. Nein, nein, nein. Nicht weinen.« Lili schubst mich sanft. »Immy.«

Ein wenig atemlos lache ich.

Sie umarmt mich schnell und fest. »Okay! Musst du auch?«

Auf der Toilette bedecke ich mein Gesicht mit beiden Händen. Ich ...

Ich glaube, ich habe mich gerade geoutet.

Irgendwie? Oder ist das schon vorhin in Kaylas Zimmer passiert, als ich über Ilana und die Pfadfinderin gesprochen habe?

Vielleicht zählt aber auch gar nichts davon, weil ich die Worte nicht ausgesprochen habe.

Bi. Bisexuell. *Lili, ich bin bi.*

Fühlt sich größer an, als mir lieb ist. Muss ich das wirklich verkünden? Kann ich nicht einfach etwas fühlen und darin leben, während es passiert, ohne es zu Tode zu analysieren?

Als wir zurückkommen, haben Mika und Tessa sich wieder an den Rand der Tanzfläche verdrückt, zusammen mit Declan, der den Typen anscheinend abserviert hat. Allerdings glaube ich, dass sie uns noch nicht entdeckt haben. Tessa nickt, während Mika etwas erzählt, sie lacht ein wenig, und ich bin von jedem Detail an ihr so fasziniert. Dass ihre Ärmel ein wenig zu lang sind. Ihr Gezappel – wie sie immer auf und ab hüpft und ihren Pony aus dem Gesicht streicht. Dass ihr Lächeln immer warm ist. Dann bemerkt sie, dass ich starre, und ihr ganzes Gesicht erhellt sich. Und mein Herz macht einen riesigen Satz.

Wir schlagen uns zu ihnen durch. Declan ist eindeutig betrunkener als bei unserer Ankunft hier. Er schnappt sich je eine unserer Hände und zieht uns näher zu sich. »Wo ist Kayla? Sie antwortet nicht auf Nachrichten!«

Lili zuckt mit den Schultern. »Vielleicht macht sie ru-hum.«

»Das habe ich auch gesagt«, meint Mika, und Declan funkelt beide wütend an.

Tessa tritt näher zu mir. »Hey, da bist du ja wieder.«

»Ja«, sage ich schwach. Ich bin so nervös, dass ich förmlich zittere.

Ich glaube, mit Lili darüber zu reden hat es real gemacht.

Der Song wird langsamer, mein Herzschlag allerdings nicht.

Tessa beißt sich auf die Lippe. »Willst du tanzen?«

»Tanzen, also … tanzen?« Ich nicke. »Okay, ja.«

Sie legt die Hände an meine Taille, und ich komme näher, sodass meine Fingerspitzen das Ende ihres Pferdeschwanzes streifen, die zarten Haare in ihrem Nacken. Mein Herz schlägt so stark, dass es sich anfühlt, als könnte es meine Rippen durchbrechen. Ich habe schon mal langsam getanzt – beim Homecoming-Ball, beim Abschlussball an der Junior-Highschool, sogar beim Ball in der achten Klasse.

Doch das hier fühlt sich anders an. Nicht, weil Tessa ein Mädchen ist. Der Unterschied ist stiller, tief in meiner Brust verborgen. Es ist ein Wechsel von dem wirren *Ich hoffe, ich mache es richtig* zu einem schmerzenden *Ich hoffe*.

Tessas Blick begegnet meinem, sie hebt die Mundwinkel ein wenig, nur ganz leicht. Und der Lärm in meinem Kopf verstummt.

All die Male, die ich gesagt habe, dass ich hetero bin. All die Male, die jemand anderes gesagt hat, dass ich hetero bin.

Da war es, unterstrichen und fett geschrieben. Wie konnte ich das übersehen?

Als ob man Walter findet und realisiert, dass er sich nie wirklich versteckt hat.

Mittlerweile ist die Musik lauter, die Tanzfläche voller, und die Luft riecht nach Kerzen und Schweiß. Es werden immer mehr Lagen ausgezogen und auf die Sofas und Stühle geworfen, die am Rand des Raumes stehen. Und zwei Schulmädchen machen genau vor meiner Nase miteinander rum. Doch ich fühle mich etwas distanziert von all dem. Lili und ich lehnen an einer Wand in der Nähe des Eingangsbereichs und gähnen abwechselnd.

»Wo bleiben sie denn?«, murrt sie. »Ich verhungere.«

Seit zwanzig Minuten versucht sie alle zusammenzutrommeln, aber Kayla und Declan sind wieder verloren gegangen, und Mika ist auf der Suche nach ihnen. Außerdem steht Tessa schon ungefähr ein Jahrhundert lang bei der Toilettenschlange an, und ich will ja nicht dramatisch sein, aber es fühlt sich an, als hätte jemand die Sonne ausgeknipst.

Mein Blick fällt wieder auf die Schulmädchen. Noch nie war mir schmerzlicher bewusst, dass ich bis jetzt kein einziges Mädchen geküsst habe. Oder überhaupt irgendjemanden, egal welchen Geschlechts. Schon seltsam, wie ich achtzehn Jahre lang ohne Küssen gelebt habe, und jetzt glaube ich, ich könnte sterben, wenn es heute Nacht nicht passiert.

Nur wie zur Hölle komme ich an diesen Punkt? Wie machen andere Leute das? Küssen kann man nicht Schritt für Schritt angehen. Sobald man einmal den Kopf geneigt hat – da liegen die Karten offen auf dem Tisch, oder?

Vielleicht machen es die Schulmädchen mir ja leichter, das Thema anzusprechen. *Sieht lustig aus – sollen wir's mal versuchen?*

Ich kann mir nicht einmal vorstellen, wie diese Worte aus meinem Mund kommen. Dafür bräuchte ich noch eine Million Himbeer-Wodkas, eine Lobotomie und mindestens zwei Stunden Zeit, um meinen Text vor einem Spiegel zu üben. Doch Tessa kommt schon über die Tanzfläche auf uns zu, also schätze ich, die Lobotomie ist raus. Ich habe nicht einmal Zeit, um Atem zu holen.

Sie öffnet ihr Haar. Und was soll ich dazu noch sagen? Was gibt es, was Clairo nicht bereits gesagt hat?

Sie kommt gerade bei uns an, als Lili ein kräftiges »Holy Shit« ausstößt.

»Alles okay?«, fragt Tessa. Dann stellt sie sich nah an meine Seite und lächelt. »Hi.«

Lili starrt auf ein Foto auf ihrem Handy. »Das hat Mika gemacht.« Sie schiebt uns das Display vor die Nasen. »Verliere ich gerade den Verstand oder …?«

Neugierig mustere ich das Foto. Es wurde eindeutig draußen gemacht, und zwar auf einer Veranda oder Ähnlichem. Abgesehen von ein paar verschwommenen Punkten – Lichterketten vielleicht – ist das Bild dunkel und unscharf. Allerdings ist der Kontrast gerade hoch genug, um zwei Personen an einem Geländer im Hintergrund zu erkennen. Und die sind wirklich unverwechselbar – links sieht man Declans leuchtend blondes Haar und rechts daneben Kaylas Sisterlocks und ihre Chormädchenhaltung.

Tessa runzelt die Stirn. »Verstehe ich nicht.«

»Das sind Kayla und Declan«, sagt Lili und tippt aufs Foto.

»Ich weiß, aber –«

»Die Hände«, bemerke ich.

»Danke!« Lili zoomt näher heran, bis das Foto aussieht wie ein verschwommener Screenshot von einem Ultraschallbild, aber trotzdem.

Das sind ganz eindeutig Hände. Und sie sind ineinander verschränkt.

»Oh Shit«, sagt nun auch Tessa.

Lili atmet aus. »Ich weiß!«

»Sind sie ... heimlich zusammen?«, frage ich.

»Keine Ahnung!« Lili sieht Tessa an.

»Ich meine, es wäre ja eine Sache, wenn sie rummachen würden, oder? Also, okay, so was passiert eben. Aber Händchenhalten?« Tessa beugt sich vor und keucht. »Trägt Kayla die Würstchen-Handschuhe?«

Ich starre auf den Bildschirm, größtenteils, damit ich nicht Tessa anstarre.

Ist Küssen wirklich so eine unbedeutende Sache für sie?

Eine weitere Nachricht von Mika kommt herein. *Also, ich werde mich jetzt einfach langsam wieder entfernen* 🙈 *Wir treffen uns draußen?*

Als wir durch die Tür treten, trifft mich die kalte Luft wie ein Schlag ins Gesicht.

»Scott, du zitterst ja.« Tessa schiebt sich schon den Blazer von den Schultern. »Hier –«

»Nein, alles gut! Versprochen!«

Mika kommt hüpfend auf uns zugelaufen. »Wow, dieses Wetter. Los, kommt.«

»Wie können Kayla und Dec einfach so da draußen sitzen?«, fragt Lili, die zu Mika aufschließt.

Tessa bleibt neben mir zurück. »Ich weiß, du hältst dich für Elsa«, sagt sie, und ich stoße ein zittriges Lachen aus. »Komm schon. Es ist ein cooles Jackett. Tu's fürs Outfit.«

»Ich möchte *dein* Outfit nicht ruinieren. Und ich friere sowieso eher im Gesicht und an den Händen. Ich brauche Handschuhe und eine von diesen Bankräubermasken.«

»Hmm.« Tessa dreht sich zu mir und nimmt meine Hände in ihre, woraufhin mein Magen einen Looping dreht. Ich kann den Blick nicht von ihrem Gesicht abwenden – die Rundung ihrer sommersprossigen Wangen, ihr kurzes Haar, das locker um ihre Ohren fällt. Sie drückt meine Hände in der Gebetsgeste zusammen und legt ihre darum, um mit den Daumen ein wenig über meine zu reiben.

Lili wirft einen Blick nach hinten und sieht mich mit hochgezogener Augenbraue fragend über ihre Schulter hinweg an.

Schnell lächele ich sie an, und sie geht mit Mika weiter.
»Wie ist das? Wärmer?«, fragt Tessa.
Mein Herz hüpft. »Ja.«
»Gut. Jetzt noch die Innenflächen.«
Ich versuche, meine Hände umzudrehen, sie Rücken an Rücken zu halten, und die Unbeholfenheit lässt Tessa kichern. »Nein, nein. Hier. Diese…«, sie nimmt meine rechte Hand, verschränkt sie an meiner Brust und schiebt sie in meine Achsel, »kommt hierhin, und diese…« Sie drückt meine linke Hand zwischen ihren beiden, und plötzlich sind wir uns so nah, dass sich unsere Schuhspitzen berühren.

Dann tauscht sie meine Hände aus, um auch die rechte zu wärmen. »So«, sagt sie schließlich.

Ich lasse die Hand sinken, trete jedoch nicht zurück. Möglicherweise atme ich auch nicht länger.

Tessa ist nur ein winziges Stück größer als ich – vielleicht fünf Zentimeter. Wenn ich mich auf die Zehenspitzen stelle…

»Haben Kayla und Declan vorhin genau das Gleiche gemacht?«, platzt es aus mir heraus. »Sich die Hände gewärmt?«

Tessa lacht. »Jepp. Und jetzt wärmen sie sich vermutlich die Lippen.«

Ich schwöre bei Gott, ich bin nur noch ein pointillistisches Gemälde meiner Selbst. Bestehe nur noch aus Farben und Punkten.

»Okay, aber das ist ›egal‹, oder? So was kommt vor?«

»Was?« Grinsend mustert sie mich.

»Das hast du gesagt!«

Ihr kurzes, zittriges Lachen lässt mich dahinschmelzen. »Aber das denke ich nicht wirklich. Küssen ist nicht egal.«

»Ich habe es noch nie gemacht.«

»Nie was gemacht?«

»Jemanden geküsst.«

Tessas Augen werden groß. »Du und Lili habt euch also nie –«

»Oh, klar. Logisch. Ich meinte, abgesehen von Lili.« *Fuck. Fuck.* »Lili und ich haben uns geküsst ... so oft. Wir haben uns ständig geküsst. Wow, ich rede ganz schön viel übers Küssen, oder?« Ich lache scharf. »Sorry, ich denke nicht ununterbrochen ans Küssen.«

»Ich auch nicht. Absolut nicht.«

Plötzlich stehe ich auf den Zehenspitzen und küsse ihre Lippen, so kurz, dass es sich kaum real anfühlt.

Mit großen Augen sieht sie mich an. Sie mag vielleicht überrascht sein, aber ich bin geradezu perplex. Ich habe sie einfach ...

Geküsst. Ich habe Tessa geküsst.

Ich meine, ist ja nicht so, als hätte ich mir das Küssen nicht mal vorgestellt. Aber ich habe es mir immer als etwas vorgestellt, das mir passiert. Etwas, in das ich mit hineingezogen werden. In meiner Vorstellung war nie ich diejenige, die es initiiert hat.

Denn das geht nicht. Das würde nämlich bedeuten, dass ich mir sicher wäre.

Tessa atmet sanft aus. »Ich –«
»Immy?«
Lilis Stimme.

Schnell springen Tessa und ich auseinander, obwohl ich weiß, dass Lili zu weit weg ist, um uns zu sehen – nicht, dass sie sich deshalb seltsam verhalten würde. Aber die ganze Sache ist grundsätzlich seltsam, da ich absolut keine Ahnung habe, wie Tessa zu dem steht, was gerade passiert ist.

Oder dazu, wie sehr ich möchte, dass es noch mal passiert.

Als Lili bei uns ankommt, ist sie atemlos. »Sorry! Ich wollte euch eigentlich nachkommen lassen, aber ähm … Gretchen ist hier. Mit meinem Bruder und deiner Schwester –«

»Warte – was?«

»Ja … Sie stehen vor meinem Wohnheim. Also, jetzt sind sie drinnen, ich habe sie reingelassen. Aber ich wollte nicht, dass du überrascht bist.«

»Aber …« Langsam schüttele ich den Kopf. »Es ist fast Mitternacht.«

»Ich weiß. Ich weiß. Willst du … Also, keine Ahnung, ob du mit ihnen reden willst, oder …«

In meiner Brust fühlt es sich an, als würde mein Herz gegen meine Rippen springen.

Ich kann nicht …

Ich meine, ich fühle mich kaum dazu bereit, als Gretchens cishet beste Freundin zu existieren. Oder als Ediths heterosexuelle große Schwester. Und ich fühle mich definitiv nicht bereit dazu, mich vor dem Mädchen, das ich gerade geküsst habe, heterosexuell zu verhalten.

Lili tätschelt mir den Arm. »Hey. Ich helfe dir.«
»Alles okay?«, fragt Tessa sanft.
Und ich bin mir ziemlich sicher, dass meine Lungen den Dienst quittiert haben.

Tag neun
Samstag
26. März

50

Gretchen, Otávio und Edith haben ein paar Stühle in der Lobby eingenommen, ihr Übernachtungsgepäck steht zu ihren Füßen. In dem Versuch, mich zu stählen, atme ich ein. Ich fühle mich völlig aufgelöst.

»Überraschung!« Gretchen springt als Erste auf und begrüßt mich mit einer Umarmung. »Ich konnte mir die Gelegenheit nicht entgehen lassen, die Dark-Academia-Imogen persönlich zu sehen.«

Ich nehme kaum irgendetwas wahr. In meinem Kopf springen so viele Fragen herum, dass ich gar nicht weiß, wo ich anfangen soll. Hat Gretchen das geplant? Wann hat sie es geplant? Wie haben sie Lilis Wohnheim gefunden, braucht Gretchen eine Parkerlaubnis für Besucher, bleiben sie über Nacht, wo sollen sie schlafen, und am allerwichtigsten – was passiert hier gerade? Warum, in aller Welt, sind sie hier?

»Was geht?«, fragt Otávio und begrüßt Tessa mit einem Faustcheck.

Richtig. Otávio kennt das Wohnheim. Ein Mysterium geklärt.

Tessa sieht meine Schwester lächelnd an. »Hi! Du bist definitiv Edith.«

»Das bin ich!«

»Oh Mann, sogar das Grübchen.« Sie schaut von Edith zu mir.

»Tessa, richtig?«, fragt Edith. In ihrer Stimme liegt ein seltsamer Tonfall, bei dem ich mich frage, was Gretchen ihr erzählt hat.

»Ihr habt also einfach ... entschieden herzukommen?«, fragt Tessa.

»Oh, wir waren in der Gegend«, sagt Gretchen und macht diese kleine winkende Handbewegung, die sie immer macht, wenn sie ihren Daumenring zur Schau stellen will. Sie wendet sich an Tessa. »Es ist ... sehr cool, dich im echten Leben kennenzulernen.«

Tessa sieht leicht verwirrt aus. »Ebenso.«

»Du hast dich gut um meine Bestie gekümmert, oder? Hast sie nicht ohne Stützräder in irgendwelche Partys geworfen?« Gretchen legt den Arm um meine Schulter.

»Alles ist ... großartig«, krächze ich.

»Gut.« Gretchen drückt meine Schulter, nimmt ihre Hand weg und wendet sich direkt wieder an Tessa. »Okay, wow – dein Anzug ist übrigens perfekt.«

Ich brauche eine Pause-Taste. Ich muss meine Gedanken sortieren, aber dafür geht alles zu schnell. Es fühlt sich an, als wäre die Party schon eine Ewigkeit her. Und dieser blitzschnelle Kuss fühlt sich an, als wäre er überhaupt nie passiert.

Ich vergesse immer, dass Gretchen auf eine Art flirtet, von der ich nur träumen kann.

Vermutlich hilft es, dass sie tatsächlich queer ist. Sie hätte wohl kaum nach nur einem harmlosen Kuss aufgehört. Wie soll ich mit jemandem wie Gretchen überhaupt mithalten? Und warum sollte ich? Wie könnte ich hier irgendeinen Anspruch erheben, wenn ich nicht mal sicher bin, ob ich wirklich bi bin?

Wieder dieses Wort. Wie können zwei Buchstaben nur so ein emotionales Chaos auslösen? *Bi.*

Warum fühlt es sich an, als würde ich etwas stehlen?

»Okay«, sagt Lili. »Also, ich bringe die drei hier nach oben, damit sie ihre Sachen ablegen können, und dann geht's ab zum Diner. Ich kann ihnen alles erzählen … was wir diese Woche so getrieben haben.«

Ich werfe ihr ein kurzes dankbares Lächeln zu – auch wenn ich nicht sicher bin, was genau sie erzählen möchte. Ich schätze, sie wird dafür sorgen, dass alle über die Hintergrundgeschichte Bescheid wissen.

Vielleicht will sie mir auch einfach nur Zeit für ein Gespräch mit Tessa geben.

Das Gespräch meine ich. Denn an diesem Punkt ist es unvermeidlich. Seit dem Moment, in dem ich sie geküsst habe, bin ich geradewegs darauf zugeschlittert.

Ich warte, bis die anderen im Aufzug sind, bevor ich mich zu ihr drehe. Aber die Worte bleiben mir in der Kehle stecken.

Wie soll ich hier darüber sprechen, wenn jede Sekunde irgendwelche Betrunkenen durch die Eingangstür herein- und hinausspazieren. Wie soll ich die ganze unschöne Wahrheit unter dem Neonlicht von Lilis Wohnheim offenlegen?

Tiefer Atemzug. »Können wir rausgehen?«

»Nur, wenn du mein Jackett annimmst«, sagt Tessa mit einem Lächeln.

»Na guut.«

Sie hilft mir in die Jacke, zieht einmal am Kragen, und dann treten wir in den Hof hinaus. Ist nicht besonders abgeschieden hier, wenn man die großen Fenster der Lobby betrachtet. Also.

Keine weiteren Küsse, schätze ich.

Garantiert möchte Tessa mich auch überhaupt nicht noch einmal küssen, wenn sie erst einmal weiß, dass ich hetero bin. Oder dass ich hetero *war*? Aber war ich das?

Wie funktioniert das? Betrete ich einfach einen Raum oder schalte das Licht an?

Ich versuche zu lächeln, aber es funktioniert nicht. »Ich muss dir was erzählen«, sage ich schnell.

Es fühlt sich an, als würde der Boden unter mir schwanken. Der Gedanke daran, diese Bombe hier und jetzt platzen zu lassen, macht mich ganz schwindelig. Aber irgendwie muss ich reinen Tisch machen, oder? Die ganze Sache könnte einfach auf zu viele Arten schieflaufen. Tessa darf das nicht von jemand anderem hören.

Für einen kurzen Moment schließe ich die Augen. »Weißt du, die Sache mit Lili und mir? Dass wir ein Paar waren? Das … ist nicht ganz wahr.«

Tessas Augen werden groß. »Oh –«

Doch dann wird die Tür zur Lobby schwingend aufgestoßen. »Sind zurück!«, verkündet Edith.

Gretchen mustert mich von oben bis unten. »Süßer Blazer«, sagt sie langsam.

Und ihre Stimme klingt so scharf wie eine Klinge.

Den ganzen Weg zum Diner über verspüre ich blanke Panik. Ich fühle mich, als würde ich in einem Flugzeug sitzen – fest angeschnallt, kein Platz für meine Füße und Tausende Meter über meinem eigenen Leben.

Gretchen rückt an Tessa heran, die wiederum immer wieder mit einem Ausdruck in meine Richtung schaut, den ich nicht ganz deuten kann. Vermutlich fühlt sie sich hintergangen. Oder hält mich zumindest für eine absolute Lügnerin. Genau da sind wir schließlich stehen geblieben, oder? Ich habe in Bezug auf Lili gelogen, dass sich die Balken biegen, und jetzt weiß Tessa das. Eigentlich ist die einzige offene Frage nur noch, ob sie mittlerweile durchschaut hat, dass ich hetero bin.

Hetero war? Dachte, ich wäre hetero?

Dafür, dass es ein Uhr morgens ist, ist das Diner überraschend gut besucht. Natürlich nur von Studierenden – mit geröteten Gesichtern und sichtlich beschwipst teilen sie sich Teller mit Käsesticks und Pommes. »Am Wochenende gibt es hier weiche Brezeln«, sagt Lili, die nach einem freien Tisch Ausschau hält. Dann zeigt sie auf einen im hinteren Bereich. »Okay, wird eng, aber ich glaube, was Besseres finden wir nicht.«

Und jetzt stelle ich mir vor, wie ich eng an Tessa geschmiegt sitze, sodass kein einziges Molekül mehr zwischen uns Platz hat. Ich würde mich verraten, bevor wir überhaupt die Getränke bestellt hätten. Ich meine, Otávio könnte man vermutlich davon überzeugen, dass ich nur meine Rolle spiele, um die Hintergrundgeschichte aufrechtzuerhalten – und nur Gott weiß, was Gretchen gerade denkt.

Aber Edith? Sie wüsste sofort Bescheid.

Natürlich hat sich das Problem erledigt, als Gretchen sich direkt neben Tessa setzt. Und damit bleibt nur noch der Platz auf Gretchens anderer Seite.

Und das ist der einzige Platz, von dem aus ich Tessas Gesicht nicht sehen kann. Das ist … vermutlich auch besser so. Tessa anzusehen ist beinahe so gefährlich, wie Tessa zu berühren. So kann ich mich wenigstens nicht selbst outen, indem ich starre.

Lustig ist nur, je mehr ich über ein Coming-out nachdenke, desto mehr möchte ich es tun. Ich möchte hören, wie die Worte laut ausgesprochen und in meiner Stimme klingen.

Allerdings nicht hier. Nicht gerade jetzt.

Denn hier müsste ich mich gleich in zwei Richtungen outen, da es absolut unmöglich wäre, vor Tessa zu verheimlichen, dass ich von vornherein gar nicht geoutet war. Dass ich dachte, ich wäre hetero.

Auch wenn ich das nicht bin. Und nie war.

Jedenfalls glaube ich das.

Aber dann wiederum, weiß ich es wirklich? Weiß irgendjemand das wirklich, so absolut zu einhundert Prozent? Ich meine, es besteht doch die Möglichkeit, dass ich mir das selbst eingeredet habe, oder?

Genau so klingt verinnerlichte Biphobie. Das weiß ich. Wirklich.

Und das würde ich niemals über bisexuelle Menschen im Allgemeinen denken. Nur eben bei … mir.

Schließlich bin ich immer schon nachgiebig gewesen. Ich mag es, die Person zu sein, die andere von mir erwarten. Ich versuche ja nicht zu ändern, wer ich bin. Ich möchte nur, dass es Sinn ergibt, wer ich bin. In jederlei Hinsicht. Ohne irgendwelche Unsicherheiten oder Widersprüche. Und das heißt, ich entscheide je nach Situation, wer ich bin, und passe meine Gefühle an.

Hier ist ein lustiges Rätsel: Eine Jasagerin betritt ein Diner mit fünf anderen Menschen, und jeder von ihnen möchte, dass sie jemand anderes ist.

Ist es das, was hier gerade passiert? Ich wurde eine Woche lang für queer gehalten, und das ist einfach hängen geblieben?

Eine Kellnerin nimmt unsere Bestellungen auf – Brezeln, Pancakes und Kaffee. Jede Hauptlebensmittelgruppe vertreten. Dann legt Lili los und erzählt lauter ausschweifende Party-Anekdoten, was ganz klar ein Versuch ist, das Gespräch auf neutralem Terrain zu halten. Allerdings entspanne ich mich erst so richtig, als Otávio zugibt, dass er noch nie etwas von Dark Academia gehört hat – was eine dreißigminütige gemeinschaftliche Erklärung inklusive YouTube-Clips garantiert und vermutlich auch eine detaillierte Analyse meines Vision Boards.

Vielleicht kann das so lange ausgeweitet werden, bis wir zahlen und gehen. Wenn ich nur irgendwie diese Mahlzeit überlebe, finde ich einen Weg, Tessa auf dem Rückweg beiseitezunehmen. Ihr alles zu erzählen.

Und dann oute ich mich vor allen anderen. Einzeln. In geordneter Reihenfolge.

Doch dann kommt unser Essen, und Gretchen dreht sich in der darauffolgenden Stille zu Tessa. »Also, du bist lesbisch, richtig?«

»Jepp! Oder homosexuell. Oder queer. Egal.«

»Cool. Okay, Frage.« Gretchen umfasst den Rand des Tischs. »Würdest du mit einem bisexuellen Mädchen ausgehen?«

Ich starre auf meinen Teller. Die Brezel verschwimmt langsam vor meinen Augen.

»Äh. Ja. Klar«, sagt Tessa und klingt dabei verwirrt.

Ich kann das Lächeln in Gretchens Stimme hören, als sie weiterspricht: »Wirklich? Ist das nicht ungewöhnlich? Versteh mich nicht falsch, ich finde das super.«

»Ich … weiß nicht, was du meinst.«

So leise habe ich Tessa noch nie reden gehört, seit ich hier bin. Ich wünschte wirklich, ich könnte ihr Gesicht sehen.

»Nein, im Ernst«, beharrt Gretchen. »Das gibt's. Ich meine, ich verstehe die Bedenken wirklich. Es gibt viele heterosexuelle Mädchen, die vorgeben, bi zu sein. Und deshalb denken viele Lesben, dass wir es alle nur spielen.«

Edith schüttelt den Kopf. »Gretchen, wovon redest du da?«

»Ich denke das definitiv nicht«, entgegnet Tessa.

»Okay, aber sagen wir mal, du magst ein Mädchen, und dann stellt sich heraus, dass sie alles nur gespielt hat. Was würdest du tun?«

Tessa lacht unbehaglich. »Ich glaube wirklich nicht, dass es so was gibt.«

»Du wärst überrascht«, erwidert Gretchen so fröhlich, dass sie schon beinahe singt.

Mit einem lauten Knall landet Lilis Gabel auf dem Tisch. »Also, das ist total biphob.«

»Ähm, ich bin doch selbst bi«, sagt Gretchen. »Und sorry, aber das betrifft mich nun mal. Weil es solche Heteros gibt, halten alle bisexuelle Mädchen für undatebar.«

»Ich halte bisexuelle Mädchen nicht für undatebar«, meldet sich Otávio zu Wort.

»Ich auch nicht«, sagt Tessa.

Lili schlägt auf den Tisch. »Großartig! Neues Thema.«

»Ich glaube, wir sind mit diesem noch nicht fertig«, entgegnet Gretchen.

Stirnrunzelnd und angespannt schaut Edith mich geradewegs an. Lili hingegen sieht aus, als wollte sie gleich einen Mord begehen.

Otávio scheint seinen Pancake zu genießen.

Gretchen zuckt mit den Schultern. »Ich sage ja nur –«

»Okay, du willst darüber reden?«, unterbreche ich sie, als mich plötzlich so eine Wut überkommt, dass es sich anfühlt, als könnte sie mich entzweireißen. »Lili und ich sind keine Ex-Freundinnen. Ich habe gelogen.«

»Nein.« Lili schüttelt den Kopf. »Nee. *Ich* habe gelogen. Vor Monaten schon. Und ich habe dich da mit reingezogen! Das ist absolut nicht deine Schuld –«

»Ja, aber ich habe mitgemacht!«

»Also seid ihr ... noch zusammen?«, fragt Tessa.

»Was? Oh, nein«, sage ich schnell. »Wir waren nie zusammen.«

»Fuck.« Lili hält sich die Hände vors Gesicht. »Okay –«

»Ich war noch nie mit einem Mädchen zusammen«, füge ich hinzu. »Oder mit einem Jungen. Und ich war keine lesbische Elsa. Ich war die heterosexuelle Anna.«

Da greift Lili ein. »Okay, also es war folgendermaßen: Ich war eine unsichere kleine Närrin, die sich die ganze Geschichte mit Imogen ausgedacht hat, die bis zu dieser Woche nichts davon wusste. Und sie hat nur deshalb mitgespielt, weil sie die beste Freundin auf diesem Planeten ist.«

»Oh.« Tessas Stimme ist kaum noch zu hören. »Also bist du … hetero?«

»Eine Hetero-Queen«, verkündet Gretchen.

Sprachlos sehe ich sie an.

»Es ist nicht Imogens Schuld«, sagt Lili verzweifelt und wendet sich an Tessa. »Du darfst nicht sauer auf sie sein.«

»Ich bin nicht sauer.«

»Ich bin nicht hetero«, sage ich mit Tränen in den Augen. »Gretchen, das habe ich dir erzählt.«

»Hast du das? Denn für mich klang es nach einem heterosexuellen Pick-me-Girl, das sich Queerness aneignet, weil es glaubt, das würde alle glücklich machen.«

Lili schüttelt den Kopf und sieht aus, als würde sie gleich explodieren. Doch bevor sie überhaupt den Mund aufmachen kann, schreitet Edith schon ein. »Äh, warum zur Hölle glaubst du, du hättest ein Mitspracherecht bei Imogens Identität?«

»Weil es mein Label ist!«, sagt Gretchen, deren Augen vor Tränen überlaufen. Wütend wischt sie sie weg. »Und das ist kein lustiger Nebengedanke, verdammt. Queer zu sein, bi zu sein – das kann ich nicht einfach abschalten, wenn mir nicht danach ist. Weißt du, wann die Leute angefangen haben, mich als queer zu erkennen? In der Grundschule. Wurdest du schon mal vor deiner Mom im Walmart beleidigt, Imogen? Hat dir schon mal jemand gesagt: ›Ach ja, mein Dad fühlt sich nicht wohl dabei, wenn du bei mir übernachtest‹? Ich bin jedes Mal weinend aus dem Bus gestiegen, weil irgendein Sechstklässler ständig gesagt hat, dass ich in die Hölle komme. Und dann, als ich endlich, endlich einen sicheren Ort hatte, hat das verdammte Basketballteam alles zerstört.« Sie stößt ein ersticktes wütendes Lachen aus. »Was ist mit dem Mädchen im Kino, deren ganzer Arsch zu sehen war? ›Hab kein Interesse. Ich date Männer.‹ Äh, coole Story. Du bist nicht mal süß. Und ich bin müde. Es ist so anstrengend. Und jetzt kommst du – steht du überhaupt auf Mädchen, Imogen? Fühlst du dich wirklich von Mädchen angezogen?«

Ich versuche zu sprechen, oder auch nur zu atmen, aber meine Kehle ist wie zugeschnürt. Ich ... weiß einfach nicht, was ich denken soll. Vielleicht hat sie recht. Es ist nicht echt. Ich möchte Tessa gar nicht küssen. Nicht, dass das noch eine Rolle spielen würde. Es besteht absolut keine Chance mehr, dass sie mich jetzt noch küssen möchte.

Ich kann nicht aufhören zu blinzeln. »Ich werde jetzt gehen.«

Das kam zwar aus meinem Mund, allerdings klang es nicht nach meiner Stimme. Es fühlt sich nicht einmal an, als würde ich sprechen.

»Allein? Immy, es ist ein Uhr nachts –«
»Ich begleite dich zurück«, sagt Otávio.
»Dann warte ich draußen. Lasst mich einfach ...« Ich springe von der Sitzbank und fühle mich, als würde mir

die ganze Welt dabei zusehen, wie ich stolpere. Tische über Tische voller verschwommener Gesichter. Ich schiebe die Tür auf und spüre die Kälte kaum noch. Ein paar Meter von der Tür entfernt entdecke ich ein geschütztes, überdachtes Plätzchen, bei dem ich mich unterstellen kann. Es ist nicht gerade privat, aber nichts ist das wohl jemals.

Ich bedecke mein Gesicht mit beiden Händen.

Einen Augenblick später nehme ich ein leises Läuten wahr, und die Tür des Diners geht auf. »Imogen?«

Meine Schwester.

»Hey.« Sie stellt sich dicht neben mich. »Rate mal, wem Lili da gerade ordentlich die Meinung geigt.«

Ich stoße ein verheultes Lachen aus. »Oh, ich kann's mir vorstellen.«

»Gott, Immy. Ich freue mich so für dich.« Sie umarmt mich. »Also bist du ... Ich schätze, du bist nicht lesbisch. Bist du bi?«

»Denke schon?« Mein Herz setzt einen Schlag aus. »Ich spiele es nicht nur.«

»Okay, also zuallererst mal – scheiß auf Gretchen –«

»Aber sie hat recht! Es ergibt gar keinen Sinn.« Ich schüttele den Kopf. »Ich meine, ist es plötzlich einfach aufgetaucht? Das ist doch nicht normal. Du hast immer gewusst, dass du queer bist. Lili wusste es schon seit Jahren –«

»Spielt keine Rolle! Immy, lass nicht zu, dass sie deine Gedanken dazu bestimmt. Alles, was sie gesagt hat, das alles«, Edith gestikuliert vage in Richtung Diner, »das ist Gretchens Ballast. Das hat nichts mit dir zu tun, okay? Sie benimmt sich schrecklich, und das weiß sie auch!«

Ich lächele leicht. »Ich denke nicht –«

»Doch, auf einer gewissen Ebene weiß sie es. Das muss sie. Sie ist nur ... Weißt du, sie greift nach dem letzten Strohhalm. Du hast ihre Welt vollkommen durcheinandergebracht. Wenn du queer bist, dann heißt das, dass sie die ganze Zeit über unrecht hatte. Deshalb erzählt sie sich selbst, dass du es nur spielst oder dass du es nicht *verdienst*, queer zu sein, oder was auch immer sie da versucht hat anzudeuten. Denn andernfalls muss sie damit leben, dass sie eine andere queere Person wie Dreck behandelt hat.«

Für einen Moment sind wir beide still. Ich schlucke den Kloß in meinem Hals herunter. »Aber was, wenn ich unrecht habe?«, frage ich schließlich.

»Damit, wen du magst?«

Ich wische mir über die Wangen. »Woher weiß ich, dass es nicht einfach Zufall ist? Was, wenn ich mich mein ganzes Leben lang nur in ein einziges Mädchen verliebe?«

»Dann bist du bi.« Sie tätschelt meinen Arm.

»Was, wenn ich es mir einrede?«

»Das gibt's nicht –«

»Okay, aber was, wenn das Mädchen, das ich mag, irgendwie ... weiß auch nicht ... jungenhaft ist?«

»Ist sie ein Junge?«, fragt Edith.

»Nein.«

»Klingt ziemlich bi.« Lachend wische ich mir über die Augen, und Edith umarmt mich erneut. »Sie mag dich auch. Das weißt du, oder?«

»Sie –«

»Ach komm. Du verhältst dich nicht gerade unauffällig.«

»Nicht?«

»Immy, du trägst buchstäblich ihre Jacke. Und lass mich dir eins sagen: Sie *versucht* nicht mal, es zu verstecken. Ich habe ihr genau gegenübergegessen. Das Mädchen …« Sie verstummt und blickt durchs Fenster hinter mir. »Äh, kommt hierher.« Edith küsst mich auf die Wange. »Hab dich lieb. Wir sehen uns im Wohnheim. Oder auch nicht! Leb dein Leben.«

52

Tessa tritt aus dem Diner, und ich vergesse, wie man atmet.

Dieses Mädchen in ihrer Weste, ohne Blazer und mit von der Kälte geröteten Wangen. Sie blickt sich um und lächelt leise, als sie mich an der Backsteinwand lehnen sieht. »Hi. Also. Ähm. Die anderen bleiben noch einen Moment, aber …«, sie schluckt schwer, »vielleicht könnten wir beide schon mal zurückgehen?«

Sobald sie das ausgesprochen hat, weiß ich Bescheid. Kategorie Fünf des *Wie-weist-man-jemanden-rücksichtsvoll-zurück*-Handbuchs. Mein erster großer bisexueller Herzschmerz trifft mich gleich am ersten Tag hart.

Allerdings führt kein Weg daran vorbei, also nicke ich schnell. Und dann klebt mein Blick förmlich auf dem Gehweg.

Tessa zögert. »Also, das war –«

»Eine Katastrophe. Tut mir leid.«

»Nein! Du hast nichts falsch gemacht!«

»Na ja, ich habe dich in Bezug auf Lili angelogen«, sage ich, während wir die Straße Richtung Campus hinuntergehen. »Und darüber, dass ich bi bin.«

»Aber du bist bi.«

Kurz schenke ich ihr ein schwankendes Lächeln. »Okay, aber ich verstehe, wenn du skeptisch bist.«

»Was?«

»Unter den gegebenen Umständen.«

»Nein. Gott. Imogen.« Sie bleibt stehen und sieht mich an. »Ich bin nicht skeptisch. Das könnte ich gar nicht.«

Endlich hebe ich den Blick.

Und breche sofort in Tränen aus.

»Oh! Oh nein. Scott – Scotty. Hey.« Sie umarmt mich, und ich vergrabe mein Gesicht in ihrer Halsbeuge. »Hör nicht auf das rosahaarige Mädchen, okay?«

Unter Tränen lache ich. »Ich mache deine Weste ganz nass. Und ich habe deinen Blazer gestohlen.«

»Mir gefällt er an dir«, sagt Tessa.

Da entweicht mir jegliche Luft aus den Lungen.

Mit großen Augen mustert sie mein Gesicht, und es ist, als würde sich das ganze Universum verändern. Für einen Moment berühren ihre Fingerspitzen meine.

Dann nimmt sie meine Hand in ihre. »Ist das okay?«, fragt sie sanft.

»Ja.« Ich nicke und wische mir mit der anderen Hand eine Träne weg. Dann erwidere ich ihr Lächeln. »Sorry.«

»Hey … du hast dich gerade *geoutet.* Oh Mann. Das ist eine große Sache. Und auch noch im Diner!«

»Ich weiß!«

»Hättest du je gedacht, du würdest dich in einem Diner outen, das einfach Diner heißt?«

Ich lache. »Ich habe gar nicht gedacht, dass ich mich oute. Ich dachte nicht, dass ich queer bin … Gott, dabei ist es so offensichtlich. Wie konnte ich das nicht sehen?«

»Zu beschäftigt damit, Walter zu suchen?«

Ich schlage mir die Hand gegen die Stirn. »Und ich habe mein ganzes Leben lang damit angegeben, wie aufmerksam ich bin.«

»Comphet ist 'ne Bitch.« Tessa drückt meine Hand. »Und es hat vermutlich auch nicht geholfen, dass die kleine Miss Nur-ich-bin-queer-Gretchen dir ständig ins Gesicht gebrüllt hat, wie hetero du doch bist.«

Ich lache, allerdings klingt es eher wie ein Seufzen. »Ich kann versprechen, dass sie normalerweise nicht so aggressiv danebenliegt.«

»Sprichst du von dem Mädchen, das mir gerade mitgeteilt hat, dass ich keine Bisexuellen date?« Tessa bleibt stehen, um mich anzusehen. »Denn ich bin mir ziemlich sicher, dass ich schon den ganzen Abend über nur darüber nachdenke, ein bisexuelles Mädchen zu daten. Es zu küssen. Und –«

Da küsse ich sie. Und diesmal ist da kein Zögern, kein Hinterfragen und keine Sekunde, in der ich denke: *Warte, ist das gerade wirklich passiert, habe ich das getan, und warum und wie und was bedeutet es?*

Nichts dergleichen. Nur eine Volle-Kraft-voraus-, Hände-in-den-Haaren-, Hab-vergessen-wo-ich-bin-, Holy-Shit-Art von Kuss. Sie legt die Hände an meine Wangen, und ihre Stirn stößt an meine, was uns beide kurz zum Kichern bringt.

Doch dann kommt sie mir noch näher, bewegt ihre Lippen an meinen, und mein Herz zerspringt.

»Sorry. Ähm. Entschuldigung«, murmelt jemand und geht um uns herum.

Verlegen, aber lächelnd zieht Tessa sich ein wenig zurück. »Okay, neuer Plan. Möchtest du zurück –?«

»Nein. Absolut nicht«, sage ich, doch der Ausdruck in ihrem Gesicht lässt mich innehalten. »Moment, du meinst, zurück zum Diner, oder?«

»Oh mein Gott, Scott.« Sie kommt näher, um mich erneut zu küssen. »Ich meinte mein Zimmer.«

»Ooh. Ja, absolut.« Ich lache.

Irgendwie finden unsere Hände zueinander, und unsere Finger verbinden sich wie die Noten in einem Song.

Irgendwie kommen mir die fünf Minuten Fußweg zurück zum Wohnheim wie die längsten fünf Minuten meines Lebens vor.

»Minsky!«, ruft ein Typ, als wir den Innenhof betreten. »Tess!«

»Den hören wir gar nicht. Geh einfach weiter«, murmelt sie.

Das Warten auf den Aufzug ist eine Qual.

Doch als er leer bei uns ankommt, drückt Tessa energisch auf den Knopf für die zweite Etage, und dann küssen wir uns den ganzen Weg nach oben. Und im Flur. Sie hat eine Hand in meinem Haar vergraben, während sie mit der anderen an ihrem Karabinerhaken herumfummelt, und wir küssen uns wieder, sobald die Tür hinter uns zufällt. Verzweifelt und hektisch wie im Film. Jede Oberfläche in ihrem Zimmer ist von Kleidungsstücken belegt, die sie zum Trocknen ausgelegt hat. Wir kicken uns die Schuhe von den Füßen. Ich lasse den Blazer fallen.

»Du hast also noch nie ein Mädchen geküsst«, sagt Tessa lächelnd und atemlos.

»Doch, habe ich.«

»Moment –«

»Heute Abend«, sage ich. »Direkt nach der Party. Ein wirklich süßes sommersprossiges Mädchen aus Philly.« Ich berühre ihre Wange.

Tessa berührt meinen Mund. »Wie kannst du real sein?«

Die Art und Weise, wie sie mich ansieht, gibt mir dieses Gefühl, als würde flüssiges Gold durch meine Adern fließen. Ich lass mich sinken, bis ich auf der Bettkante sitze, und ziehe sie mit nach unten. Sie streicht mir eine Haarsträhne hinters Ohr und küsst mich wieder, bis ich kaum noch aufrecht sitzen kann. Sie küsst meine Stirn, meine Wangen, meinen Hals, und ich weiß nicht, ob ich falle oder aufblühe. Wie unsere Fußknöchel sich kreuzen. Das drängende Gefühl unter meinem Bauchnabel. Ich küsse sie erneut, und meine Gedanken sind so still wie fallender Schnee.

Vor einer Woche noch war Tessa nur ein Gesicht auf Lilis College-Fotos. Vor einer Woche bin ich noch nie geküsst worden. Vor einer Woche habe ich gedacht, ich wäre hetero.

Es ist wie Lesenlernen – wenn die Buchstaben und Phoneme endlich Sinn ergeben. Diese plötzliche Explosion an Bedeutung.

Ich lächele zu ihr auf. »Ich habe immer gedacht, ich würde meinen ersten Kuss vor der Pancake-Pfanne bekommen.«

»Okay, was ist das für eine mysteriöse Pancake-Pfanne?«

»Die weltgrößte Pancake-Pfanne eben! Die ist in Penn Yan.«

»Und Menschen ... küssen sich einfach nur davor?«

»Nein, darin wurde ein Pancake gemacht! 1987. Der weltgrößte Pancake überhaupt – zumindest damals. Meine Eltern haben sogar ein Stück davon gegessen.«

Plötzlich setzt sie sich auf. »Du stammst vom Pancake-Adel ab?«

»Also, ja«, erwidere ich, »aber tief in mir drin bin ich nur ein normales Mädchen. Du musst mich in Pancake-Situationen nicht anders behandeln.«

»Pancake-Situationen«, stimmt Tessa zu. »Wie etwa beim Frühstück.«

»Genau.«

»Okay, also«, sie lässt sich wieder fallen und rollt sich auf die Seite, »lassen sie Menschen in der Pfanne rummachen?«

»Vor der Pfanne! Sie ist an der Außenwand eines Gebäudes befestigt. Daher … Ich meine, solange man angezogen bleibt, schätze ich schon?«

Sie tippt mit einem Finger an meine Lippe. »Interessant.«

Ich halte inne. »Wo wir gerade dabei sind, ob man angezogen bleibt …«

»Auch interessant«, sagt sie mit großen Augen.

»Ich meine nicht …« Ich werde rot. »Ich sage ja nicht, also … zieh dich *komplett* aus …«

»Bist du sicher?«

»Oh …«

»Ist nur Spaß!«, entgegnet sie. »Sorry. Ich meine, ist kein Spaß. Ich will schon, also ich will definitiv, aber nicht, bevor du es willst. Oder *außer* du willst es. Du weißt schon, was ich meine. Und jetzt bin ich still.«

Ich kichere. »Ich weiß.«

Sie mustert mein Gesicht, als würde sie ein Gedicht auswendig lernen. »Hey, sag es mir, wenn dir irgendwas zu schnell geht. Es war ein sehr emotionaler Abend. Und deine Schwester ist hier –«

»Lass uns nicht von meiner Schwester sprechen.«

»Oh Mann. Ich hatte immer so einen Schiss, dass ich aus Versehen Dan oder Rachael, oder schlimmer noch – meine Eltern, mitten beim Rummachen anrufe, während mein Handy in der Hosentasche ist.«

»Ooh. Tu das nicht.«

»Werde ich nicht.« Sie greift in ihre Gesäßtasche und fischt ihr Handy heraus. »Siehst du? Niemand wurde angerufen.«

»Das läuft doch schon mal gut für uns!«

Sie tippt mir an die Nase. »Moment.«

Ich lächele zu ihr hoch und betrachte die zarten Linien ihres Profils, während sie ihre Musik-App öffnet. An ihren Augenwinkeln bilden sich Fältchen. Ich weiß, dass *sie* weiß, dass ich sie beobachte.

»Okay!« Sie greift über mich hinweg und legt das Handy auf den Nachttisch. Die Laustärke ist etwas leise – ist eben nur ein Handylautsprecher –, aber schon die ersten instrumentalen Noten lassen mein Herz hüpfen. Mit der Fingerspitze fahre ich ihre Sommersprossen von einer Wange bis zur anderen nach und singe das erste Wort gemeinsam mit David Byrne.

Home.

»Das ist mein –«

»Lieblingslied.« Ich küsse sie. »Ich weiß.«

»Du bist mein Lieblingsmensch«, sagt sie, und ich lache. Dann setze ich mich gerade genug auf, um meine

Leggings auszuziehen. Und meinen Cardigan. »Will nur nicht überhitzen«, erkläre ich.

»Oh, klar. Guter Punkt. Sehr gefährlich so was.« Tessa hält inne, dann tippt sie an ihren Gürtel. »Soll ich, ähm …«

»Ja. Ich meine … Gürtel, Hose, egal. Wenn du willst —«

»Okay, ja.« Schnell nickt sie, und ich könnte schwören, es ist mein Herz, das sie da öffnet.

Für einen Moment schließe ich die Augen und lasse die Musik in jeden Riss in meiner Oberfläche fließen.

This must
be the place.

Mein Handy vibriert an meinem Oberschenkel und erschreckt mich so, dass ich fast vom Bett falle. Wie es scheint, habe ich eine Menge Nachrichten von Lili verpasst.

Okay, Gretchen ist nach Hause gefahren

Darauf folgt ein GIF von Harry Styles, der winkt und einen Luftkuss gibt. Und dann:

Aber die Kids sind noch hier
Die schlafen bei mir
Das heißt, wir haben hier einen Mangel an Betten, also solltest du dir vermutlich eine andere Übernachtungsmöglichkeit suchen 😊

Und dann folgt ein hektischer Nachtrag:

OKAY, ABER UM EINS KLARZUSTELLEN: Du kannst jederzeit zurück in mein Zimmer kommen. Wir sind hier, wir lieben dich, die Tür ist offen!!!

»Fragen sie, wo du bist?«, möchte Tessa wissen.

Ich lege mein Handy neben ihres auf den Nachttisch und drehe mich zu ihr. »Nein, sie ...«

Die Worte schmelzen dahin, als ich sie sehe: in einem Unterhemd, weiß mit kurzen Ärmeln, und die Träger ihres Sport-BHs scheinen dezent durch.

Und untenrum trägt sie nichts weiter als eine Boxershorts.

Mein Herz schlägt Saltos. Ich glaube, bis zu diesem Moment ist mir nie klar gewesen, wie viele Klamotten sie sonst trägt. Hoodies und Jeans und Shorts. Selbst ihr Dark-Academia-Outfit hatte mehrere Lagen. Als wir uns das erste Mal begegnet sind, war sie theoretisch wohl nackt unter dem Bademantel, aber wenn ich jetzt zu lange darüber nachdenke, könnte mein Herz explodieren. Sie ist so hübsch, es ist kaum zu ertragen. Maskulin und feminin zugleich. Etwas schmächtiger, als mir bewusst war. Schmaler als ich, aber mit einer unerwarteten Weichheit.

Wie würde es sich anfühlen, wenn ihre nackte Haut meine berührt?

Unsicher, ob ich auch mein Kleid ausziehen soll, spiele ich mit dem Saum des Rocks. Ob sie sich wohl fragt, wie ich darunter aussehe? Ob sie überhaupt darüber nachgedacht hat? Um ehrlich zu sein, ist es seltsam, dass *ich* darüber nachdenke. Normalerweise beschäftige ich mich nicht viel mit meinem Körper. Ich bin zwar rundlicher als die meisten Schauspielerinnen, aber noch schlank genug, dass die Leute mich nicht fies behandeln, daher war das nie wirklich ein Thema für mich.

Vielleicht liegt das allerdings auch daran, dass noch nie jemand meinen Körper so wirklich gesehen hat. Ich trage eigentlich nie Badeanzüge, nur bei Sommerausflügen zu

Nana am Cayuga Lake. Und das hier ist definitiv nicht Nanas Haus am Cayuga Lake.

Der Song fängt von vorn an. *Home.*

Ich stelle mir vor, wie Tessa den Reißverschluss meines Pinafore-Kleids öffnet und das Hemd darunter aufknöpft. Vielleicht wird sie denken, mein Bauch ist zu weich. Vielleicht entdeckt sie die beiden Narben auf meinem Rücken, wo mir zwei Muttermale herausgeschnitten wurden. Oder sie spürt die Pickelchen entlang meiner Wirbelsäule. Oder sie –

»Hey.« Sie hebt beide Hände und zieht mich zu sich nach unten. Als sie sich dann auf die Seite dreht, sind unsere Gesichter kaum noch einen Zentimeter voneinander entfernt. Sie legt die Hand an meine Taille. »Ich bin mir nicht sicher, ob du nur nachdenkst oder panisch wirst oder aber –«

»Beides. Aber auf eine gute Art.«

»Oh, richtig, die gute Art von Panik.« Dann legt sie eine Hand an meine Wange. »Lass uns nichts überstürzen, okay? Es ist noch so neu. Du solltest dir die Zeit nehmen, dir darüber klar zu werden, was du willst.«

»Aber ich will das hier.«

»Ja, ich auch! Aber –«

»Und ich verspreche, dass ich nicht einfach – du weißt schon – was ausprobiere. Oder experimentiere –«

»Oh! Nein, Imogen. Das weiß ich doch. Ich meine nur … Ich will nicht, dass du denkst, du müsstest so eine coole, erfahrene queere Verführerin sein. Du musst Dinge nicht ausprobieren, weil du denkst, dass ich es will.«

Ich setze mich auf. »Du hältst mich nicht für eine coole, erfahrene queere Verführerin?«

»Überhaupt nicht.« Auch sie setzt sich auf.

Schnaubend ziehe ich sie zurück auf die Kissen und verschränke meine Beine mit ihren. Sie legt ihre Lippen sanft auf meine, nur ganz flüchtig, und ich lächele zu ihr auf.

Dann stößt sie ein kurzes, atemloses Lachen aus. »Oh mein Gott, das ist ... Weißt du, dieser Teil bei *König der Löwen*, wo sie Sex im Wald haben –«

»Bei *König der Löwen* haben Leute Sex?«

»Nein, die Löwen haben Sex.«

»*Was?* Sorry ... wann?«

»Bei ›Kann es wirklich Liebe sein‹! Imogen, wo sie im Dschungel herumtollen.«

»Ich dachte ... ich dachte, dass sie einfach ... na ja, verliebt sind?«

»Ja, aber dann setzt Nala diesen Blick auf, erinnerst du dich? So à la *heeey*.« Tessa beugt sich vor und küsst mich. »Und das sind wir! Wir sind Löwen, die Sex haben! Nur, dass wir *keinen* Sex haben, weil wir nichts überstürzen!«

»Um eins klarzumachen: Wir sind auch keine Löwen«, sage ich ihr mit einem Lächeln, das mittendrin zu einem Gähnen wird. »Sorry.«

»Nein, meine Güte, wie spät ist es überhaupt?«

Ich recke den Hals, um auf die Handys auf Tessas Nachttisch zu schauen. »Schon fast drei Uhr. Oh je, sorry! Soll ich dir dein Bett zurückgeben?«

»Ich will mein Bett gar nicht zurückhaben. Schlaf hier.«

Ich blicke zu ihr auf. »Wirklich?«

»Imogen.« Sie legt sich wieder zu mir, streicht meine Haare beiseite und küsst mich. »Muss ich es erst laut aussprechen? Ich habe«, sie küsst mich, »meinen verdammten

Verstand verloren«, sie küsst mich erneut, »seitdem du zu diesem kleinen Hund gelaufen bist und einfach – boom«, noch ein Kuss, »auf die Knie gegangen bist und ihn umarmt hast. Der Ausdruck auf deinem Gesicht. Und dann sagst du auch noch: ›Meine Ziege hieß Daisy.‹«

»Hieß sie auch!«

»Ich weiß!« Tessa lacht und streicht mir eine Locke hinters Ohr.

Dann vergräbt sie ihr Gesicht in meiner Halsbeuge, und jeder ihrer Atemzüge fühlt sich an wie ein Liebesbrief.

Meine Augen wollen einfach nicht geschlossen bleiben. So geht das jetzt seit fast einer Stunde – ich starre einfach verträumt in die Dunkelheit und verinnerliche jeden Zentimeter von Tessas kahler weißer Zimmerdecke.

Mein Kopf fühlt sich an wie eine geschüttelte Schneekugel, in der die Glitterteilchen durcheinandertanzen. Wenn ich meine Lippen berühre, fühlen sie sich empfindlich an. Keine Ahnung, wie sich irgendetwas hier real anfühlen soll.

Ich habe ein Mädchen geküsst.

Und sie hat mich zurückgeküsst.

Und jetzt liege ich in ihrem Zimmer, in ihrem Bett, nah genug, um das Heben und Senken ihrer Brust zu spüren, während sie atmet. Ich weiß echt nicht, wie Menschen das machen. Wie schaltet man seinen Verstand nach dem Küssen ab? Wie hört man damit auf, jeden Berührungspunkt seiner nackten Beine zu katalogisieren?

Und wie vergisst man die Tatsache, dass man sich vor dem Schlafengehen nicht das Gesicht gewaschen hat? Vom Zähneputzen und der Zahnseide ganz zu schweigen. Und genau deshalb riecht mein Atem jetzt auch nach Apokalypse, und meine Blase meldet sich ständig mit den

Worten: *Hey, was geht, Imogen? Hey, wegen des Alkohols vorhin und der ganzen Flüssigkeit…*

Nur habe ich das Gefühl, wenn ich jetzt aus dem Bett steige, dann breche ich den Zauber. Was, wenn Tessa aufwacht und alles bereut? Was, wenn sie sich aufsetzt und sich vollkommen entsetzt die Decke an die Brust drückt? *Ich habe nur Unterwäsche getragen*, wird sie denken, *und Imogen hat nicht mal versucht, ihre Hand unter den Bund gleiten zu lassen.*

Steht sie überhaupt auf Mädchen?

Will sie jetzt mit mir schlafen oder nicht?

Nein. Nein. Tessa würde so nicht denken. Mein kleines verdrehtes Häschen-Hirn macht sich nur wieder grundlos verrückt. Die Nacht war perfekt. Abgesehen von dem Teil, als Gretchen mich als heterosexuelles Pick-me-Girl bezeichnet hat. Aber der Rest war in Sternenlicht eingewickelte verträumte Perfektion. Und jetzt liege ich hier mit meinen geschwollenen Lippen und hundert neuen Türen in meinem Kopf, die ich aufschließen kann. Kilometer an Neuland.

Und dabei war ich mir so sicher, dass ich jeden Zentimeter meiner Selbst bereits entdeckt hatte.

Wie kann man sich bei seiner eigenen Sexualität täuschen? Wie ist das überhaupt möglich?

Plötzlich fühle ich mich den Tränen nahe. Allerdings kann ich nicht sagen, ob der Grund dafür Erschöpfung ist, Panik oder die Tatsache, dass das alles hier Lichtjahre von meiner Normalität entfernt ist.

Und da liegt Tessa, schläft tief und fest, eine Hand hat sie zuckersüß an ihr Kissen gelegt. Eine dunkle Haarsträhne fällt ihr auf die Wange und kitzelt sie am Mundwinkel.

Ich möchte sie ihr hinters Ohr streichen und sie küssen. Ich möchte meine Fersen zusammenschlagen und mich nach Hause teleportieren.

Mein Gehirn wegen Renovierungsarbeiten schließen. Imogen Scott: derzeit im Umbau.

Wenn ich doch nur ein Time-out ausrufen könnte. Nur für eine Sekunde.

So vorsichtig wie möglich klettere ich aus dem Bett und suche nach Lilis Stiefeln, die ich gestern getragen habe. Da diese allerdings verschwunden zu sein scheinen, schnappe ich mir stattdessen Flipflops von Tessa. Dabei bin ich seltsamerweise völlig aus dem Häuschen, weil sie mir passen. Eine queere Cinderella.

Der Flur ist vollkommen menschenleer. Gut. So bekommt niemand mit, wie ich aus Tessas Zimmer schleiche, als würde ich aus einer Art Sex-Winterschlaf erwachen.

Was ich *nicht* tue. Denn das haben wir nicht getan. Sex, meine ich.

Im Bad leuchtet nur ein Nachtlicht, aber als ich mit Pinkeln fertig bin, kann ich gut genug sehen, um mir zu achtzig Prozent sicher zu sein, dass es Lilis Zahnpasta ist, die ich mir da borge. Dann versuche ich, mir mit den Fingern die Haare zu kämmen, und mustere mich im Spiegel.

Ich sehe aus wie am Ende eines Actionfilms – gerötete Wangen und dunkle Augenringe, die Haare eine einzige Katastrophe. Einfach völlig fertig.

55

»Aber was, wenn Gretchen recht hat?«, platzt es aus mir heraus.

»Ähh.« Edith starrt mich an, ihre blauen Augen sind noch glasig vom Schlafen. »Bist du … die ganze Zeit hier gewesen?«

»Ich meine, denk mal drüber nach! Wenn ich mich vorher geirrt habe, woher weiß ich dann, dass ich jetzt richtigliege? Wie soll ich mir da selbst vertrauen? Und jetzt habe ich Tessa da mit reingezogen, und –«

»Du hast«, Edith gähnt, »Tessa in gar nichts reingezogen. Wie spät ist es?«

»Neun Uhr siebzehn.«

Mühsam setzt sie sich auf, ihr Blick wandert von Lilis leerem Bett zu Otávios Nest aus Decken auf dem Boden. »Wo sind die beiden?«

»Bad, denke ich? Keine Ahnung.«

Sie nickt langsam.

»Glaubst du, ich habe sie benutzt?«

»Lili?«

»Tessa!«

Verdutzt blinzelt Edith. »Wofür?«

»Um Aufmerksamkeit zu bekommen? Oder damit ich gemocht werde oder interessanter wirke –«

»Oh, zählen wir jetzt einfach biphobe Stereotype auf?«

»Was, wenn ich ein biphobes Stereotyp bin?« Ich bedecke mein Gesicht mit beiden Händen.

Da stößt Edith ein überraschtes Lachen aus. »Das ist der Wahnsinn. Ich glaube, ich habe noch nie gesehen, wie du so absolut am Rad drehst.«

»Na ja, ich drehe immer so am Rad. Nur spreche ich es nicht aus.«

Sie sieht mich an. »Also so klingt es in deinem Kopf?«

»Ja ... so ziemlich?«

»Huh. Immer oder nur nach dem Sex?«

»Du glaubst, ich hatte *Sex* –?«

»Du hattest Sex?« Als ich aufsehe, steht Lili mit großen Augen in ihrem Bademantel in der Tür und Otávio einen halben Schritt hinter ihr. Ich habe sie gar nicht hereinkommen gehört.

»Neiin!« Ich raufe mir die Haare. »Ich hatte keinen Sex! Wir haben nur ... du weißt schon.«

»Was habe ich verpasst?«, fragt Otávio.

Lili tätschelt ihm die Schulter, bevor sie wieder mich ansieht. »Ich glaube, ich habe dich nachts gar nicht reinkommen gehört.«

»Ja, also ... es war spät.«

»Und jetzt dreht sie total durch«, meldet sich Edith zu Wort.

Kurz ist Lili still, doch dann hält sie einen Finger in meine Richtung. »Auf gar keinen Fall. Ich weiß genau, was das hier ist.«

»Äh ... was denn?«

»Jetzt fängst du an mit: ›Oh nein! Ich drehe durch! Sie mag mich bestimmt gar nicht!‹ Und sie ist drüben und denkt: ›Oh Mann, oh Mann.‹«

Ich lache. »Sie sagt wirklich oft ›Oh Mann‹.«

»Ja, aber das ist ein trauriges ›Oh Mann‹. Eher ein: ›Oooh Maaann, sie steht definitiv nicht auf mich.‹«

»Genau!« Edith boxt mir gegen den Arm. »Und wir denken alle: ›Ihr absoluten Idiotinnen, macht eure verdammten Augen auf!‹«

»Danke!« Lili legt ihre Hände zusammen. »Aber neiin. Anstatt miteinander zu reden wie normale Menschen, geht ihr euch lieber aus dem Weg, und dann – keine Ahnung – kommt eine große Geste. Aber erst, wenn ihr beide euch absolut elend fühlt, und wofür? Warum?!«

Ich öffne den Mund und schließe ihn wieder. »Also ... denkt ihr, ich sollte mit ihr sprechen?«

»Immy, ich meine das auf die allerfreundlichste Art – ich werde dich höchstpersönlich nach nebenan schleppen, damit genau das passiert«, sagt Lili. »Du wirst Schürfwunden haben. Vermutlich am Hintern.«

Edith grinst auf ihr Handy hinunter.

»Ähm. Okay.« Ich rutsche vom Bett, und es ist, als hätte ich für eine Sekunde lang die Kontrolle über meinen Körper verloren.

Ich schlüpfe wieder in Tessas Flipflops, durchquere das Zimmer, gehe an Lilis Schreibtisch vorbei.

Doch bevor ich die Tür öffne, bleibe ich abrupt stehen. »Moment!« Ich wirbele herum. »Was besagt die Etikette? Klopfe ich?« Kurze Pause. »Okay, ja, ich sollte klopfen. Logisch. Sorry. Vergesst es.«

Dann nehme ich einen tiefen Atemzug und trete hinaus in den Flur.

*

Dreißig Sekunden später bin ich wieder in Lilis Zimmer. »Sie ist nicht da«, sage ich.

»Äh, was?«

»Ich meine, ich habe geklopft, aber –«

»Nichts da. Auf gar keinen Fall.« Lili legt einen Arm um mich und führt mich zurück zu Tessas Tür. »Tess?«

Sie klopft. Dann klopft sie erneut.

Keine Antwort.

Also fischt sie ihr Handy aus ihrer Gesäßtasche, öffnet den Messenger und tippt etwas. Kurz darauf vibriert das Smartphone in ihrer Hand, und sie stößt einen Laut aus, der halb Ausatmen und halb Schnauben ist.

»Was … was ist denn?«

»Nichts. Sie ist bei ihrem Bruder.« Lili drückt sich eine Hand auf die Stirn.

»Oh! Wann ist sie –«

»Keine Ahnung. Vermutlich, nachdem du abgehauen und ins Bett deiner Schwester geklettert bist. Ihr beiden. Ich schwöre bei Gott – auf genau dieselbe Art seltsam.« Sie beißt sich auf die Lippe und tippt wieder. »Okay, weißt du was? Ich nehme meine Wäsche mit, damit ich die zu Hause waschen kann, wenn ich euch abliefere. Und während die Maschine läuft, kannst du ein paar Lücken für mich füllen. Wie zum Beispiel: Sie weiß, dass du heute früh wieder fährst, oder?«

Ich nicke, während sich ein Kloß in meinem Hals bildet. »Ja.«

»Okay.« Lili runzelt die Stirn. »Hmm.«

»Ich meine ... sie ist verschwunden, obwohl sie weiß, dass ich abreise. Wirkt ziemlich eindeutig auf mich.«

»Du denkst, sie geht dir aus dem Weg.«

Ich zucke mit den Schultern.

»Aber ... du hast ihr nicht geschrieben.«

»Nein.« Ich schüttele den Kopf. »Ja, keine Ahnung. Ich möchte sie nicht unter Druck setzen oder eine große Sache daraus machen.«

»Ja, aber ...« Lili hält inne. »Ich meine, du bist einfach mitten in der Nacht abgehauen, oder? Was auch in Ordnung ist! Aber du weißt schon ... Vielleicht solltest du ihr schreiben, damit sie weiß, dass du sie nicht ghostest?«

»Oh.« Langsam nicke ich. »Du denkst, ich sollte –«

»Wenn du willst! Sorry ... ich möchte dir nicht ungefragt einen Rat geben.«

»Nein, schon gut! Es ist nur ... Sie soll nicht denken, dass ich sie ghoste. Denn das tue ich nicht!« Mein Kopf fühlt sich etwas wirr an. »Nicht absichtlich jedenfalls. Ich sollte ihr schreiben, was?«

Lili hält ihre Handflächen hoch. »Denke schon.«

»Okay. Ja. Ich werde einfach, ähm ...« Ich sehe auf mein Handy hinunter und dann wieder hoch zu Lili. »Was soll ich sagen?«

»Das musst du entscheiden, Immylou. Du schaffst das.« Sie stupst meine Nasenspitze mit dem Finger an. »Okay! Ich hole jetzt meine Wäsche!«

Dann verschwindet sie in ihrem Zimmer, und ich stehe

wie erstarrt da, allein im Wohnheimflur, und starre auf Tessas geschlossene Tür.

56

Immer wieder werfe ich Blicke über meine Schulter, suche den Innenhof ab. Als wir vom Bordstein auf den Parkplatz treten, stolpere ich sogar fast über meinen Koffer.

»Hey.« Lili wird langsamer, um auf mich zu warten. »Alles wird gut. Das ist nicht deine letzte Chance, mit ihr zu sprechen. Wir reden hier von einer dreißigminütigen Fahrt. Nicht mal ganz.«

»Ich weiß.«

»Im Ernst, komm nächstes Wochenende wieder her. Oder sogar morgen, wenn du willst!«

»Ja.« Ich nicke. »Vielleicht.«

Lili schnappt sich meinen Koffer und rollt ihn zu ihrem Wagen, während ich noch einen letzten Blick zurückwerfe. Nur für den Fall, dass … Keine Ahnung.

Irgendetwas.

Aber da ist nichts. Nur der trübe graue Himmel und Edith und Otávio, die wie verschlafene Entlein hinter uns herwatscheln.

Noch einmal hole ich mein Handy heraus und starre auf den Nachrichtenverlauf mit Tessa, bis er nur noch wie verschwommene blaue und graue Blasen aussieht. Das Problem ist, dass keine Wortkombination mir richtig erscheint. Oder auch nur annähernd richtig. Daher lösche ich alles immer wieder.

Wollte dir nur sagen, wie sehr ich den Abend gestern geliebt ...

Wie sehr ich den Abend gestern gemocht ...

Wollte dir nur sagen, wie viel Spaß ich gestern ...

Hi, wir haben gestern rumgemacht, und dann bin ich abgehauen, und dann bist du abgehauen, und jetzt fahre ich nach Hause, und ich weiß, dass du nicht offiziell mit mir zusammen sein willst, logisch, lol, aber du sollst wissen, dass es mir sehr gefallen hat – mehr als gefallen. Außer du siehst das anders, in dem Fall hat es mir gerade gut genug gefallen, dass du stolz auf deine Kuss-Künste sein kannst, aber nicht so gut, dass du IRGENDEINE Art Druck verspüren solltest, okay?? Und vielleicht kannst du mit einem Emoji antworten, oder so? Nur damit ich eine Vorstellung habe, wo du stehst??

Dann denke ich darüber nach, dass die Taste zum Löschen aussieht wie ein umgekipptes Haus.

Ich halte sie und sehe zu, wie sich die Worte von hinten nach vorn auflösen, Buchstabe für Buchstabe.

*

Edith springt auf den Beifahrersitz, noch bevor ich überhaupt darüber nachdenken kann, und als erste Amtshandlung verbindet sie ihr Handy mit dem Bluetooth. Eine Minute lang ist abgesehen vom leisen Surren des Motors alles still.

Bis zarte instrumentelle Klänge anschwellen wie eine Kirchenhymne.

»Oh? Oh? Was ist das denn?« Edith dreht sich in ihrem Sitz um und hält ihr Handy wie ein Mikrofon hoch. »Könnte das der Kultsong ›Faith‹ aus 1987 von dem verstorbenen, aber großartigen George Michael sein?«

Otávio reibt sich die Schläfen. »Oh Gott.«

Edith ignoriert ihn. »Wir präsentieren … das erste Mal seit den Weihnachtsferien wieder live und in Farbe … die Scodoso-Geschwister!« Dann haut sie in die Saiten ihrer Luftgitarre.

Lili lacht. »Ja, verdammt, Und danach kommt ›Dancing Queen‹, okay?«

»Nein«, entgegnet Otávio. »Kein ABBA vor dem Mittag.«

»Du sagst das so, als wärst du nicht der Frontsänger bei ›Waterloo‹.«

»Immy!«, ruft Edith dazwischen. »Aufgepasst! Jetzt kommt dein Teil.«

»Maaay-be«, singe ich wie aufs Stichwort.

Lili grinst mich im Rückspiegel an. »Hast es immer noch drauf.«

Ich vergesse kein einziges Wort des Liedtextes. Es erstaunt mich immer wieder, wie Musik das schafft – wie sie Wurzeln in deinem Verstand schlägt. Wenn man die Augen schließt, kann man durch die Zeit reisen. Ich könnte acht Jahre alt sein und vor einem Publikum aus Stofftieren in Lilis ausgestecktes Mikrofon singen. *Geradezu majestätisch*, hat Tessa es genannt.

Mit geschlossenen Augen ist es schon fast zu einfach, sie mir hier bei uns vorzustellen – lächelnd und verschlafen, zwischen Otávio und mir auf die Rückbank gequetscht. Ihre Augen hätten dunkle Ringe, und ihr Haar würde in alle Richtungen abstehen. Ganz ehrlich, dieses Mädchen könnte die gesamte Schlafentzug-Ästhetik revolutionieren.

Ich muss ihr wirklich, wirklich schreiben.

»Also, wie willst du es deinen Eltern erzählen?«, fragt Lili. »*Wirst* du es deinen Eltern erzählen?«

Erschrocken blicke ich auf. »Von Tessa?«

Sie lacht. »Von dir!«

»Ich kann dir dabei helfen, eine Coming-out-Rede zu schreiben!«, meldet sich Edith zu Wort.

Es braucht einen Moment, bis ich verstehe ... dass der Gedanke eines Coming-out fernab von Tessa existiert. Die Tatsache, dass ich queer bin ... gehört nur mir.

»Ich möchte keine Rede halten ...«

»Ja, nee, verstehe. Reden werden überbewertet. Oh, weißt du, was du machen solltest?« Mittlerweile hat Edith sich komplett umgedreht, und ihre Augen leuchten. »Lade Tessa ein, und schleich dich mit ihr in den Schuppen. Dann sage ich: ›Hey, Mom und Dad, könnt ihr diesen absolut unwichtigen Gegenstand hier für mich in den Schuppen bringen?‹ Und wir timen es so, dass sie euch beim Rummachen erwischen –«

»Also das –«

»Und dann sagen sie: ›Edith, hör auf, in der Scheune mit Mädchen rumzumachen.‹ Und dann drehst du dich um und sagst: ›Falsch, Bitches – ich bin's, Imogen.‹«

Fassungslos starre ich sie an. »Wow.«

»Okay, also zuerst«, sagt Lili, »Imogen hat in ihrem ganzen Leben noch nie ›Bitch‹ gesagt. Und zweitens – wofür hat man einen Schuppen, wenn man ihn nicht zum Rummachen benutzt?«

»Wie oft hast du denn schon im Schuppen mit Mädchen rumgemacht?«, fragt Otávio.

»Noch nie. Meine Freundin lebt fünf Stunden entfernt. Wir haben uns noch nie persönlich getroffen. Leute, das ist alles nur theoretisch. Ich versuche nur, ein wenig Kreativität hier reinzubringen.«

»Oh. Ja, nee, schon okay«, sage ich höflich nickend. »Ich denke, ich werde es eher wie eine normale Bitch angehen.«

Lili bleibt der Mund offen stehen. »Ich muss mich korrigieren!«

Ich grinse sie an, bevor ich aus dem Fenster schaue. Der Himmel sieht noch unheilvoller aus als bei unserer Abfahrt. Es fängt definitiv gleich an zu schütten. Jeden Moment.

Wir sind schon fast zu Hause, allerdings nimmt Lili den langen Weg zu unserem Haus – geradewegs durch das Stadtzentrum von Penn Yan. Vielleicht vermisst sie es.

Ich versuche, mir vorzustellen, wie ich in einem Jahr an denselben Ampeln halte. Durch die Stadt fahre, in der ich immer gelebt habe, Straßen entlang, die ich so gut kenne, dass sie praktisch ein Teil von mir sind: Clinton Street, an der Hamilton vorbei und dann links auf die Main. Um nach Hause zu kommen. Ich weiß, es ist keine große, weltbewegende Umstellung, dreißig Minuten Fahrt entfernt nach Geneva zu ziehen, aber es wird trotzdem anders, oder? Ich glaube, ich habe Penn Yan noch nie länger als für eine oder zwei Wochen verlassen.

Ich katalogisiere alle Läden, an denen wir vorbeifahren. Long's Cards and Books, wo Edith und Gretchen manchmal die Young-Adult-Abteilung umräumen, sodass alle queeren Bücher auf den Regalen deutlich zu sehen sind. Und das Candy Emporium, in dem Otávio mal zehn Minuten lang geheult hat, nachdem er Schokolade mit Knisterbrause probiert hat. Es gibt einige Kunsthandwerksläden, in denen man handbemalte Weingläser oder Schneidebretter kaufen kann, in die die Umrisse der Finger Lakes eingraviert sind. Und den Pinwheel Market. Milly's Pantry.

»Tessa würde die Main Street gefallen«, sage ich.

Im Rückspiegel erwische ich Edith und Lili dabei, wie sie einen kurzen Blick wechseln.

»Das würde sie!«

»Soll ich sie holen fahren?«, fragt Lili. »Kann ich machen. Ich werde dieses verdammte Auto so schnell wenden, Gott steh mir bei –«

»Halt! Fahr rechts ran!« Ich lehne mich weit genug nach vorn, dass ich aus Otávios Fenster schauen kann.

Mit hochgezogenen Augenbrauen dreht Edith sich um. »Bei der Pfanne?«

Meine Wangen werden heiß.

»Ich möchte ein Foto posten«, sage ich.

Chat mit Gretchen
GP: Moment, bist du zu Hause??
GP: Kann ich rüberkommen?
GP: Bitte
GP: Ich möchte darüber sprechen
GP: Du bist verletzt, und ich fühle mich schlecht

»Also, das ist keine Entschuldigung.« Lili reicht mir mein Handy zurück und verdreht die Augen.

Wir sind nur zu zweit – abgesehen von Mel, die schlafend zwischen uns liegt. Edith haben wir bei uns zu Hause abgeliefert, und Otávio ist drinnen. Selbst Lilis Eltern sind weg. Also hängen wir jetzt auf Lilis Terrassenbank herum, während ihre Wäsche läuft, und warten darauf, dass der Regen einsetzt. Lili hat die trübe, schwere Luft vor dem Regen immer schon geliebt.

»Also trackt Gretchen deinen Standort, oder wie?«, fragt sie gähnend.

Ich lache. »Na ja, könnte auch an der deutlich sichtbaren Sehenswürdigkeit liegen, die ich gepostet habe.« Mit einem Kuss-Emoji in der Bildunterschrift.

Allerdings hat Tessa den Post noch nicht gelikt.

»Ist trotzdem eine miese Entschuldigung.« Sie runzelt die Stirn. »Sie hat allen Ernstes geschrieben: ›Du bist verletzt.‹«

»Ich weiß, ich weiß.«

»Kannst du dir nicht bildlich vorstellen, wie sie mit einem blutgetränkten Messer herumwedelt? ›Oh, du wurdest erstochen? Jetzt fühle ich mich schlecht!« Sie rümpft die Nase. »Wirst du mit ihr sprechen?«

»Also ... vermutlich nicht heute.«

»Ich bin für nie«, sagt Lili, doch dann schüttelt sie den Kopf. »Sorry, ich werde versuchen, mich in dieser Sache weniger wie ein Arschloch zu verhalten.«

»Lili, du bist kein –«

»Ich bin nur so wahnsinnig wütend. Das ist Urzorn. *Reptilienzorn.*«

»Auf Gretchen?«

»Ja, auf Gretchen! Und weißt du, was? Ich wusste, dass sie so was abziehen würde. Ich hab's verdammt noch mal gewusst. Sie kommt nicht damit klar, wenn irgendjemand auch nur seinen gottverdammten Zeh aus der Schublade hält, in die sie einen gesteckt hat.«

Den Kopf den Bäumen zugewandt, zerzause ich Mels Fell. »Also ... wusstest du es irgendwie?«, frage ich nach einer Pause.

»Dass Gretchen ein Albtraum ist? Oder dass du bi bist?«

Schwach lächele ich. »Das über mich.«

»Ich meine ... vor dieser Woche? Nicht wirklich.« Sie neigt den Kopf. »Schätze, ich habe es immer für eine Möglichkeit gehalten. Immerhin wärst du nicht die erste *sehr* engagierte Ally, die ... eine Stufe aufsteigt.«

Da stoße ich ein verlegenes Lachen aus. »Ja ...«

»Weißt du, Tess und du wart dieses Wochenende wahnsinnig lustig.«

Überrascht sehe ich zu ihr auf. »Wirklich? Waren wir so offensichtlich?«

»Total. Jedenfalls Tessa.« Lili macht eine Pause, um

ihre Beine anzuziehen. »Es war sehr süß. Sie hat am Dienstag plötzlich ein soziologisches Interesse daran entwickelt, ob es moralisch vertretbar ist, die Ex einer guten Freundin zu daten. Rein hypothetisch, versteht sich. So als kleine Umfrage eben, nur um zu sehen, wie ich zu diesem Thema stehe. Und ich sitze da und denke mir: Oh, Schätzchen, du bist nicht so subtil, wie du glaubst.«

Ich kichere. »Was hast du dazu gesagt?«

Lili stützt das Kinn auf Mels Kopf. »Na ja, ich habe gesagt, dass ich kein Problem damit habe, denn das habe ich logischerweise nicht. Aber Immy, das war wirklich hart! Zu dem Zeitpunkt habe ich nämlich noch gedacht, das Interesse wäre einseitig. Ich habe nicht vermutet, dass du ein Mädchen daten willst. Und da ich diejenige war, die allen den Floh ins Ohr gesetzt hat, dass du bi bist ... wollte ich einfach keine von euch beiden in eine seltsame Situation bringen.«

»Oh. Klar.«

»Also habe ich mal die Fühler in deine Richtung ausgestreckt, aber du hast mir absolut nichts gegeben. Nada.«

»Tut mir leid.«

»Oh mein Gott, bitte nicht. Das ist nicht wirklich ... Also nein. Ich bin diejenige, die mit dem Lügen angefangen hat.« Erschrocken hebt Mel den Kopf, und Lili senkt die Stimme. »*Desculpa, anjinha*. Alles gut. Schlaf weiter.«

»Hi, Süße.« Ich streichele ihren Kopf.

»Dann habe ich allerdings das Gefühl bekommen, dass es möglicherweise doch nicht einseitig ist. Zum Beispiel als du plötzlich zur Party kommen wolltest. Da dachte ich mir: ›Huh.‹ Und dann natürlich, als du mir gestern erzählt hast, wie sehr Gretchen sich wegen deiner Verliebtheit danebenbenommen hat.«

Ich nicke langsam.

»Ja, also ... Am Ende dieses Gesprächs war ich mir zu zirka sechzig Prozent sicher, dass du in Tessa verknallt bist. Vielleicht fünfundsechzig? Nur so eine Ahnung eben. Das lag daran, wie du darüber gesprochen hast ... daran, dass Gretchen dir nicht geglaubt hat. Was übrigens ungemein bescheuert ist.«

»Ja, definitiv.« Kurz bin ich still. »Wobei es weniger so war, dass sie meine Gefühle für Tessa infrage gestellt hat. Sie meinte nur, dass Tessa sozusagen eine magische Lesbe ist, die heterosexuelle Mädchen anzieht.«

»Wow. Okay. So was gibt's nicht.« Lili stößt ein kurzes Lachen aus. »Ich meine, klar, wenn jemand sich ständig in Mädchen verknallt und sich trotzdem als hetero bezeichnet, dann bitte. Aber Gretchen Patterson aus Penn Yan, New York, bestimmt nicht über die Queerness anderer Leute.«

Da lache ich ein wenig traurig. »Ich weiß.«

Kurz ist Lili still. »Es ist wie mit dieser Kara-Clapstone-Sache. Alle sagen, sie hätte sich früher outen sollen, weil das ihren Fans so viel bedeutet hätte. Oder auch die Sache mit der Person aus der Pride Alliance, die kein Label genannt hat. Ich meine, wie sind wir da gelandet? Wann haben wir entschieden, dass uns das was angeht?«

»Aber ich verstehe ihren Standpunkt.« Ich beiße mir auf die Lippe. »Man möchte eben wissen, dass der eigene Safe Space wirklich sicher ist.«

»Sicher für wen?«, kontert Lili.

»Ja. Das ist ... schwierig. Sehr kompliziert.«

»Genau.« Sie hält inne. »Weißt du, manchmal fühle ich mich schuldig, weil ich mich nicht in der Highschool geoutet habe.«

»Schuldig?«

»Weiß auch nicht. Ich habe letzte Woche mit Mika über die Nachrichten gesprochen, die dey von jungen queeren Menschen bekommt. Transmenschen. Einige sind gerade mal zwölf Jahre alt. Mikas Account bedeutet ihnen so viel. Und das alleine schon, weil Mika einfach ein cooler nichtbinärer Mensch mit japanischer Herkunft auf dem College ist, der sein Leben lebt und Kunst macht. Denn manche von ihnen kennen keine geouteten Transmenschen im echten Leben.« Lili zuckt mit den Schultern. »Vielleicht hätte ich so jemand für ein pansexuelles brasilianisches Kind in Penn Yan sein können.«

»Gibt es andere brasilianische Familien in Penn Yan?«

Lachend krault sie Mels Kopf. »Absolut nicht. Aber du weißt, was ich meine.«

»Ja, schon, aber…«, ich sehe sie an, »ist das nicht dasselbe wie bei Kara? Dass sie sich für ihre Fans schon früher hätte outen sollen? Nur war sie das niemandem schuldig. Und du genauso wenig.«

»Ich weiß, ich weiß.«

»Also, du bist meine Mika. Das weißt du, oder?«

Sie schnaubt. »Bin ich nicht.«

»Lili, diese Sache mit der Hintergrundgeschichte? Die hat tatsächlich ganz schön geholfen.«

»Du meinst, als ich alle meine Freunde angelogen und dich gezwungen habe, mitzumachen?« Skeptisch beäugt sie mich.

»Hat es wirklich! Ich glaube, es hat mir geholfen, dass

andere es als Tatsache gesehen haben. Eben einfach: Ich bin Imogen und bi.« Kurz stockt mir der Atem. »Ich war so sehr damit beschäftigt, die weltbeste heterosexuelle Ally zu sein, weißt du? Als wäre das meine Aufgabe. Und der Gedanke, dass ich vielleicht gar nicht hetero sein könnte, war einfach … zu bequem, schätze ich. Oder unrealistisch. Man kann sich bildlich vorstellen, wie andere Leute deswegen die Augen verdrehen, oder? Als wäre das so eine Art Gruppenzwang. Alle meine Freunde sind queer –«

»Vielleicht weil du dich von anderen queeren Menschen angezogen fühlst?«

»Vermutlich.« Ich rümpfe die Nase. »Warum fühle ich mich nur so, als würde ich mir das alles ausdenken?«

»Vermutlich wegen der megatoxischen Gretchen. Oder den fünf Millionen anderen Gretchens da draußen im Internet. Einige queere Menschen scheinen es einfach zu lieben, andere queere Menschen fertigzumachen. Jeden Tag verkündet jemand seine Meinung darüber, ob bi- und pansexuelle Mädchen überhaupt queer sind. Oder ob wir nur unter bestimmten Bedingungen queer sind. Und das sagen sie aus voller Überzeugung. Dabei sind sie sich null bewusst, dass ihre eigene sehr spezifische queere Erfahrung nicht zu einhundert Prozent universell ist. Und dann sind es auch noch immer diese sehr weißen, sehr westlichen Rahmenbedingungen – fest in der Kolonisation verwurzelt. Es besteht absolut keine Kenntnisnahme von religiösen oder generationsbedingten Unterschieden – es sind immer dieselben Leute, die immer denselben semantischen Blödsinn wiederkäuen. Aber trotzdem bleibt es einem im Kopf hängen! Ich habe das Gefühl, die Hälfte von uns ertrinkt im Hochstaplersyndrom. Mehr als die Hälfte wahrscheinlich. Zumindest ist es mir schon so ergangen.«

Ich sehe sie an. »Wirklich?«

»Warum, glaubst du, habe ich die ganze Sache mit uns beiden erfunden?«

»Ja, aber das war direkt nach deinem Coming-out. Jetzt wirkst du so selbstsicher.«

»Manchmal bin ich das«, sagt sie, »und zehn Minuten später bin ich dann davon überzeugt, dass ich das alles nur spiele.«

»Genauso fühle ich mich!« Plötzlich treten mir Tränen in die Augen.

»Das ist schrecklich. Und so ein Quatsch.« Sie schüttelt den Kopf. »Und dann kommt noch hinzu, dass ich manchmal ziemlich sicher bin, dass ich panromantisch asexuell bin. Oder demisexuell. Keine Ahnung. Und ich habe noch nie jemanden gedatet. Was nicht daran liegt, dass ich asexuell bin.« Sie zuckt mit den Schultern. »Manchmal frage ich mich, warum ich so viel mentale Energie darauf verschwende. Und denke dann: ›Ich sitze gerade zu Hause und schaue Netflix. Wen interessiert das überhaupt?‹ Aber mich interessiert es! Es ist wichtig.«

»Natürlich ist es wichtig. Es ist ein großer Teil deiner Identität.«

Lilis Handywecker klingelt. »Ups, Wäsche ist fertig! Merk dir, wo du warst.«

Sie nimmt Mel auf den Arm und steht auf.

»Hey«, sage ich, während ich zu ihr aufschaue. »Hab dich lieb.«

Sie verzieht das Gesicht.

»Wirklich!«

»Weiß ich doch. Und jetzt muss ich es zurück sagen, sonst bin ich ein Arschloch.« Leicht lächelnd verdreht sie die Augen. »Du aufrichtige kleine Bisexuelle. Hab dich auch lieb.«

Chat mit Gretchen
GP: Hey, es tut mir leid
GP: Das wollte ich nur sagen
GP: Und jetzt höre ich auf, du musst nicht antworten
GP: Aber es tut mir leid

58

Gretchens Nachrichten kommen alle gleichzeitig an, gerade als Lili den Motor startet. »Sag mir, dass es nicht die ist, die ich denke«, sagt Lili, während sie nach hinten schaut, um aus der Einfahrt zu fahren.

»Okay, aber zu ihrer Verteidigung muss ich sagen, dass sie sich jetzt entschuldigt hat. Zweimal!«

»Das Baby hat ein neues Wort gelernt?«

Ich lächele trocken. »Scheint so.«

Dann lege ich mein Handy in den Becherhalter, und wir schweigen beide, während wir Lilis Straße entlangfahren. Doch bei der ersten roten Ampel wirft sie mir einen Blick zu. »Ich muss immer wieder an die Dinge denken, die Gretchen im Diner gesagt hat. Über das ganze Mobbing – das Basketballteam, den Typen im Walmart.«

»Sie hatte es ziemlich schwer.« Ich nicke.

»Ja, hatte sie.« Lili schweigt kurz. »Und diese Erfahrungen habe ich natürlich nicht gemacht. Ich weiß, dass ich keine Queerness ausstrahle, wenn ich die Straße entlanggehe. Ich versuche nicht, es zu verstecken. Ich trage einfach, was mir gefällt. Bin ich deshalb also weniger unterdrückt als Gretchen? Keine Ahnung! Mich hat noch nie jemand deshalb beleidigt. Aber werde ich meiner katholischen Großmutter in São Paulo jemals die Wahrheit – und ich meine die ganze Wahrheit – erzählen? Äh. Vielleicht eines Tages? Ich meine, man weiß ja nie, richtig? Ich bin ziemlich sicher, dass Gretchen dieses Problem nicht hat. Also wer von uns ist queerer?«

»Na ja.« Ich zögere kurz. »Da müsste ich euch beide schon auf Stühlen sitzen sehen.«

»Ja, was soll das überhaupt? Ich sitze ganz wunderbar auf Stühlen.«

Ich blicke gezielt auf ihr linkes Bein, das momentan seltsam angewinkelt auf dem Fahrersitz liegt.

»Klappe.« Sie versucht sichtlich, ihr Grinsen zu unterdrücken.

»Aber du hast recht«, sage ich. »Es ist, als müsste man sich sein Label durch Leid verdienen. Und dann muss man es noch damit beweisen, wen man datet, wie man sich kleidet und wie andere Menschen einen sehen.«

Lili nickt. »Jepp. Ansonsten zählt es nicht. Scheiß drauf. Wir müssen niemandem was beweisen.«

»Scheiß drauf«, sage ich.

Da stößt Lili ein überraschtes Lachen aus. »Okay, neuer Plan. Antworte Gretchen jetzt. Und zwar sofort. Solange du in genau dieser Stimmung bist.«

Lächelnd schaue ich aus dem Fenster. Draußen tröpfelt es jetzt endlich, aber das wird auf keinen Fall alles sein. Lili fährt an der Main Street vorbei – über die Route 14 geht es schneller. »Vielleicht solltest du bei mir bleiben, bis er nachlässt?«

»Der Regen oder der Reptilienzorn gegen Gretchen?«

»Beides?« Lachend greife ich nach meinem Handy und

werfe noch einen verstohlenen Blick auf meinen Pfannen-Post.

Nichts von Tessa.

Wodurch sich alles einfach wie ein Traum anfühlt. Die ganze Woche. Die Tunnel und Declans Schrank und das Schreiben bis drei Uhr morgens. Mein Coming-out im Diner namens Diner. Dass ich auf dem Rückweg zum Wohnheim ein Mädchen geküsst habe. Nun, da ich zu Hause bin, fühlt es sich beinahe absurd an.

Ich berühre meine Lippen. Die obere und die untere.

»Edie hat deinen Koffer mitgenommen, oder?« Sie schaut nach hinten zum Kofferraum. »Okay! Ich sollte wohl versuchen, dem Regen davonzufahren, was?«

»Lili, ich weiß ja nicht –«

»Wenn es richtig schlimm wird, fahre ich zurück nach Hause.« Sie beugt sich vor, um mich zu umarmen. »Hey, sag Bescheid, wenn sie einen Kommentar dalässt, okay?«

»Falls«, sage ich, und Lili zieht die seltsamste Grimasse überhaupt. Als würde ihr Lächeln versuchen, sich selbst zu unterdrücken.

Chat mit Gretchen
GP: IMMYYY
GP: Kannst du mich einfach wissen lassen, ob du das hier liest??

IS: Hey, bin hier

GP: YES!!! HI!!
GP: Okay, hi! Sei nicht sauer

IS: ...

GP: ...
GP: ?
GP: Was sollen die Punkte bedeuten?

IS: Na ja
IS: Ich schätze, ich frage mich einfach, was das sollte
IS: Im Diner

GP: Ähm, Eifersucht?

IS: Auf Tessa und mich?

GP: Schon irgendwie
GP: Keine Ahnung, eher auf die Vorstellung von Tessa
GP: Oder vielleicht
GP: Die Vorstellung, dass du als Hetero herumläufst und dann in eine Beziehung mit einem Mädchen stolperst, denn warum auch nicht?

IS: Okay, erst einmal sind nicht geoutet und hetero nicht dasselbe
IS: Das verstehst du, oder?

GP: Ja, aber
GP: Keine Ahnung, Imogen
GP: Kannst du wirklich sagen, du warst einfach nicht geoutet? Du hast absolut gedacht, du wärst hetero

IS: Dann nenn es unsicher

GP: Aber das warst du nicht!
GP: Sorry, aber hast du wirklich aktiv deine Heterosexualität hinterfragt?
GP: Tut mir leid, es ist nur
GP: Labels haben eine Bedeutung, okay? So können wir über gemeinsame Erfahrungen sprechen
GP: Das ist das Fundament der queeren Community
GP: Ich weiß, du denkst jetzt wahrscheinlich, ich bin kleinlich, bin ich aber nicht
GP: Ich versuche nur, es zu verstehen, schätze ich
GP: Natürlich freue ich mich für dich
GP: Und Tessa
GP: Das weißt du, oder?
GP: Jedenfalls hoffe ich, dass ihr Spaß habt ♥
GP: Du solltest mit ihr zum Candy Emporium gehen!

Während ich mich auf mein Bett sinken lasse, versuche ich, Quincy auf den Schoß zu nehmen. Aber er wirft mir einen vernichtenden Blick zu, steht auf und reckt sich in stiller Missachtung.

Beleidigt plustere ich die Wangen auf und seufze, bevor ich mich in die Kissen zurücklehne. Es wirkt nicht wirklich, als wäre es gerade Tag – kein einziger Sonnenstrahl scheint durch die Lücken in den Jalousien. Und natürlich habe ich das Licht nicht angeschaltet.

Du läufst als Hetero herum.
Kannst du wirklich sagen, du warst einfach nicht geoutet?

Vielleicht muss ich es einfach deutlicher erklären. Ich könnte Gretchen alles von Anfang an erzählen. Von dem Mädchen mit den Filz-Regenbögen, Ilana und dem Le-Dollar-Bean-Mädchen. Diese dezente Anziehung – in dem Moment so einfach zu übersehen, doch im Nachhinein so offensichtlich. Ich könnte sie durch die ungekürzte Geschichte meiner Schwärmereien führen.

Ich könnte ihr die Tests in meinem privaten Browser-Verlauf zeigen. Sie Punkt für Punkt zum Schweigen bringen.

Ich könnte sie fragen, warum sie zu entscheiden hat,

wann jemand sich seiner Sexualität nicht sicher ist. Und wer als queer gilt. Und wenn sie über die queere Community spricht, wen meint sie dann? Wer wird da reingelassen? Und wer wird rausgedrängt? Und was fängt man mit der Tatsache an, dass anscheinend keine zwei Menschen ihre Queerness auf dieselbe Art und Weise ausleben?

Vielleicht sollten gemeinsame Erfahrungen überhaupt nicht das Fundament sein.

Vielleicht sollte es lieber ein Versprechen sein, Raum für Unterschiede zu lassen.

Ich könnte sie fragen, warum ich nicht in Clea DuVall verknallt sein durfte, obwohl ich das definitiv zu einhundert Prozent war.

Das könnte ich fragen.

Doch dann müsste ich mir auch selbst einige Fragen stellen.

Zum Beispiel, warum ich überhaupt ihre Erlaubnis gebraucht habe.

Oder warum ich mich mit der Frage total verrückt gemacht habe, ob ich meinen Lieblingsfilm mögen darf. Vor allem, da sich die wahre Frage direkt dahinter verborgen hat.

Warum? Warum liebe ich diesen Film?

Wieso bin ich so begeistert von diesem Film über eine Jugendliche, die nicht weiß, dass sie queer ist?

Die denkt, sie kann gar nicht queer sein, weil sie Cheerleaderin ist.

Weil sie nicht queer aussieht. Oder queer wirkt.

Ich verlasse meine Messenger-App, öffne die Kamera und stelle den Selfie-Modus ein. Allerdings mache ich kein Foto. Ich starre einfach mein Gesicht an.

Verschlafene blaue Augen, ein Pferdeschwanz, der sich gerade auflöst. Dann lächele ich mich an, und mein Grübchen zeigt sich.

Hi, Imogen, denke ich.

Ich stehe auf und gehe zu meinem Bücherregal. Meinem absurd queeren Bücherregal. An meiner absurd queeren Posterwand. Mein Zimmer hat die ganze Zeit über aus voller Kehle geschrien.

An meiner Wand steht immer noch ein kleiner Stapel Kartons.

Ich nehme den rosafarbenen Teddybären von meinem Regal, lasse ihn in einen Karton fallen und klappe den Deckel zu. Und dann …

Erstarre ich.

Du solltest mit ihr zum Candy Emporium gehen!

Mein Herz vollführt einen Salto.

Tessa hat nicht –

Ich ziehe mein Handy vom Ladekabel und checke noch einmal meinen Post.

Nichts. Keine Tessa. Doch dann …

Ich gehe zu ihren Fotos.

Und plötzlich bricht die Wolkendecke auf.

Ich ziehe mir nicht mal Socken an. Keine Stiefel. Keinen Regenmantel. Es ist mir egal.

Stattdessen springe ich zur Tür, während Quincy mich nur verdutzt anstarrt.

Doch gerade als meine Hand den Knauf berührt, wird die Tür aufgerissen. »Immy!« Auf den Fersen hüpfend hält Edith ihr Handy hoch. »Sieh nur –«

»Ich weiß. Ich bin ... Ich brauche das Auto. Wo ist Mom?«

»Auf keinen Fall. Sie wird dich so nicht fahren lassen.« Sie drückt mir den Autoschlüssel in die Hand. »Ich kümmere mich um sie.«

»Ähm. Okay.« Ich atme ein. »Erzähl ihnen nicht –«

»Imogen. Das würde ich niemals tun.«

»Ich weiß, ich weiß. Ich bin nur ... Ich werde es definitiv tun. Heute Abend. Vielleicht. Aber –«

Sie umarmt mich. »Geh!«

*

Die Frontscheibe ertrinkt im Regen – die Scheibenwischer

können kaum dagegen ankämpfen. Aber ich fahre im Schneckentempo. Gott sei Dank habe ich es nicht weit.

Bei diesem Wetter ist die Main Street vollkommen verlassen. Leere Kreuzungen an jeder Ampel. Doch ich sehe sie, sobald ich an Cam's Pizzeria vorbei bin. Der Regen lässt die Wörter verschwimmen, die auf der flachen Metalloberfläche stehen, aber mein Herz kennt sie auswendig. *Birkett Mills. Das jährliche Buchweizen-Erntefest. Penn Yan, New York. Das ist die Originalpfanne, die benutzt wurde, um den Weltrekord-Pancake zu backen. 27. September 1987, 8,6 Meter.*

Davor steht ein Subaru Outback. Ich parke meinen Outback daneben und öffne sofort die Tür. Dann spähe ich durch den Regen und sehe Tessa, die unter dem schmalen Überbau beim Eingang zur Mühle hervortritt. Innerhalb weniger Sekunden ist sie klitschnass. Genau wie ich.

Ich streiche mir eine Haarsträhne aus den Augen, aber sie bleibt an meiner Wange kleben. Absolut sinnlos. Ich kann nicht aufhören zu lächeln. Ich greife nach ihrer Hand. »Spring rein!«

»Auf keinen Fall.« Lachend zieht sie mich näher. »Wir sind sowieso schon nass! Komm raus.«

Genau das tue ich. Dann schlage ich die Tür zu und laufe ihr in die Arme. »Du bist hier!«

Sie stößt ein atemloses Lachen aus. »Ich habe dein Foto gesehen! Ich hätte dir einfach schreiben sollen, aber ...« Ihr Blick trifft meinen. Und mein Herz vollführt einen richtigen Ballerina-Sprung in meiner Brust. »Oh Mann. Keine Ahnung. Es wäre nicht dramatisch genug gewesen. Jedenfalls – ich bin bescheuert.«

»Warte, was?«

»Ich hätte dir gleich morgens schreiben sollen. Du hättest nicht erst ein Bat-Signal senden müssen.« Sie beißt sich auf die Lippe. »Ich hätte nicht weggehen sollen.«

»Aber ich bin zuerst gegangen! Ich hätte dir schreiben sollen! Du musst gedacht haben, dass ich dich ghoste –«

»Nein. Überhaupt nicht. Ich dachte nur, dass du vielleicht Zweifel hattest, und ich wollte nicht, dass es seltsam für dich ist. Jedenfalls habe ich mir das eingeredet.« Sie wischt sich über die Wange, aber es nützt nichts. »Eigentlich hatte ich einfach Angst.«

»Vor mir?«

»Ich mag dich wirklich gern«, platzt es aus ihr heraus. »Und das passiert mir eigentlich nicht. Nicht so sehr und so schnell, und … das ist dir gegenüber unfair. Du hattest noch kaum die Gelegenheit, alles in deinem Kopf zu sortieren. Ich weiß, die letzte Nacht war viel auf einmal. Total viel, und ich verstehe es, wenn du überwältigt bist. Ich glaube, ich bin zu weit gegangen –«

»Das bist du nicht! Du bist nicht zu weit gegangen. Ich fühle mich nicht überrannt von allem. Ich hätte dir nicht das Gefühl geben sollen, dass es so ist.«

»Nein! Nein, es ist nur … Scott, ich bin hier irgendwie die Veteranin, verstehst du? Ich meine, ich weiß, wie groß diese Sache ist. Geradezu gigantisch, oder? Und ich glaube, ich hätte dir mehr Zeit lassen sollen, um dich einzufinden. Oder mich mehr nach deinem Befinden erkundigen sollen.«

Mein Befinden.

Schwindelig, durcheinander, unsicher. Als wären meine Knochen zu groß für meinen Körper. Als könnte ich den

Reißverschluss nicht schließen. Als hätte ich über meine eigenen Linien hinausgemalt, als wäre ich aus dem Bild getreten und dreidimensional geworden.

»Ich konnte nicht schlafen«, sage ich leise. Meine Lippen sind so nah an ihrem Ohr, dass ich nicht weiß, zu wem welche Regentropfen gehören. »Ich war mir deiner Nähe so bewusst.«

Tessa nickt.

»Noch nie war ich jemandem auf diese Art so nah. Es ist so anders, als ich erwartet habe. Auch das Küssen. Und ich glaube, ich habe nie darüber nachgedacht, was danach passiert.«

»Du meinst –«

»Nicht Sex«, sage ich schnell. »Ich meine, nicht nur Sex. Sondern alles danach. Wie Zähneputzen und sich das Gesicht waschen. In den Spiegel sehen. So was eben. Und alles ist gleich, aber man selbst ist anders. Als hätte man einen ganz neuen Teil von sich freigeschaltet, und jetzt muss man alles neu anordnen, damit genug Platz da ist. Rekalibrieren.« Für einen Moment vergrabe ich das Gesicht in ihrem klitschnassen Hoodie. »Ergibt das Sinn?«

»Jepp. Ja.« Sie atmet ein.

»Und ich denke immer wieder: ›Mache ich das richtig? Küsse ich wie ein Hetero?‹ Bis zu dieser Woche dachte ich, ich *wäre* hetero –«

»Du küsst nicht wie ein Hetero. Außerdem gibt es das nicht. Was soll das überhaupt heißen? Hör zu: Ich glaube, ich spreche für jede Person, die du je geküsst hast, und du ... küsst ... einfach wie *du*. Fall geschlossen.«

Ich lache. »Okay.«

Tessa kommt näher, nur ein kleines Stück. Sie sieht

mich an, als wäre ich etwas, woran man einen Wunsch hängt. Eine Sternschnuppe, eine Reihe Geburtstagskerzen, elf Uhr elf.

Für eine Sekunde kann ich kaum atmen. Ich kann jede Sommersprosse auf ihrer Nase zählen. »Hi.«

Sie schiebt mir eine nasse Strähne aus dem Gesicht, um meine Stirn zu küssen. Und dann küsst sie meine Lippen.

Also lege ich die Hände an ihr Gesicht und erwidere den Kuss. Mitten am Tag. Mitten auf Penn Yans wunderbar verlassener, verregneter Main Street.

Tessa ist mir so nah, aber ich presse mich noch näher an sie, und sie seufzt auf die sanfteste Art. Ihre Hände streichen über mein durchtränktes Shirt, und es fühlt sich an, als würde ich meine Sonnenbrille abnehmen. Klarheit und Helligkeit.

Ich möchte lachen, bis ich weine. Ich möchte dieses Gefühl verinnerlichen – jeden Farbton, jede Schattierung, aus jeder Perspektive. Mit den Fingerspitzen streiche ich über ihre Wangenknochen und fange Regentropfen ein.

Die Art, auf die sie mich ansieht, gibt mir das Gefühl von grenzenloser Freiheit. Aufgeschlagene Türen, keine Zäune. Aufrichtigkeit bis in die tiefsten Tiefen.

Noch immer kann ich nicht glauben, dass dieser Moment real ist, dass ich ihn erlebe. Alles ist klamm und kalt, und wir sind beide vollkommen durchnässt. Aber das ist es wert.

Logisch.

Ich fühle mich wie Sonnenlicht, das durch Spitzenstoff fällt.

Küssen im trockenen Auto ist allerdings auch schön. Tessa kramt zwei Handtücher vom Rücksitz hervor, die von einem Hundepark-Abenteuer mit den Machos voller Labradorhaare sind. Sie machen uns kaum trocken, stattdessen riechen wir jetzt wie nasser Hund. Das ist so eklig. Und ich bin so glücklich.

»Perfekt«, sagt Tessa und küsst mich auf den Kopf.

Diese Art von Kuss schreit förmlich »feste Freundin«. Oder? Im Gegensatz zu Freundin einer Freundin, mit der du ein paarmal rumgemacht hast?

Ich drehe mich in meinem Sitz, um sie anzusehen. Plötzlich leuchten diese Worte in der Mitte meiner Gedanken auf, neongrell.

Feste Freundin.

Keine Ahnung, was surrealer ist – der Gedanke, eine feste Freundin zu haben oder eine zu sein?

Nur wie spricht man dieses Thema an? Spricht man es überhaupt an? Bin ich eine klammernde Highschool-Schülerin, weil ich überhaupt darüber nachdenke? Ein naives Mädchen, das gerade erst entdeckt hat, dass es queer ist, und sich sofort an jedes burschikose Mädchen hängt, das in seine Richtung sieht?

Dann wiederum ... Tessa ist *hier*. In meiner Stadt. Das muss doch etwas bedeuten. Oder?

Sie greift über dem Schaltknüppel nach meiner Hand und verschränkt unsere Finger miteinander. »Was denkst du, Scott, soll ich einfach für fünf Monate ein Zelt bei der Mühle aufstellen?«

»Na ja, also ich wohne in einem Haus.« Ich werde rot. »Nur leben in diesem Haus auch meine Eltern.« Meine Stimme klingt wie die einer Cartoon-Babymaus. Perfekt.

Sie drückt mit dem Handballen auf meine Nase, als würde sie hupen. »Hör mal, ich hänge gern mit Eltern ab. Eltern lieben mich. Na ja, die homophoben nicht, aber ansonsten? Bin ich eine elterliche Liebesmaschine.« Abrupt hält sie inne und zeigt auf mich. »Also nicht auf eine Ich-möchte-was-mit-deinen-Eltern-anfangen-Art. Gott. Ich meine, du weißt, dass ich nicht auf Dads stehe.«

Ich blinzele. »Hey, ich bin total hin und weg von deinem Verstand.«

»Ach, du weißt schon. Nur diese kleine Sache namens ADHS. Voll der Mädels-Magnet. Funktioniert super.«

Ich grinse. »Wirklich?«

»Absolut nicht. Also, ADHS: ja. Magnetismus: nein.«

»Gar keiner? Sicher?« Ich rutsche näher an sie heran und lehne mich über den Schaltknüppel, um sie zu küssen.

Grinsend atmet sie aus. »Okay.«

»Ich will nicht, dass du gehst.«

»Ich auch nicht.« Sie drückt ihre Stirn an meine. »Allerdings ... sollten wir noch mal über die Sache mit den Eltern nachdenken.«

»Also, ich weiß, dass sie kein Problem damit hätten. Bei Edith haben sie nicht mal mit der Wimper gezuckt.«

»Ich weiß, aber es ist trotzdem ein ziemlich bedeutender Moment, oder? Sich vor seinen Eltern zu outen.« Ihr Blick wird sanft. »Ich möchte einfach nur, dass du dabei die Kontrolle hast. Beim letzten Mal hast du die nicht gehabt.«

»Ja.« Mein Herz macht einen Hüpfer.

Ich denke daran, wie Gretchen Tessa gefragt hat, ob sie ein bisexuelles Mädchen daten würde. Ihre Stimme hat so locker geklungen, fast schon fröhlich, aber ich konnte den aufziehenden Sturm unter der Oberfläche spüren. Diese Veränderung des Luftdrucks, noch bevor man den Donner hört.

Allerdings glaube ich, der schlimmste Teil kam schon davor.

Als ich über meine eigenen Worte gestolpert bin, während ich versucht habe zu erklären, was ich für Tessa empfinde. Und Gretchen das ganze Szenario behandelt hat wie einen Film, den sie schon mal gesehen hat. Es hat sie alles so amüsiert. Sie war sich so sicher, dass meine Gefühle nicht echt sind. Sie hat keinen Zentimeter Raum für den Gedanken gelassen, dass sie echt sein könnten.

»Du weißt, dass es okay ist, hetero zu sein, oder?«, hat sie gesagt.

Gretchen war die erste Person, vor der ich mich geoutet habe.

Gretchen wird *immer* die erste Person sein, vor der ich mich geoutet habe.

Vielleicht werden wir eines Tages darüber reden. Vielleicht werde ich die richtigen Worte finden und sie eine Möglichkeit, diese auch zu hören. Dann weinen wir und umarmen uns, und Jahre ziehen ins Land, und wir lassen es hinter uns. Es wird nur ein kleines Hindernis in unserer Hintergrundgeschichte sein.

Oder vielleicht endet es hier für uns.

Vielleicht ist Gretchen meine Hintergrundgeschichte.

Gruppenchat mit Kayla und Tessa
KR: Omg, die Wurst-Sache ist passiert, und eure Expertise ist gefragt
KR: Und ich meine Wurst 😊
KR: Seid ihr hier?

Kayla hat den Gruppennamen zu Würstchenparty 🌭 geändert

IS: Neiiin 😭 Bin zu Hause
IS: Also in Penn Yan

TM: Ich bin auch gerade in Penn Yan 😲
TM: Mach mich aber gleich auf den Weg, was ist los?

KR: Imogen!! Ungelogen, habe ganz vergessen, dass du noch nicht hier aufs College gehst
KR: Komm bald zurüüück

IS: Werde ich ♥
IS: Also was sind das für Wurst-Neuigkeiten??

KR: Ah ja
KR: Eine Geschichte über Verrat
KR: Mit unserem liebsten Typen als Star
KR: Also, Dec ist gestern Abend mit auf mein Zimmer gekommen
KR: Direkt nach der Party
KR: Und er war vorher nicht mehr in seinem Zimmer
KR: Wir sind sofort auf mein Zimmer
KR: Jedenfalls wache ich auf, greife nach meinem

Handy, und ratet mal, was auf meinem Nachttisch liegt

IS: 🌭😢??

KR: Jepp. Also wirklich
KR: Ganz schön hinterhältig
KR: Dabei muss man im Kopf behalten, dass die Umstände, aus denen er in meinem Zimmer war, nichts mit Würstchen zu tun hatten

TM: ODER DOCH? zwinker zwinker 😉

KR: Cool, danke für das Zwinker-Emoji, anders hätte ich nicht verstanden, was das zwinker zwinker soll

TM: Gerne doch

KR: Jedenfalls will ich meine Zähne putzen und öffne meinen Zahnbürstenbehälter
KR: Ratet, was da reingequetscht wurde
KR: NOCH EINE VERDAMMTE WURST
KR: Also gehe ich wieder in mein Zimmer und
KR: ÜBERALL Würstchen. Alle von derselben verdammten Marke
KR: Hat er die auf Vorrat gekauft???
KR: Und ich kann gar nicht genug betonen, dass dieser Scheißkerl direkt nach der Party mitgekommen ist
KR: Also entweder hatte er den ganzen Abend 15

Würstchen bei sich oder er hat sie beim Vorglühen schon platziert
KR: Ganz eindeutig vorsätzlich!! UND WOHER WUSSTE ER, DASS ER MIT AUF MEIN ZIMMER KOMMEN WÜRDE?

IS: 15 Würstchen?? 😱

KR: VIELLEICHT MEHR!! KEINE AHNUNG! ICH FINDE STÄNDIG NEUE
KR: Leute, wir müssen was GROSSES planen
KR: Ich will ein langes Spiel

TM: YES, wir zögern es hinaus
TM: Eine Wurst pro Tag

KR: Genau, das war auch mein erster Gedanke
KR: Aber dann ist mir eingefallen, dass ich diejenige bin, die sich 15 Mal bei ihm reinschleichen muss

IS: Kann man die per Post zustellen?

KR: 😕
KR: Erzähl mir mehr

IS: Du könntest sie anonym verschicken
IS: In Umschlägen
IS: Eine nach der anderen
IS: Das wäre allerdings wohl ziemlich teuer
IS: Vielleicht sogar illegal

TM: Hahaha
TM: Stellt euch vor, ihr wärt der Typ beim FBI, der den Fall übernehmen muss

KR: Okay, also hätten wir dann ein paar Klagen am Hals
KR: Und doch
KR: Wäre es das wert 😈

TM: Ich meine, wenn du keine FBI-Ermittlung riskieren willst, ist es dann überhaupt Rache??
TM: Irgendwann muss man die Wurstpelle abziehen
TM: Okay, aber nicht wörtlich!!! 😫
TM: Bitte geht weiterhin verantwortungsvoll mit Würsten um

IS: Okay, warte
IS: Was, wenn du nichts Großes planst
IS: Sondern etwas ... Kleines 😊

KR: 👀

IS: Ich frage mich nur
IS: Wie lange würde er brauchen, um eine winzig kleine Wurst zu entdecken
IS: In seinem winzig kleinen Diorama

KR: WAS?
KR: JA

TM: Holy Shit

TM: Also eine wirklich winzig kleine, oder??? Passend zum Maßstab

KR: FÜNFZEHN WINZIGE WÜRSTCHEN IN SEINEM WINZIG KLEINEN SCHLAFZIMMER

TM: Jemand muss Mika einschalten!!!

KR: Bin buchstäblich gerade auf dem Weg zu deren Zimmer lol
KR: OH
KR: MOMENT vergesst es
KR: Mika ist heute früh weggefahren
KR: Last-minute-Trip zum Cornell
KR: Um Jaaade zu sehen 🌚

TM: Passiert es endlich??? 😱

KR: ÄÄÄHM WARTE MAL
KR: APROPOS GROSSE GESTEN
KR: TESSA, WARUM ZUM TEUFEL BIST DU IN PENN YAN?
KR: WAS HABE ICH VERPASST?
KR: SEID IHR BEIDEN JETZT ZUSAMMEN???

Beinahe lasse ich mein Handy fallen. »Ich … ähm.«

Tessa stößt ein nervöses Lachen aus. »Richtig.«

Der Regen hat endlich nachgelassen, aber wir sitzen noch in ihrem Wagen. Der immer noch bei der Pfanne steht. Denn wie sich herausstellt, ist das Wechseln zwischen Küssen und Schreiben eine sehr nachhaltige und ausgewogene Methode, um dreißig Minuten rumzukriegen. Ich bin sogar ziemlich sicher, dass ich auch eine ganze Stunde damit hätte ausfüllen können, wenn Kayla nicht diese spezielle Nachricht geschickt hätte. Und diese spezielle Frage gestellt hätte.

Komplett in Großbuchstaben.

Was zufälligerweise genau die Art ist, wie diese Frage in meinem Kopf auftaucht.

UND, TESSA, SIND WIR??? SIND WIR BEIDE ZUSAMMEN???

»Also, das müssen wir nicht jetzt entscheiden. Logisch.« Ich nicke und starre stur geradeaus durch die Frontscheibe.

»Richtig! Absolut nicht. Vielleicht können wir einfach … sehen, wie es sich entwickelt?«

»Ja! Das klingt … Das ist eine gute Idee!«

»Okay, gut«, schließt sie und legt eine Hand an meine Wange. Dann küsst sie mich mit solch einer Zärtlichkeit, dass mein Verstand völlig verschwimmt.

Nach weiteren zehn Minuten dann schaffe ich es, mich dazu durchzuringen, aus Tessas Wagen aus- und in meinen eigenen einzusteigen. Doch noch bevor ich die Zündung starte ...

»Imogen, warte!«, ruft Tessa durch das heruntergelassene Beifahrerfenster und gestikuliert, damit ich auch mein Fenster herunterfahre. »Hey. Ich möchte dich wiedersehen.«

»Ich dich auch.« Ich lächele breit.

Sie reckt den Daumen in die Höhe. »Okay! Cool. Dann sehen wir uns.«

»Definitiv.«

Ich umfasse den Schlüssel.

»Okay, nur um eins klarzustellen: Das meine ich nicht auf eine Cool-ja-ich-melde-mich-Art«, fügt sie hinzu. »Eher so à la ›Was hast du nächstes Wochenende vor‹? Oder unter der Woche. Egal wann.« Sie lacht ein wenig atemlos. »Ist das zu viel? Es muss nicht unter der Woche sein. Ich bin jetzt still.«

»Unter der Woche klingt gut.«

»Oder morgen.«

»Noch besser.« Ich lache.

»Okay, warte. Noch eine Sache! Ich will nur mal loswerden, dass ich auch Spaß an einem schönen Abschlussball hätte, sollte sich einer ergeben.«

»Merke ich mir.«

»Ich wäre ein wirklich gutes Date. Würde auf den Fotos nicht blinzeln. Ich würde den Ansteckstrauß bestimmt nicht vergessen. Und bin generell sehr hingebungsvoll.« Sie nickt feierlich. »Und außerdem bin ich dafür bekannt, eine wunderbare feste Freundin zu sein.«

»Ach ja?«

»Total. Nur damit du Bescheid weißt, natürlich. Jedenfalls! Wie schon gesagt, das müssen wir nicht jetzt entscheiden. Lass uns einfach sehen, was wir wollen –«

»Ich möchte deine feste Freundin sein.« Die Worte entschlüpfen einfach so meinen Lippen. Ich kann sie nicht aufhalten. »Okay?«

»Warte …« Ihr bleibt der Mund offen stehen. »Wirklich?«

»Wenn du –?«

»Willst du mich auf den Arm nehmen?« Da springt sie aus dem Wagen und läuft darum herum, bevor sie die Entfernung zwischen uns mit einem letzten federnden Schritt schließt. »Das ist ein unterstrichenes, fettes, riesiges Ja.«

Ich lache durch mein geöffnetes Fenster. »Wow, du scheinst dir da ziemlich sicher zu sein.«

»Ich tätowier's mir ins Gesicht.«

»Ich kann den Teil gar nicht erwarten, wo du mich küsst«, sage ich.

Und es stimmt: Ich kann es nicht erwarten.

Ich kann nicht warten, also tue ich es nicht.

Danksagung

Ich habe viel über den Begriff Community nachgedacht. Oder *Communities*, plural. Für mich beinhaltet dieses Wort eine Menge chaotischer Komplexität – seine Nuancen sind schwer festzumachen. Was heißt es, Teil einer Community zu sein – oder mehrerer? Wer setzt die Grenzen? Ist eine Community immer eine greifbare Gruppe? Oder kann sie ein Gefühl sein, ein Vibe?

Keine Ahnung. Ich weiß nur, dass ich dieses Buch nie ohne meine hätte schreiben können.

Hier kommen ein paar der Leute, die ich damit meine:

Meine Lektorin und meine Agentin, die beide sofort verstanden haben, warum mir dieses Buch wichtig war. Sie haben mir Raum freigemacht, damit ich es schreiben konnte, und mir geholfen, all die herzerwärmenden Teile auszumachen.

Meine wunderbaren/brillanten/ikonischen/unglaublichen Teams bei Balzer + Bray, HarperCollins, Root Literary, UTA und meine internationalen Verleger:innen.

Kelly Quindlen, Ashley Woodfolk, Emery Lee und Carlos Silva dafür, dass sie die weltklügsten und rücksichtsvollsten ersten Leser:innen sind.

Julie Waters dafür, dass sie mir geholfen hat, diese Geschichte aufzubrechen.

Jennifer Dugan für Shop Talk und viele wunderschöne Upstate-Abenteuer.

Jeri Green, die das alles mit mir durchgestanden hat.

Sophie Gonzales, die mich irgendwie gerettet hat.

Gillian Morshedi, deren Essay alles verändert hat.

Die unglaublich talentierte Caitlin Kinnunen dafür, dass sie Imogen eine Stimme gegeben hat.

Jewell Parker-Rhodes, Lilliam Rivera, Joe Bruchac und Meghan Goel, die einfach das Beste an meinen Montagen sind.

Alex Andrasik, Katie Smith und der Rest meiner Upstate-New-York-Literaturfamilie.

Gabe Dunn, der mit Mut, Mitgefühl und Aufrichtigkeit zu einem der härtesten, wichtigsten Gespräche gekommen ist, das ich je geführt habe.

Die Freund:innen, die mir geholfen haben, den Überblick über den Diskurs zu behalten: Jasmine Warga, Mackenzi Lee, Aisha Saeed, David Arnold, Adam Silvera, Angie Thomas, Jacob Demlow, Rod Pulido, Rose Brock, Jaime Semensohn, Matthew Eppard, Katy-Lynn Cook, Kate Goud, Brandie Rendon, Anderson Rothwell, Amy Austin, Dahlia Adler, Lauren Starks, Louise Willingham, Heidi Schulz, Jaime Hensel, Tom-Erik Fure, Sam Rowntree, Diane Blumenfeld, Steven Salvatore, Rachael Allen, Julie Mottl, Mason Deaver, Emily Townsend, Julian Winters, Lindsay Keiller, Adib Khorram, Emily Carpenter, Manda Turetsky, Chris Negron, George Weinstein, Sarah Beth Brown, Becky Kilimnik, Adante Watts, Nic DiPrima, Jason June, Mark O'Brien, Nic Stone, JC Lillis, Cale Dietrich, Zabé Ellor, Cindy Otis, Leah Johnson, Kimberly Ito, Kat Ramsburg, Jamie Pacton, Casey McQuiston, Savy Leiser, RK Gold, Eline Berkhout. Und SO VIELE AN-

DERE. Ich kann mich so glücklich schätzen, euch zu kennen.

Die vielen, vielen unglaublichen Bibliothekar:innen, Buchhändler:innen, Influencer:innen und der Rest von euch Bücherwürmern. Ihr lasst diesen Job so viel heller strahlen.

Meine Familie: Eileen Thomas, Jim und Candy Goldstein, Caroline, Mike und Max Reitzes, Sam Goldstein, Leigh Shapiro, Gini, Curt, Jim, Cyris und Lulu Albertalli, Brittany Girardi, Gail McLaurin, Lois und Don Reitzes, Linda Albertalli und meine ganzen Thomases, Bells, Wechslers, Levines und Bermans.

Quincy – du wirst so geliebt und vermisst.

Teddy und Willow, die so hartnäckig und mit so viel Lärm geholfen haben wie immer.

Und Brian, Owen und Henry. Obviously, obviously, obviously.